Die Bildermacherin und das Hexenhaus

Die Personen und die Handlung des Buches sind frei erfunden. Etwaige Ähnlichkeiten mit tatsächlichen Begebenheiten oder lebenden oder verstorbenen Personen wären rein zufällig. Mehr Infos hierzu finden Sie im Glossar, wo auch Begriffe, die im Text kursiv gedruckt sind, erklärt werden.

BIBLIOGRAFISCHE INFORMATION DER DEUTSCHEN NATIONALBIBLIOTHEK
Die Deutsche Nationalbibliothek verzeichnet diese Publikation in der Deutschen Nationalbibliografie; detaillierte bibliografische Daten sind im Internet abrufbar: http://dnb.d-nb.de

2021

Umschlag: Nele Schütz Design, München
Design & Layout: Athesia-Tappeiner Verlag
Druck: Finidr, Tschechien

ISBN 978-88-6839-537-7

www.athesia-tappeiner.com
buchverlag@athesia.it

FSC www.fsc.org MIX Papier aus verantwortungsvollen Quellen FSC® C014138

CHRISTIANE OMASREITER
KATHRIN SCHECK

DIE BILDER MACHERIN

und das Hexenhaus

ATHESIA VERLAG

Prolog

Es ist weit nach Mitternacht, aber an Schlaf ist nicht zu denken. Ich bin viel zu aufgewühlt, um auch nur ein Auge zuzumachen. Wie ein wild gewordenes Tier laufe ich in meinem Schlafzimmer hin und her. Seit einiger Zeit behüte ich, was rechtmäßig mein ist. Zwar nur aus der Ferne, trotzdem fühle ich mich mit dem Haus auf eine eigenartige Weise verbunden. Warum tun sie mir das an? Fremde dort, wo nur ich leben sollte. Das kann ich nicht zulassen. Das ist nicht recht. In mir brodelt das Gefühl der Ungerechtigkeit, das mein Inneres ganz und gar in Beschlag nimmt. Ich balle meine Hände zu Fäusten, dass die Knöchel weiß hervortreten. Wütend schlage ich gegen die Wand des Raumes. Immer wieder und immer wieder, bis meine Hand blutet. Schmerzen spüre ich keine. Erlösung bringt es auch nicht. Es kocht weiter in mir. Ich weiß, so werde ich keine Ruhe finden. Ich verlasse meine Wohnung.

Draußen herrscht tiefschwarze Nacht. Der Himmel ist bedeckt, kein Mond, keine Sterne sind zu sehen. Die Luft riecht nach Regen. Wie getrieben laufe ich den Weg zum Waldrand und steige den morschen Hochstand hinauf, den die Jäger schon seit Jahren nicht mehr nutzen. Obwohl das Holz knarzt, steige ich in der Gewissheit weiter, dass es mein Gewicht trägt. In den letzten Monaten war ich fast täglich hier und habe hinübergeschaut zu meinem Haus. Friedlich und unberührt liegt es da. Alles ist in Ordnung. Nur dieser Anblick vermag mich zu besänftigen. Allmählich beruhigt sich mein Puls und das Rauschen in meinem Kopf lässt nach, sodass es mir wieder gelingt, die Geräusche meiner Umgebung wahrzunehmen. Ein kleiner Bach plätschert und in der Ferne ruft eine Eule. Noch ist alles unverändert. Noch bin ich nicht gefordert.

Morgen aber soll diese Frau dort mit ihren Bälgern einziehen. Sie wird da schlafen, wo nur ich schlafen sollte: in meinem Zimmer, in meinem Bett. Das Weib wird da kochen und leben, wo nur ich allein hingehöre. Nur mir ist es rechtmäßig erlaubt, es zu besitzen, es zu betreten, darin zu leben und zu atmen und seine Energie zu spüren und sie in mich aufzunehmen. Die Fremde wird alles beschmutzen, was mein ist. Das kann ich unmöglich zulassen.

Meine Aufgabe ist es, dafür zu sorgen, dass alles so bleibt, wie es momentan ist. Schon einmal habe ich eingreifen müssen, damit das Haus weiter seinen Frieden hat. Auch dieses Mal werde ich nicht zögern, alles zu tun, was nötig ist. Andere wissen das Vermächtnis des Hauses nicht zu schätzen. Sie verändern alles, ohne die Würde meines Hauses zu respektieren. Das kann nur ich. Denn es ist meines. Mein ganzes Leben lang hat man mich belogen und betrogen. Doch dieses Mal stelle ich mich dagegen, füge mich nicht in mein Schicksal wie ein Lamm, das man zur Schlachtbank führt. Ich lasse mir nicht wegnehmen, was mir gehört. Von niemandem. Es ist mein Schatz, der Schlüssel zu meiner Vergangenheit und damit zu meinem Leben. Nur mir steht dieses Haus zu.

Ich werde tun, was ich tun muss, um das Haus zu schützen und zu bewahren. Ich bin der HÜTER des Hauses!

Die Morgendämmerung bricht an. Nervös reibe ich mir meine Augen. In letzter Zeit gibt es zu viele Nächte, in denen ich nicht schlafen kann. Aber das Versprechen, das ich mir selbst gegeben habe, das Haus zu behüten, fordert mir alles ab. Ich muss aufbrechen. Keiner darf mich sehen. Noch ist es zu früh, um mich zu erkennen zu geben. Ein letztes Mal blicke ich über meine Schulter zurück zu meinem Haus.

1.

„*Olls do, wo's hinkearscht*[1]", sagte Evi mit einem fröhlichen Lächeln, nachdem sie eine von Amalias widerspenstigen Locken erneut mit einer Haarnadel in der aufwendigen Flechtfrisur befestigt hatte. Amalia blickte prüfend in den Spiegel und musste zugeben, dass ihre Freundin recht hatte: Ihr dunkelgrünes Dirndl, das die Farbe ihrer Augen betonte, saß wie angegossen, unterstrich die Vorzüge ihrer weiblichen Figur und brachte ihr Dekolleté vorteilhaft zur Geltung. Ihre Haut schimmerte zartbraun, da sie erst kürzlich von einem Bademoden-Shooting, das sie auf Barbados fotografiert hatte, zurückgekommen war. Ihr Gesicht mit den hohen Wangenknochen und der geraden Nase wirkte dank der kunstvollen Aufsteckfrisur ausnahmsweise klassisch schön. Auch ihre beste Freundin seit Kindergartentagen, die sich hinter ihr spiegelte, sah großartig aus. Gertenschlank in einem hellblauen Dirndl, das ihr seit zehn Jahren unverändert passte, die blonden Haare zu einem Kranz aufgesteckt, wirkte sie jung und mädchenhaft und nicht wie die Mutter von drei Kindern, die gerade eine schwierige Trennung durchmachte. Sie lächelten sich im Spiegel zu, und Amalia vermeinte in Evis Augen die gleiche Vorfreude aufblitzen zu sehen, die auch sie verspürte.

Es war *Kirschta* in Pfunders. Nach einem langen harten Winter war es das erste große Fest. Am Sportplatz wurde ein Zelt, das Platz für tausend Leute bot, aufgestellt. Wenn man

---

1 Alle kursiven Begriffe werden im Glossar am Ende des Buches erklärt.

bedachte, dass das kleine Bergdorf in einem Seitental des *Pustertales* nur sechshundert Einwohner hatte, war es eine beachtliche Leistung, was die *Bauernjugend,* die den *Kirschta* organisierte, jedes Jahr auf die Beine stellte. Was das Fest für Amalia so besonders machte, war, dass fast jeder vom Dorf mithalf. Die einen bedienten oder schenkten an der Bar aus, die anderen halfen in der Braterei, wieder andere machten *Tirschtlan* oder brachten selbst gebackene Kuchen. Nie wurde der Zusammenhalt im Dorf so deutlich wie in den Wochen rund um den *Kirschta.*

Das Klingeln der Haustürglocke riss sie aus ihren Gedanken. Sie öffnete die Tür und konnte sich eines Lachanfalls nicht erwehren. Pünktlich zum *Pfundrer Kirschta* hatten sich ihre Berliner Freunde Maurice und Arne angekündigt. Maurice war ganz versessen darauf, „*dat* urige Bergdorf, in dem du dein Talent vergeudest, mit all seinen kernigen Bewohnern" – wie er sich ausdrückte – endlich kennenzulernen. Er hatte sich für den Event, wie er den *Kirschta* ständig nannte, in Schale geworfen und war, wie es seine Art war, weit über das Ziel hinausgeschossen. Der Berliner trug ein pink-weiß kariertes Hemd zu einer viel zu engen und extrem kurzen Lederhose und auf dem Kopf saß ein spitzer Filzhut mit passender magentafarbener Kordel.

Wo er den Hut wohl herhatte, fragte sich Amalia amüsiert. Etwa vom letzten Oktoberfestbesuch? „*Schneidig* bist du", sagte Amalia mit einem breiten Grinsen und umarmte Maurice dann herzlich. Nach dem Rund-um- die-Uhr-Lieferservice vom Chinesen war es dieser Mann, den sie seit ihrem Wegzug von Berlin am meisten vermisste. Er wollte zusammen mit Arne einen Urlaub in Venedig machen und hatte einen Zwischenstopp in Pfunders eingelegt. Natürlich nächtigte er im *Sporthotel Acherer* anstatt auf ihrer Couch, denn Luxus und Bequemlichkeit waren dem angesagten Stylisten immens wichtig.

„Man soll ja authentisch sein, wenn man auf Einheimische trifft, nicht wahr?"

Amalia zog sich aus der Verlegenheit, indem sie nicht näher auf die „Authentizität" seines Outfits einging, sondern sich übergangslos Arne zuwandte. Dieser trug Jeans und ein T-Shirt mit den Tourdaten der Rolling Stones von 2006. Neben seinem exaltierten Freund wirkte er wie immer überraschend normal. Ganz anders als Maurice' frühere Liebschaften war er weder jünger noch in der Modebranche zu Hause, stattdessen unterrichtete der ernsthafte Mittdreißiger an der Universität Berlin Informatik. All dieser Gegensätze zum Trotz hielt die Beziehung schon seit über einem halben Jahr, was für Maurice einen Rekord darstellte. Da sie selbst von Berlin weggezogen war, als die Beziehung der beiden an Fahrt aufgenommen hatte, kannte sie Arne noch nicht so gut. Ein wenig unsicher zog sie ihn heran und gab ihm drei Küsschen links und rechts auf die Wange, wie es in Südtirol üblich war. Beinahe wären sie mit den Nasen zusammengestoßen und Arne zuckte verlegen zurück.

„Schön, dass du da bist." Sie war ein wenig peinlich berührt. War sie dem Professor zu nahe getreten?

„Maurice erzählt so viel von dir, dass ich dich jetzt endlich richtig kennenlernen will", sagte Arne mit einem Lächeln, das herzlich und aufrichtig wirkte.

Schnell stellte sie den beiden Evi vor.

Bald waren sie zu viert unterwegs zum *Kirschta*. Das erste Bier würde sicher helfen, ihr die anfängliche Verkrampftheit zu nehmen.

„*Bildomocharin!* Hiiiiier!"

Das Festzelt war bereits komplett voll und auf der Bühne spielte eine Band schwungvolle Oberkrainer Musik. Es war ein wildes Gedränge und Geschiebe, aber eine Frau schaffte es, sich in diesem Trubel bemerkbar zu machen. Amalia sah sich suchend um. Da war sie: die Stoana Nanne. Anna Steinhauser, wie sie wirklich hieß, war Amalias Nachbarin. Sie war eine etwas grobschlächtige Frau, über sechzig und hatte heute ihren rundlichen Körper in ein rotes Dirndl gepackt, das an ihrer matronenhaften Brust gefährlich spannte. Ihr dünnes mit grauen Strähnen durchzogenes Haar hatte sie wie immer zu einem ordentlichen Kranz hochgesteckt. Und sie winkte, was das Zeug hielt.

„Ist sie das? Die Nanni?", zischte es aufgeregt hinter Amalia.

„Ja, ist sie. Und sie heißt Nanne", gab sie belustigt zurück. Das konnte heiter werden.

„Und was hat die geschrien?"

„Bildermacherin", antwortete Amalia mit einem wehmütigen Lächeln, denn so hatten die Pfundrer Amalias Oma Zille genannt. Als ihre geliebte Oma damals nach dem Tod ihres Mannes begonnen hatte, als Fotografin zu arbeiten, war sie zuerst belächelt und abfällig als „Bildomocharin" bezeichnet worden. Als sie sich über Jahrzehnte, durch harte Arbeit und einen Blick fürs Wesentliche, schließlich einen hervorragenden Ruf als Fotografin erworben hatte, war der Spitzname geblieben, wurde nun aber mit Respekt ausgesprochen. Seit Amalia nach dem Tod ihrer Großmutter deren Fotoatelier übernommen hatte, begannen die Leute, sie mit „Bildermacherin" anzureden. Es war immer bittersüß für Amalia, dieses Wort zu hören. Einerseits war es für sie eine Ehre, mit Zille verglichen zu werden, die sowohl als Mensch als auch als Fotografin ein Vorbild für Amalia war. Andererseits schmerzte der Verlust dieser warmherzigen, lebensklugen Frau, bei der sie aufgewachsen war, immer noch.

Sie bahnten sich einen Weg zu Nannes Tisch, wo diese mit zwei Frauen vom Kirchenchor saß.

„*Hoila,* darf ich euch Maurice und seinen Freund Arne vorstellen?"

Die sonst so redselige Nanne sagte zuerst einmal gar nichts, sondern musterte Maurice kritisch von oben bis unten.

Amalia verkniff sich ein Lachen, als sie sich vorstellte, was ihr angesichts Maurice' Garderobe durch den Kopf gehen musste.

„*Holla,* die Berliner sind da", sagte Nanne schließlich und neigte huldvoll den Kopf als Zeichen, dass sie sich setzen konnten. Maurice stieß Amalia unsanft zur Seite und sicherte sich den Platz direkt neben Nanne. Mit einem Schulterzucken setzte Amalia sich auf die Bierbank gegenüber. Es dauerte nicht lange und alle hatten ein Bier und etwas zu essen vor sich stehen. Maurice betrachtete seine *Kirschta-*Currywurst erst skeptisch, war aber bald begeistert. „Die kann ja fast mit der vom *Konnopke* mithalten", sagte er dann und Amalia wusste, dass dies eines der höchsten Komplimente war, die er vergab.

„Hast du am Ende gemeint, dass man bei uns nicht gut isst?", fuhr Nanne ihn an. „*Bei ins isch olls ausgezeichnet.*" Sie riss ein Stück von ihrem *Gigga* ab und hielt ihm das zarte Hähnchenfleisch mit der braunen Kruste unter die Nase.

Maurice zog die Augenbrauen hoch. Amalia hielt die Luft an. Wenn ihr Freund jetzt ablehnte, hätte er es sich mit Nanne für alle Zeiten verscherzt. Doch dann nahm er das Fleisch, wenn auch mit spitzen Fingern, begann zu kauen, schloss die Augen und sagte selig lächelnd zu Nanne: „Dufte! So eins bestell' ich mir zum Nachtisch." Damit hatte er gewonnen. Denn jetzt begann Nanne mit ihm über Rezepte und kulinarische Eigenheiten verschiedener Regionen zu plaudern und sie beide entdeckten bald eine gemeinsame Abneigung gegen Zucchininudeln. Nach dem dritten Bier kam am Tisch außer Nanne und Maurice kaum noch einer zu Wort.

Arne stieß Amalia in die Seite: „Der Beginn einer wunderbaren Freundschaft."

Amalia nickte grinsend. Damit hätte wohl keiner gerechnet. „Können wir uns setzen zu euch?", hörte sie eine tiefe Männerstimme mit deutlich italienischem Akzent. Amalia sah auf und erkannte Lorenzo Marchetti, den *Maresciallo* der Gemeinde Vintl. Bei einer Mordermittlung im letzten Winter hatte sie den *Carabiniere* kennengelernt. Obwohl er oft schroff und streng wirkte, hatte Amalia ihn mit der Zeit als sensiblen und interessanten Gesprächspartner schätzen gelernt und war einige Male mit ihm ausgegangen. Da sie und er in letzter Zeit beruflich sehr eingespannt gewesen waren, hatte sie ihn schon länger nicht mehr gesehen. Er war groß, schlank und hatte die dunklen Haare militärisch kurz geschnitten. Ausnahmsweise spielte um seine vollen Lippen ein kleines Lächeln, was sein kantiges Gesicht ein wenig freundlicher wirken ließ.

„Ja, logisch. Schön, dich zu sehen."

„*Questo* ist meine Bruder Silvio", sagte Lorenzo und deutete auf den Mann hinter sich. Amalia schluckte. Wenn schon der Maresciallo gut aussehend war, dann war der etwas jüngere Mann hinter ihm eine Augenweide. Er hatte ebenfalls schwarzes Haar, aber im Gegensatz zu seinem Bruder trug er es so lang, dass die dunklen Wellen seinen Hemdkragen streiften. Die Familienähnlichkeit war unverkennbar, doch wirkte Silvio weicher und nahbarer. Sein Gesicht war ebenmäßig schön, aber dank des markanten Kinns trotzdem männlich. Er lächelte Amalia breit an und entblößte dabei strahlend weiße Zähne.

„Meine Bruder hat schon erzählt von die schöne Frauen hier in die Dorf, und ich dachte, er übertreibt. Aber no ...", sagte er mit entwaffnender Herzlichkeit.

Vom Charme seines Bruders könnte sich Marchetti ruhig eine Scheibe abschneiden, dachte Amalia, denn der Maresciallo geizte mit seinem Lächeln und mit Komplimenten sowieso. Sie wies einladend auf die Bank neben sich. Aber sie war offensichtlich die Einzige, die sich über die Ankunft der beiden Italiener freute. Evis Blicke hätten ganze Seen innerhalb von Sekunden gefrieren lassen können und Nannes Mund hatte sich zu einem schmalen Strich zusammengekniffen. Die beiden hatten dem Maresciallo seine Rolle in dem Mordfall im letzten Winter noch nicht verziehen. Na ja, und außerdem mochte Nanne generell keine Italiener. Amalia nahm es auf sich, die Unterhaltung am Laufen zu halten. Recht verkrampft plauderte sie über das Wetter: „Zu kalt für die Jahreszeit", und die Besucher des Zeltfestes: „Mehr als erwartet", doch Evi und Nanne ließen sie auflaufen. Die beiden brachten kein Wort heraus. Nur Maurice beteiligte sich unbekümmert am Gespräch. Arne schien den plötzlichen Stimmungsabfall bemerkt zu haben und schwieg verunsichert.

Amalia war fast erleichtert, als Marchetti nach wenigen Minuten sagte: „Wir gehen noch hinüber zu Herrn Raffeiner, er hat eingeladen die Landesrätin Ladurner und mir gebeten, mich zu ihnen zu setzen. Komm, Silvio!" Silvio hob scheinbar bedauernd die Schultern und folgte seinem Bruder.

Kaum waren sie außer Hörweite, da fauchte Evi schon: „Was du nur immer mit dem hast. Wenn ich mich daran erinnere, wie unhöflich der zu mir war."

„Genau. Es gibt so viele nette Burschen in Pfunders. Was brauchst denn da an *wallischen Karpf?*", stimmte Nanne nachdrücklich zu.

Amalia entschloss sich, auf dieses Thema nicht näher einzugehen, und wurde von Evi gerettet, die von ihrem anstehenden Umzug berichtete. Sie hatte sich vor einigen Monaten von ihrem Mann getrennt und wollte am nächsten Tag ausziehen.

„Wie du nur in dieses alte, scheußliche Haus ziehen kannst. Mich würden keine zehn Pferde da hinbringen. Ich krieg schon eine Gänsehaut, wenn ich nur an das Haus denke", tat Nanne ihre Meinung unumwunden kund.

„Es war auch nicht meine erste Wahl", verteidigte Evi sich, „aber in Pfunders ist einfach nichts zu finden, das genug Platz für mich und meine drei Kinder bietet. Beim *Widen* war auch nichts mehr frei. Mit Michl unter einem Dach geht es nicht mehr. Wir brauchen dringend einen ordentlichen Schlussstrich. Es war mein Glück, dass mein Chef der Notar von den drei Besitzern des Hauses ist. Sonst hätte ich ja gar nicht mitbekommen, dass die vermieten wollen."

„Ich habe immer gehört, dass die verkaufen wollen", sagte Amalia.

„Ich habe damals die Testamentseröffnung protokolliert. Von den drei Geschwistern, die das Haus geerbt haben, will einer unbedingt verkaufen, die beiden anderen hängen aber an dem Haus. Weil sie keine Einigung erzielen können, vermieten sie. Als ich händeringend nach einer Wohnung gesucht habe, habe ich Emma, die jüngste Tochter, angerufen.

Da ihre letzten Mieter kürzlich ausgezogen waren, sind wir uns ziemlich schnell einig geworden."

„Die sind halt froh, dass sie einen Dummen gefunden haben, der da hineinwill", sagte Nanne überzeugt. „Das Haus hat schon „Hexenhaus" geheißen, wie ich noch ein Kind war. Ich wäre im Dunklen nie dort vorbeigegangen – und du willst da einziehen?" Nanne schüttelte sich deutlich.

„Jetzt übertreibst du aber, Nanne", sagte Amalia.

„Die zwei Frauen waren mir zwar auch immer unheimlich, aber die drei Kinder waren in Ordnung. Mit Erich, dem Ältesten, sind Evi und ich sogar in dieselbe Grundschulklasse gegangen. War ein netter Bursche. Er war, glaub ich, kein leibliches Kind, da hat er aber nie viel darüber geredet."

„Ja, die *Weibo* haben Pflegekinder aufgenommen. Beide waren keine Einheimischen. Wir haben die jüngere Frau im Dorf immer die *Schantane* genannt, weil ihr Gesicht vernarbt und dadurch hässlich war. Die Ältere wurde wegen ihres Buckels nur die *Bucklate* genannt. Eine unheimlicher als die andere. Deine armen Kinder ...", warnte Nanne wieder Richtung Evi.

„Jetzt hör aber auf, Nanne. Die beiden sind tot und alles andere ist dummes Geschwätz. Es ist viel Platz, auch ums Haus herum, da können die Kinder schön spielen", antwortete Evi scharf.

„Mmpfh, viel Platz?" Nanne war nicht zu beruhigen. „Einsam ist es. Wenn du da um Hilfe schreist, hört dich kein Mensch, und im Winter kommt monatelang die Sonne nicht. Denk noch einmal darüber nach."

„Was redest du denn für eine *Plentn?* Warum sollte ich um Hilfe schreien? Ach was, da machen wir es uns richtig gemütlich. Wirst schon sehen, Nanne."

„Mach doch, was du willst", kam die knappe Antwort – sichtlich beleidigt. Zum Glück sprang jetzt Maurice ein, der Nanne nach ihrem Rezept für Apfelstrudel fragte.

„Komm, lass uns in die Disco gehen", sagte Amalia, und Evi nickte. Arne schloss sich ihnen an, aber Maurice wollte am Tisch bleiben.

Im Discozelt, einem kleineren Zelt hinter dem großen Festzelt, fühlte man sich wie in einer anderen Welt. Die Dunkelheit wurde nur durch rasend schnelles, in allen Farben aufblitzendes Licht schwach erhellt. Aus den Boxen ertönte so laut *„Breaking News"*, dass Amalia das Gefühl hatte, der Bass würde ihren Herzschlag beschleunigen. Sie sah sich um. Mit ihren zweiunddreißig Jahren gehörten sie und Evi schon zu den Älteren. Allerdings konnte sie zwischen den zappelnden jungen Körpern immer wieder Leute erkennen, die ein gutes Stück älter waren als sie selbst. Diese schienen sich hier wohlzufühlen und wagten wilde Tanzschritte. Das war das Schöne in Pfunders, Jung und Alt feierten miteinander. Nur bin ich noch nicht bereit, mich zum „Alt" zu zählen, dachte Amalia.

„Da hilft nur ein *Fliaga,* sonst fühl ich mich alt", schien Evi ihre Gedanken zu lesen.

„Ich hole welche", bot Arne sofort an. Als er wenig später mit dem Wodka-Red-Bull-Getränk in drei Bechern zurückkam, hatten Evi und Amalia ihre anfänglichen Hemmungen längst vergessen und tanzten mit ein paar anderen Mädchen ausgelassen zu *„Sweet but Psycho"*. Arne stellte die Drinks ab und überraschte alle damit, dass er bei *„Another Brick in the Wall"* total ausflippte. Wenig später waren sie alle drei durchgeschwitzt und am Verdursten, daher leerten sie gierig ihre *Fliaga,* bevor sie weitertanzten.

Es war fast Mitternacht, als Amalia sich erschöpft die Haare aus dem Gesicht strich. Die Frisur, die ihr Evi heute mit so viel Mühe gemacht hatte, hatte sich ziemlich aufgelöst, und feuchte Strähnen hingen ihr wirr ins Gesicht. Sie brauchte frische Luft. Arne wirbelte Evi gerade wild zu „*Galway Girl*" umher. So verließ Amalia das Zelt allein. Tief atmete sie die kalte, klare Luft ein. Obwohl es schon Mitte Mai war, schätzte Amalia die Temperatur auf unter zehn Grad und zog fröstelnd die Schultern hoch.

Sie wollte gerade wieder hineingehen, als sie eine wütende Mädchenstimme hörte: „Lass mich sofort los!" Amalia lugte um das Eck des großen Zeltes und konnte im Schatten an der Längsseite zwei Gestalten im Dunklen erkennen.

„*Sei et aseu*. Ich will doch nur mit dir reden." Die Männerstimme war leiser und klang in Amalias Ohren weniger bedrohlich als verzweifelt.

„Ich will aber nicht. Es kann einfach nicht sein, dass ich nicht mal aufs Klo gehen kann, ohne dass du mir auflauerst", fauchte das Mädchen. „Und jetzt lass mich los."

Amalia hasste solche Situationen. Sie mochte es nicht, sich in die Angelegenheiten Fremder einzumischen, andererseits hatte sie in Berlin gelernt, dass es die Pflicht eines jeden war, bei Gewalt sofort einzugreifen. War es aber schon Gewalt, jemanden am Arm festzuhalten? Sie machte einen Schritt nach vorn, sodass sie für die beiden Streithähne besser sichtbar war, und rief ein wenig unsicher: „*Hoila,* alles in Ordnung bei euch?"

Der Mann ließ das Mädchen sofort los und hob abwehrend beide Hände. „Na, na, alles okay." Dann ging er mit gesenktem Blick an Amalia vorbei.

„Danke", sagte das Mädchen zu ihr.

Jetzt, als sie ins Licht trat, erkannte Amalia sie. Es war Emma, eine dunkelhaarige Schönheit Anfang zwanzig, deren schulterlanges Haar zu einem Bob geschnitten war. Sie war klein mit einer zarten Figur und hatte ein schmales Gesicht mit einem ebenmäßigen, sehr hellen Teint.

„Der Lois würde mir zwar nie etwas tun, aber wenn du nicht gekommen wärst, hätte ich die nächste Stunde mit ihm diskutieren müssen, warum ich mit ihm Schluss gemacht habe." Sie hob die Schultern und lächelte schief. „Er ist wirklich sehr nett, aber …"

Amalia tat der junge Mann fast leid. Emma war bildhübsch, beliebt und witzig. Sie wusste, dass die junge Frau im Organisationskomitee der Bauernjugend war und die letzten Wochen fast jeden Abend bis nach Mitternacht auf dem Festplatz mitgeholfen hatte, damit alles klappte. So eine Frau ließ man nur schwer ziehen, und in die „Nett, aber …"-Schublade gesteckt zu werden, tat sicher weh. „Kein Thema", sagte Amalia.

Zusammen gingen sie zurück Richtung Disco. Allerdings kam sie bei ihren Freunden alleine an, weil Emma, kaum dass sie das Zelt betreten hatten, von einem gut aussehenden Typen zum Tanzen aufgefordert worden war. Sie wurde schon ungeduldig von Evi und Arne erwartet.

„Können wir wieder zum Tisch zurückgehen?", flehte Evi fast. „Wenn ich weiter *Fliaga* gegen den Durst trinke, könnt ihr mich in einer halben Stunde aus dem Zelt tragen."

„Gern", stimmte Amalia zu, der der Sinn auch mehr nach einem Radler als nach einem weiteren Mixgetränk stand. Sie bahnten sich einen Weg durch das immer noch gut gefüllte Zelt, doch als sie am Tisch ankamen, war der völlig leer.

„Wo ist denn jetzt Maurice?", fragte Arne konsterniert.

„Und die Nanne?" Amalia grinste. „Sehr verdächtig."

Sie blickten sich suchend um.

„Also, wie ich die Nanne kenne, würde ich zuerst in der *Schnapsbudel* suchen“, meinte Evi.

Die drei gingen zur „Wilderer-Bar“, einem Bereich des Zeltes, der mit Holz von der Tanzfläche abgetrennt war. Der Eingang war mit Tannengrün und Geweihen geschmückt. Drinnen standen die Leute fünf Reihen tief die Bar entlang, die die ganze Länge des Raumes einnahm.

„Hier ist's so voll, da fällst du nicht um,“ sagte Amalia lachend zu Evi.

Nun war es nicht schwierig, Nanne zu finden, denn sie war da, wo am meisten los war und die Leute am dichtesten gedrängt standen. Neben ihr Maurice, der andächtig ihren Worten lauschte. Zwei Burschen der Bauernjugend hatten links und rechts den Arm um ihn gelegt. Ein dritter trat gerade mit einem Tablett *Zirbela* hinzu.

„Arne, komm rüber. Lauter nette Leute hier“, rief Maurice begeistert, als er die Neuankömmlinge entdeckte.

Amalia, Arne und Evi hatten noch nicht ganz zur Gruppe aufgeschlossen, als ihnen schon jemand ein Schnapsglas in die Hand drückte. Von da an verlor Amalia jegliches Zeitgefühl. Sie trank, tanzte ausgelassen zur Oberkrainer Musik auf der Tanzfläche, flirtete und genoss jede Sekunde. Irgendwann hörte die Band auf der Bühne auf zu spielen und stattdessen spielte jemand mit der Ziehharmonika in der Bar. Es war ein Geschubse und Gedränge, Pärchen tanzten, andere verteidigten ihren Platz an der Bar und in den hinteren Ecken wurde wild geknutscht.

„Da bist du ja“, hörte sie Evi, die sie schon länger nicht gesehen hatte, plötzlich hinter sich. Sie hatte Thomas Gruber, den Grundschullehrer von Pfunders, im Schlepptau.

Amalia begrüßte den Mann, der sie freundlich anlächelte. Er war Mitte vierzig, seine dunklen welligen Haare waren schon mit einigem Grau durchzogen. Er war groß und sehr schlank und hatte sehnige Unterarme, die sie an einen Kletterer denken ließen. Sie kannte ihn vom Schulskirennen, das sie fotografiert hatte, und begrüßte ihn daher herzlich. Sofort wurde Amalia in eine Diskussion hineingezogen, wie wichtig richtige Rechtschreibung schon in der Grundschule war.

Als sich Thomas anbot, eine neue Runde zu holen, flüsterte Evi Amalia ganz begeistert zu: „Ich wünschte, wir hätten früher auch schon solche Lehrer gehabt. Er ist so verständnisvoll, und Simon geht richtig gerne zur Schule. Wenn ich da an die Habsberger denke, vor der ich damals solche Angst hatte. Ich bin jedes Mal mit Bauchweh durch die Schultüre gegangen."

Amalia, die ihre Schulzeit in recht guter Erinnerung hatte, nickte vage. Thomas kehrte mit drei *Nussila* zurück und begann von seiner Reise durch Südamerika im letzten Sommer zu erzählen. Ein interessanter Typ, dachte Amalia. Ihr gefiel, dass er inmitten des ganzen Trubels große Ruhe ausstrahlte.

„Hallo, Lukas", rief er und winkte Lukas Atzwanger, der als Ersatz für Pfarrer Auer nach Pfunders gekommen war, herüber. Der große hagere Mann trug ausgewaschene Jeans, ein schwarzes Hemd, hatte dunkelbraune Haare und ein braun gebranntes Gesicht mit tief liegenden blauen Augen. Schmunzelnd dachte Amalia, dass der Aushilfspfarrer optisch das komplette Gegenteil von dem kleinen rundlichen Pfarrer Auer war, der sich auf einer Reha in Österreich von einer Verletzung erholte. Dieser Mann, der sie hier weit nach Mitternacht in der Schnapsbar breit angrinste, sah so gar nicht nach Pfarrer aus. Nachdem sie sich eine Weile zu viert unterhalten hatten, dachte Amalia belustigt: Wenn ich inzwischen meine Abende mit dem Lehrer und dem Pfarrer verbringe, bin ich wahrscheinlich wirklich alt. „Ich hole die nächste Runde“, bot sie an.

Auf dem Weg zur Bar sah sie sich nach Maurice und Arne um. Die lieferten sich gerade einen Wettkampf mit ein paar Pfundrern, bei dem es darum ging, wer am schnellsten Nägel mit einem schiefen Hammer in einen Baumstumpf schlug. Anscheinend machte Arne seine Sache gut, während Maurice schon Probleme hatte, den Baumstumpf zu treffen. Dem geht es morgen elend, dachte Amalia mit ein wenig Schadenfreude, als sie zusah, wie ihr Freund sich nach jedem Schlag abstützen musste. Sie drehte sich zur Bar um.

„Vier *Nussila,* bitte!“, bestellte sie.

„Die Stimme kenne ich doch“, tönte es von hinten.

Ihr Magen zog sich zusammen und sie wandte sich langsam um. Neben ihr stand Felix, Nannes Sohn, ihr Nachbar seit frühester Kindheit. Mit ihm war sie täglich gemeinsam zur Schule gegangen, mit ihm hatte sie ihren ersten Rausch gehabt und mit ihm hatte sie ihren ersten Dreitausender bestiegen. Doch nach einer schiefgelaufenen Affäre im letzten Sommer war nichts mehr, wie es war. Aus einer unkomplizierten Freundschaft war zuerst Liebe und dann Enttäuschung geworden. Inzwischen gingen sie freundlich, aber verkrampft miteinander um. Dass sie jedes Mal Herzklopfen hatte, wenn sie ihn sah, machte die Sache auch nicht besser. Er war einen Kopf größer als sie, hatte blondes, immer etwas unordentliches Haar, blaue Augen und lächelte sie nun mit seinem verschmitzten Lächeln an, das sie immer an den Lausbuben ihrer Kindheit erinnerte.

„Hoila“, sagte Amalia nicht wirklich geistreich.

„*Hoi. Guit schaugst* aus“, sagte Felix und musterte sie eindringlich.

„Danke“, sagte Amalia und spürte, wie sie unter seinem Blick rot wurde. Wieso war sie nicht noch einmal auf die Toilette gegangen, um ihre inzwischen total ramponierte Frisur in Ordnung zu bringen? „Wie geht's dir denn?“, fragte sie lahm.

„Läuft“, antwortete er mit einem breiten Grinsen, nahm zwei Stamperl Schnaps von der Bar und ging zu einer hübschen Blondine, die auf der anderen Seite der Bar wartete.

„Depp“, dachte Amalia, bezahlte und machte sich auf den Weg zurück zu Evi. Sie wurde unterwegs von Nanne aufgehalten.

„*Bildomocharin,* ich geh jetzt heim.“ Obwohl Nannes Wangen gerötet waren und ihre Augen einen glasigen Glanz hatten, sah ihre Frisur aus, als hätte sie soeben das Haus verlassen, und ihre Worte waren klar und deutlich.

„Ach Nanne, trink noch einen Schnaps mit mir, dann geh ich mit heim“, entschied Amalia spontan.

„Ah ja, einer geht noch“, ließ sich Nanne ohne großen Aufwand überreden.

Amalia brachte Evi, dem Lehrer und dem Pfarrer die Schnäpse, bestellte noch einen für Nanne und stieß dann mit ihrer Nachbarin an. „Auf den *Kirschta.*“

„Auf den *Kirschta.*“ Nanne leerte das Glas mit einem kräftigen Zug und Amalia tat es ihr gleich. Dann verabschiedete sie sich von Evi und machte sich mit Nanne auf den Heimweg. Die frische Luft vor dem Zelt ließ Amalia schlagartig erkennen, dass sie viel zu viel getrunken hatte. Nanne erging es anscheinend ähnlich, denn sie hakte sich bei Amalia unter. Der Gehsteig erschien viel zu schmal für sie beide und es dauerte ewig, bis sie endlich die Lärchstraße erreichten. Nun ging es auch noch steil bergauf.

Nanne blieb stehen. „Lass uns kurz rasten."

Amalia war dankbar, denn obwohl die Nacht kühl war, schwitzte sie.

„Was ich noch mal sagen wollte", begann Nanne, „red der Evi die Schnapsidee mit dem Hexenhaus aus. Das Haus bringt nur Unglück. Das geht niemals gut."

Amalia nickte, weil es ihr zu anstrengend schien, zu antworten.

„Da sind schon so viele schlimme Dinge passiert. Die Leute, die das Haus im Winter gemietet haben, haben es keine drei Monate ausgehalten." Sie packte Amalia am Arm. „Lass die Evi da nicht einziehen. Das Haus ist verflucht. Die letzten Pfundrer, die dort gelebt haben, sind unter die *Lahne* gekommen, und dann kamen diese unheimlichen *Weibo*. Da unten sind schreckliche Dinge vor sich gegangen. Die Leut' im Dorf haben geredet. Bleibt dem Haus fern."

In den Augen der alten Frau lag ein fanatischer Glanz. Durch die Eindringlichkeit, mit der Nanne ihre Warnung aussprach, fühlte Amalia einen eisigen Schauer über ihren Rücken laufen. Sie gingen weiter. „Von dem Lawinenunglück habe ich gehört. Wann war denn das?"

„Kurz nach dem Krieg", antwortete Nanne schroff, und entgegen ihrer sonstigen Art sagte sie kein Wort mehr, bis sie bei Amalias Haus ankamen und sich verabschiedeten.

2.

20. Dezember 1947

Das Licht der Kerzen vorne am Altar flackerte und Anton, den im Dorf alle nur „Tondl“ nannten, spürte, wie ihm die Kälte durch die feuchte Hose in den ganzen Körper kroch, und das, obwohl er seine genagelten Bergschuhe und eine dicke Lodenhose trug. Die Nässe war wohl durch die kratzige Wolle gedrungen, als er durch den hohen Schnee gestapft war. Wahrscheinlich war der Stoff dünn geworden, denn er war der vierte von vier Buben, und alles, was er trug, hatten seine drei Brüder schon vor ihm getragen. Nur seine jüngere Schwester Thresl bekam manchmal etwas Neues. Im Schein der Stalllaterne war er bei Dunkelheit aufgebrochen, um zur morgendlichen Rorate zu gehen. Normalerweise wären seine Mutter und seine kleine Schwester mit ihm zu dieser Adventsmesse gegangen, doch die fünfjährige Thresl hatte Fieber und die Mutter war bei ihr zu Hause geblieben. Die Brüder und der Vater waren im Stall, weil eine Kuh kalben sollte. Allerdings wusste Anton, dass dem Richard, dem Ando und dem Benjamin jede Ausrede recht war, um sich vor dem frühmorgendlichen Kirchgang zu drücken. Fast immer war er allein mit den *Weiboleit* durch den kalten Wintermorgen gestapft. Wie ihn das ärgerte! Er fand, dass er mit seinen sieben Jahren auch schon alt genug war, um auf dem Hof zu helfen. Aber nein, für die Brüder und den Vater blieb er immer der *Letze* auf dem Feld, der *Wossatroga,* der sich um die kleine Schwester kümmerte, der, den sie nicht für voll nahmen.

Ein tiefes Grollen drang durch die dicken Kirchenmauern und Anton hob den Kopf. Sein Blick huschte über die weißen Wände der St.-Martin-Kirche, die mit barocken Heiligendarstellungen geschmückt waren. Er und die fünf anderen Buben, die auf den *Schuilobankln* ganz vorne saßen, wurden nur vom schimmernden Kerzenschein erhellt. Keiner tuschelte, weil hinter ihnen die gestrenge Klosterfrau saß, die jeden, der den Gottesdienst nur im Geringsten störte, schmerzhaft am Ohr packte und vor den Altar zog. Was an sich schon schlimm genug war – doch weil das die ganze Kirchengemeinde mitbekam, gab es zu Hause dann auch noch eine schallende Ohrfeige vom Vater und eine lange Strafpredigt von der Mutter. Auch die anderen Buben neben ihm wurden unruhig. Es schneite seit fünf Tagen fast ohne Unterlass. Die Alten vom Dorf sprachen mit großer Besorgnis von früheren schlimmen Lawinen und blickten immer wieder besorgt auf die steilen Hänge oberhalb von Pfunders, wo der Schnee sich meterhoch türmte.

Als die Messe endlich vorbei war, drängte er sich schnell an den alten Frauen vorbei aus der Kirche. Sofort zog er seine rote Wollmütze, die er während des Gottesdienstes abgenommen hatte, über seinen dichten braunen Haarschopf. Ein eisiger Wind pfiff von den Bergen herunter und trieb ihm die Schneeflocken schmerzvoll, da fast waagrecht ins Gesicht. Anton nahm die Kälte, die ihn schon in der Kirche fest im Griff gehabt hatte, noch deutlicher wahr. Schnell ging er zum Grab, wo sein Opa lag, entzündete ein Grablicht an seiner Stalllaterne und betete ein Vaterunser – in doppelter Geschwindigkeit und ohne große Andacht. Der Opa hätt's verstanden, dachte Anton ein wenig trotzig. Den hätte es bei diesem *greisligen* Wetter auch heim zum Frühstück gezogen.

Er war noch nicht ganz fertig, als sich eine schwere Hand auf seine Schulter legte. Ein wenig erschrocken blickte er sich um. Der Pfarrer stand mit seinem weißen Messgewand hinter ihm und versuchte mit der anderen Hand, sein Gesicht vor den Schneeflocken zu schützen.

„Geh heim, *Bui*", sagte er mit seinem üblich gewichtigen Ton, aber Anton meinte echte Besorgnis heraushören zu können. „*Heint* sollten alle *dahoame* bleiben."

Bang sah Anton über die Felder, die unter der Friedhofsmauer lagen, zu ihrem Hof hinüber, der auf der *Schattseite* ein wenig unterhalb des Bergdorfes lag. In der Küche brannte Licht. Wie eine warme, sichere Zuflucht vor dem Wintersturm kam Anton sein Elternhaus vor. Aber direkt hinter dem Hof ragten steile Hänge bis weit über 2.000 Meter Höhe auf. Bisher waren sie immer vor Lawinen bewahrt worden. Aber bei so viel Schnee ..., dachte Anton beklommen. Er nickte dem Pfarrer kurz zu und machte sich auf den Weg.

Die Unruhe, die ihn schon in der Kirche erfasst hatte, kehrte mit neuer Kraft zurück. Auch wenn er es nie zugegeben hätte, vermisste er seine kleine Schwester Thresl. Wenn sie die letzten Male in der beginnenden Morgendämmerung von der Rorate heimgegangen waren, hatte sie ihre kleine Hand in seine geschoben und ohne Punkt und Komma geredet, bis sie den Hof erreicht hatten. Er hatte meistens nur irgendwelche einsilbigen Antworten gebrummt und den Anschein erweckt, dass er sich für ihr Kleinmädchengeplapper nicht interessierte, aber jetzt fehlte sie ihm richtig. Es war so still und gab nichts, was ihn von seiner Besorgnis ablenken konnte. Seine Spuren vom Hinweg zur Kirche waren unter dem frisch gefallenen Schnee schon längst nicht mehr zu erkennen. Auf den ersten Metern waren noch andere Kirchgänger mit ihren Laternen den gleichen Weg gegangen, doch das letzte Stück kürzte er über Felder ab und musste es deshalb allein zurücklegen. Das Licht seiner Stalllaterne wischte auf dem Boden vor ihm hin und her, weil der Wind die Laterne zum Schaukeln brachte. Eine der längsten Nächte des Jahres lag hinter ihnen und es schien, als könnte sich das erste Tageslicht nur sehr schwer gegen die Dunkelheit durchsetzen. Wieder erklang ein bedrohliches Grollen, das von den in der letzten Nachtschwärze versteckten Gipfeln kommen musste.

Er beschleunigte seinen Schritt, weil sein Magen vor Hunger knurrte. Nach der Rorate richtete die Mutter immer ein ordentliches *Vormass* her. Sie würden schon alle in der Küche beisammensitzen, das Feuer im Holzherd würde knistern und es wäre wohlig warm. Wie jeden Morgen würde sein Vater schweigsam *Milch und Bröcke* essen, und seine Brüder würden ihn aufziehen, weil er als Einziger in die Kirche hatte gehen müssen. Ein vielsagender Blick von der Mutter würde die drei aber schnell zum Schweigen bringen. Aber das wäre ihm eh alles egal, so lange er nur endlich etwas zum Essen bekäme, dachte er zuversichtlich.

Plötzlich verwandelte sich das Grollen in ein lautes Tosen. Er blickte sich ängstlich um, aber in der einsetzenden Morgendämmerung konnte er nicht weit sehen. Plötzlich schien es, als löste sich die Welt um ihn auf. Wie ein Zinnsoldat, der von einer mächtigen Hand gepackt wird, wurde er nach hinten geschleudert. Panisch spürte er, dass Schnee auf ihm landete. Wild ruderte er mit seinen Armen, vermeinte keine Luft zu bekommen und wusste nicht, wo unten und oben war. Nach Sekunden, die ihm wie eine Ewigkeit vorkamen, wurde es still. Der Schnee um ihn herum hörte auf, sich zu bewegen. Über ihm war alles weiß. Oder war es unter ihm? Lag er auf dem Rücken oder auf dem Bauch? Er konnte seine Gliedmaßen nicht bewegen, es war, als wären sie im Schnee einbetoniert. Er fühlte sich wie lebendig begraben. Die Luft wurde knapp. Er hatte das Gefühl, von der Last des Schnees erdrückt zu werden.

Wieder versuchte er sich zu bewegen, sich zu befreien. Nichts. Oder doch? Sein linker Arm hatte sich ein wenig bewegt. Mit ganzer Kraft schob er ihn vor und zurück und vermeinte seinen Bewegungsradius zu vergrößern. Sein Herz klopfte rasend schnell. Ich brauche Luft, ich muss atmen, war der einzige Gedanke, zu dem er fähig war. Endlich konnte er seinen Arm anheben. Mit ungelenken Fingern und mit großer Schwierigkeit befreite er sein Gesicht vom Schnee, der hier zum Glück keine zehn Zentimeter hoch lag. Gierig sog er die kalte Morgenluft ein. So kalt und klar, so köstlich. Er musste husten, aber nach einigen Atemzügen beruhigte er sich. Er begann eilig, sich auszugraben. Minuten verstrichen. Aber der Schnee, der so weich und sanft vom Himmel fiel, war nun hart und unnachgiebig. Jeder Zentimeter Freiheit musste schwer erarbeitet werden. Als er sich endlich befreit hatte, stand er mit wackligen Beinen auf und sah sich um. Er musste sich um die eigene Achse drehen, um sich zu orientieren. Als er die Kirche hinter sich auf dem Kirchbichl sah, wusste er, in welcher Richtung sein Elternhaus stand. Stehen sollte. Denn vor ihm war es nur weiß.

Nun hatte das Tageslicht doch den Kampf gegen die Nacht gewonnen und ließ ihn das ganze Grauen klar erkennen. Die riesige Lawine war vom *Follmetz* heruntergekommen. Sie hatte auf dem Weg ins Tal Bäume und große Felsbrocken mitgerissen und den Hof unter sich begraben. Ihn hatten zwar nur die Ausläufer der Lawine erwischt, aber da, wo in einigen hundert Metern sein Zuhause hätte sein sollen, waren nur noch hohe Schneewände zu sehen. Er stapfte, so schnell es ging, durch den Schnee.

Aus den Schneemassen ragte der First vom Feuerhaus heraus, rundherum lagen Balken, wirr hingeworfen wie Mikado-Stäbchen. Einige Meter vom Haus entfernt stand ein Fenster samt Stock, darum verstreut lagen Dachziegel und ein Stück vom Gartenzaun. Es schien, als habe ein Riese das Haus aufgeklaubt, geschüttelt und alles liegen gelassen, wo es gerade hinfiel.

Tondl kraxelte über mehrere mannshohe Schneehaufen, bis er dahin kam, wo er die Tür vermutete. Mit dem Mut der Verzweiflung und bloßen Händen begann er zu graben. Es dauerte nicht lange und seine durchweichten Wollhandschuhe hingen in Fetzen und seine Hände bluteten. Er schien seinem Ziel kein bisschen näher gekommen zu sein. Schnee, Schnee, überall Schnee. Nie hatte er sich hilfloser gefühlt. Schluchzer überkamen ihn, aber er grub und grub.

Ein Fluchen riss ihn aus seiner Fokussierung auf die Holztür, hinter der seine Familie sein musste. Er sah auf. Gustl, der Bauer vom Nachbarhof, war mit einem Spaten zugange. Mindestens zehn andere Leute gruben, und als er Richtung Kirche blickte, kamen weitere Dorfbewohner mit Schaufeln und Pickeln bewaffnet die Felder herunter. Tondl schöpfte neuen Mut. Mit so viel Hilfe musste er es doch schaffen.

Er hätte nicht sagen können, wie viel Zeit vergangen war. Er spürte weder Schmerz noch Kälte, er wollte nur zu seiner Familie. Plötzlich ertönte ein lauter Ruf: „Seids leis, ich glaub, ich hör was!"

Alle hielten in der Bewegung inne. Tondl lief zum Waschtl, dem Messner, der angestrengt lauschte. Bitte, lieber Gott, lass sie noch leben, betete Tondl inbrünstig. Aber es war nur Stille. Gottverdammte Stille. Waschtl ließ resigniert die Arme sinken, als Tondl doch etwas hörte. Ganz leise, aber unverkennbar die Stimme von Thresl. „Hilfe, Hilfe, hilf mir!"

„Ich bin da, Thresl. Wir holen dich da raus, hab koa Angst!", sagte Tondl, dem Tränen über das Gesicht liefen, ohne dass er es bemerkt hätte. Waschtl drückte kurz seine Schulter, dann winkte er die anderen Männer heran und erneut begannen sie zu schaufeln, mit neuem Einsatz und neuer Hoffnung. Der Pfarrer, der auch mit einer Schneeschaufel herangeeilt war, versuchte Tondl zu einer Pause zu überreden, damit ihm jemand die blutigen Hände verbinden konnte. Doch als er den wilden Blick des Jungen sah, drückte er ihm seine Schaufel in die Hand und ließ ihn weiter mit den Männern graben. In unregelmäßigen Abständen machte Waschtl ein Zeichen und alle hörten auf zu schaufeln und horchten. Tondl wurde es leichter ums Herz, wenn er Thresls Stimme hörte. Das Mädchen begann das Vaterunser zu beten, das einzige Gebet, das sie schon konnte. Wieder und wieder sprach sie die gleichen monotonen Worte und gab damit die Richtung vor, in die sie graben mussten.

Schließlich hob Waschtl die Hand.

„Wir sind im Hausgang. Vorsicht, dass wir sie nicht verletzen." Alle schwiegen, um abzuschätzen, wo Thresl lag. Aber es blieb still.

„Thresl, Thresl," schrie Tondl aus Leibeskräften. „Sag was, wir sind fast bei dir. Wir holen dich raus. Nur noch ganz kurz ..." Er brach ab und lauschte. Aber die Unheil verkündende Stille hielt an. Auf ein Zeichen Waschtls gruben die Männer weiter. Aber Tondl konnte sehen, dass auch in ihren Gesichtern die Hoffnung der blanken Angst gewichen war.

„Ich glaub, ich hab sie“, hörte er von links.

Noch ein paar behutsame Spatenstiche und Gustl vom Nachbarhof, ein grobschlächtiger Mann, der alle überragte, hob mit einer überraschenden Sanftheit eine leblose kleine Gestalt aus dem Schnee. Sofort brachte jemand einen Mantel, auf den Thresl gebettet wurde. Es wirkte, als würde sie schlafen. Tondl ließ sich neben ihr auf die Knie fallen. Ihr Gesicht war fast so weiß wie der Schnee und sie trug nur ihr Nachthemd. Er wurde zur Seite gestoßen und Martin, der während des Krieges eine Ausbildung zum Rettungssanitäter gemacht hatte, begann eine Mund-zu-Mund Beatmung. Tondl schöpfte Hoffnung, als er sah, dass sich Thresls Brustkorb hob und senkte. Er war überrascht, als Martin nach einiger Zeit aufhörte und traurig den Kopf schüttelte.

„Nichts mehr zu machen,“ murmelte er.

„Halt“, schrie Tondl, „sie hat sich bewegt. Ich hab es genau gesehen.“

„Das war bloß meine Luft“, erklärte Martin mit gesenktem Kopf.

„Probier’s weiter, bitte, bitte …“, flehte Tondl.

„Das bringt …“, setzte Martin zwar an, kniete dann aber – nach einem Blick auf den verzweifelten Buben – nochmals nieder und versuchte erneut das Mädchen wiederzubeleben.

Als er nach einigen Minuten abermals aufhörte, sagte Tondl nichts mehr. Er sank weinend neben seiner kleinen Schwester nieder, die so gerne und viel geredet hatte und nun nie wieder etwas sagen würde. Wie konnte das sein? Sie wirkte äußerlich unversehrt. Und er hatte sie doch noch beten gehört. Wenn wir nur ein bisschen schneller gewesen wären, hätten wir sie retten können, dachte er verzweifelt. Der Schmerz um seine Schwester zerriss ihm fast das Herz.

Was würde die Mutter sagen, wenn sie ihr einziges Mädchen so liegen sähe? Die Mutter! Der Vater! Die Brüder! In seiner Angst um Thresl hatte er gar keinen Gedanken an die anderen verschwendet. Sie mussten leben, er würde es nicht ertragen, noch jemanden zu verlieren. Sein Vater war ein schlauer, besonnener Mann, versuchte er sich zu beruhigen. Der wüsste, wie man sich verhalten musste. Vielleicht hatte er alle in den *Selchkeller* gebracht? Er blickte auf und sah, dass einige Dorfbewohner dabei waren, einen Weg in die Küche frei zu graben.

Ihm fehlte die Kraft, aufzustehen und beim Schaufeln zu helfen. Er blieb bei Thresl sitzen und hielt ihre eiskalte Hand.

Plötzlich fiel der Pfarrer schwerfällig neben ihm auf die Knie. „Du musst jetzt ganz stark sein, Anton“, sagte er mit brechender Stimme.

Tondl wusste, was ihm der Pfarrer sagen wollte, doch er wollte es nicht hören. Er vergrub den Kopf unter den Armen und machte sich ganz klein. Irgendjemand schrie gellend. Es dauerte einige Momente, bis er verstand, dass er selbst diesen Laut verursachte. Aber er konnte nicht aufhören. Der Schmerz zerriss ihn. Irgendwann ging sein Schreien in heftiges Schluchzen über. Jemand streichelte seinen Rücken. Als er aufblickte, sah er, dass der Pfarrer neben ihm saß und unbeholfen über seinen Rücken strich.

„Sind alle tot?“, fragte Tondl in einem heiseren Flüstern.

Der Pfarrer nickte. „Sie waren beim *Vormass.* Es muss alles viel zu schnell gegangen sein. Die Lawine hat die hintere Wand von eurem Haus eingedrückt. Es tut mir leid, *Bue*“, sagte der Pfarrer ohne seine sonstige Strenge. „Mir fallen keine Worte des Trostes ein. In solchen Momenten verzweifle sogar ich an unserem Herrgott", fügte er mit aufrichtigem Schmerz in der Stimme hinzu.

Sie saßen lange schweigend nebeneinander, bis die Moidl, die Nachbarin, zu ihnen trat. Sie hatte einen Lodenmantel von ihrem Mann dabei. „Pfarrer, du kannst doch den armen *Buim* nicht patschnass in dieser Kälte sitzen lassen", schimpfte sie vorwurfsvoll und legte den schweren Mantel um Anton. Doch so wie er bislang die Kälte nicht wahrgenommen hatte, verspürte er nun auch keine Wärme. „Komm, Tondl", sagte sie nun liebevoll, „du kommst erst einmal zu uns. Du musst dich aufwärmen und zur Ruhe kommen. Die Rose hat schon deinen *Tauftete,* den *Pfitscha* Sepp, angerufen. Der kommt bald und holt dich."

„Nein, nein, nein", schrie Tondl, plötzlich aus seiner Lethargie gerissen. „Ich will hier nicht weg."

„Aber Bub, du kannst doch nicht hierbleiben", versuchte Moidl ihn zu beruhigen. Sie griff nach seiner Hand und versuchte ihn hochzuziehen."

„Nein!", schrie Tondl nun aus Leibeskräften. „Nicht weg vom Hof. *Des isch mei Hoamat*. Das ist das Letzte, was ich noch hab. Ich bleib hier!"

Doch nun half der Pfarrer der Nachbarin und zusammen zogen sie den wild um sich schlagenden Jungen aus dem verwüsteten Haus.

3.

Amalia schlug die Augen auf und blieb erst einmal ganz ruhig liegen. Ihr Kopf pochte und ihr war flau im Magen. Sie schaute auf die Uhr: vier Minuten nach neun. Mist, sie hatte Evi versprochen, um neun Uhr bei ihr zu sein, um beim Umzug zu helfen. Anscheinend hatte sie im Halbschlaf immer wieder auf die Snooze-Taste gedrückt. Sie sprang aus dem Bett – und bereute es sofort. Aus dem Pochen in ihrem Kopf wurde ein stechender Schmerz und ihr war auf einmal richtig übel. Der *blede* Schnaps, dachte sie. Mühsam und sehr langsam, als wäre sie über neunzig, schleppte sie sich ins Bad. Sie drehte die Dusche so heiß, dass sie es gerade noch ertrug, und ließ das Wasser über ihren müden Körper fließen. Langsam beruhigte sich ihr Magen.

Eine Kopfwehtablette und schwarzer Kaffee brachten ihre Lebensgeister zumindest teilweise zurück. Wenn bloß der Umzug nicht wäre! Liebend gerne wäre sie wieder ins Bett gefallen. Vor dem Fenster türmten sich graue Wolken auf, die einen heftigen Regenguss versprachen. Ein Tag, der wie fürs Liegenbleiben gemacht war, dachte Amalia, als sie wenig später das Haus verließ. Kalt war es auch noch. Typisches *Kirschta*-Wetter, grummelte sie missmutig vor sich hin.

Als Evi kurz vor zehn die Tür öffnete, sah Amalia, dass eine Entschuldigung für ihre Verspätung nicht nötig war. Evi sah aus, wie Amalia sich fühlte. Blass klammerte sie sich an eine Tasse Kaffee. „Magst auch eine?“

Amalia nickte und folgte Evi in das wunderschöne Bauernhaus, das an der *Eggerseite,* einem Berghang auf der *Sonnseite* oberhalb von Pfunders, lag. Ein wenig später kamen Evis Brüder und einige Freunde und begannen Autos und einen Hänger mit Evis Hab und Gut vollzuladen. Ihr fiel auf, dass Michl, Evis „Noch-Mann“, zwar half, aber mit niemandem ein Wort sprach.

„Fällt es dir schwer, hier wegzugehen?“, fragte Amalia, als sie sah, wie Evi mit leerem Blick ihren Bruder anblickte, der eine Kiste mit Spielzeug auf den Hänger wuchtete.

„Ja, es tut schon weh“, sagte Evi traurig, „ich war ja viele Jahre heroben. Und die meiste Zeit waren wir glücklich. Gott sei Dank brauchen wir die Möbel nicht einladen. Im „Hexenhaus“ gibt es genug, und ich und Michl haben noch nicht endgültig geklärt, wie es langfristig mit diesem Haus weitergeht. So können wir die Entscheidung noch aufschieben. Es ist doch schwieriger als gedacht, einen klaren Schlussstrich zu ziehen. Unter einem Dach kriegen wir das nicht hin. Kurzfristig ist es einfacher, ich gehe, weil Michl ja den Hof weiter bewirtschaften muss. Für die Kinder ist es halt hart.“

Amalia sah Tränen in Evis Augen treten. Sie legte den Arm um ihre Freundin. „Das findet sich sicher alles“, versuchte sie sie zu trösten. „Vielleicht ist die Lösung klarer, wenn du Abstand zu Michl und dem Hof hast.“

„Vielleicht“, sagte Evi unverbindlich. Dann stand sie auf und half den anderen wieder beim Einladen.

Es war fast Mittag, bis die letzte Kiste verstaut war. Hintereinander fuhren sie die *Eggerseite* hinunter. Evi und Amalia bildeten das Schlusslicht. Aber weit kamen sie nicht. Als sie beim *Gasthaus „Brugger“* in Richtung des Dorfes abbiegen wollten, war die Straße gesperrt. Die *Kirschta-Napfe* kamen gerade mit ihren *Trappeln* und einem Traktor, der den langen *Kirschta-Bam* zog, die Lärchstraße hinauf. Ein Auto der *Carabinieri,* das für Sicherheit sorgte, folgte dem Baum. *Maresciallo* Marchetti hatte das Fenster heruntergekurbelt, trug eine verspiegelte Sonnenbrille und wirkte trotz Uniform viel entspannter als sonst. Er hob die Hand zu einem kurzen Gruß. Amalia winkte zurück, dann stiegen sie und Evi aus und betrachteten das Spektakel. Auf einem der Dreiräder wurde eine Ziehharmonika gespielt, auf einem anderen wurden *Frankfurter Würstl* gekocht. Der Baum, der zu diesem Anlass geschlagen worden war, war sicher über siebenundzwanzig Meter lang und stemmte sich dagegen, um die Kurve gezogen zu werden. Niemanden in den aufgehaltenen Fahrzeugen schien die Verzögerung zu stören. An diesem Wochenende war nur der *Kirschta* in Pfunders wichtig.

Einige der *Kirschta-Napfen* schenkten klaren Schnaps an die Zuschauer aus. Als einer Amalia das Glas in die Hand drückte, musste sie würgen. Allein der Geruch brachte die Erinnerung an den am Vortag im Übermaß genossenen Alkohol zurück. Ablehnen war aber auch keine Option. Da würde sie bloß ausgelacht, um anschließend doch überredet zu werden. Wahrscheinlich hatte niemand der hier Anwesenden weniger getrunken oder mehr geschlafen als sie selbst. Sie schluckte das scharfe Getränk schnell hinunter. Es brannte in der Kehle und Tränen schossen ihr in die Augen. Der junge Mann, der ihr den Schnaps gereicht hatte, grinste wissend.

Kurz darauf ging es weiter, und sie legten die letzten Kilometer zu Evis neuem Haus ohne weitere Vorkommnisse zurück. Nachdenklich betrachtete Amalia das heruntergekommene Haus, das ein wenig versteckt unterhalb des Dorfes lag. Dahinter gab es eine gut sichtbare Lawinenverbauung, die Amalia an Nannes Warnung vom Vorabend denken ließ. Wirklich einladend sah das Haus nicht aus, wie es sich unter den dichten Wolken gegen den Berg kauerte. Aber es wirkte auch nicht „verflucht“ oder als würde es jedem Bewohner „Unglück bringen“, wie Nanne sich ausgedrückt hatte. Sie beneidete ihre Freundin allerdings nicht darum, dass das ihre neue Heimat werden sollte.

An der Haustür stand Emma. Himmel, die Jugend, dachte Amalia verärgert. Das Mädchen, heute in engen Jeans und einer Lederjacke statt im Dirndl, sah aus, als käme sie direkt aus einem Wellnessurlaub, und keinesfalls so, als hätte sie eine durchzechte Nacht hinter sich.

„Hallo, Emma, sorry, dass du warten musstest. Ich musste warten, bis sie mit dem *Kirschta-Bam* um die Kurve waren“, sagte Evi mit einem entschuldigenden Schulterzucken.

Emma nickte. „Ich weiß. Passt schon. Aber ich muss gleich wieder los, weil wir noch einiges für heute Nachmittag herrichten müssen.“ Sie kramte in ihrer Hosentasche und überreichte Evi einen überraschend großen Schlüssel aus Eisen. „Du weißt Bescheid, kannst alles benutzen, was im Haus ist. Was du nicht brauchen kannst, kannst du im *Fuitohaus* abstellen.“ Emma wippte von einem Bein aufs andere. Man merkte der jungen Frau richtig an, wie eilig sie es hatte, wegzukommen. An diesem Wochenende drehte sich für die *Bauernjugend* alles darum, das riesige Fest gut über die Bühne zu bringen. Diese Schlüsselübergabe passte da gar nicht rein.

Evi schien das auch zu verstehen. „Wir kommen klar, Emma. Wenn wirklich was ist, ruf ich dich an.“

Die Erleichterung war Emma deutlich ins Gesicht geschrieben. Endlich konnte sie zurück zum Zelt. „Danke, Evi. Bin echt froh, dass du unsere neue Mieterin bist. Mein Bruder Ruppert wollte ja unbedingt verkaufen. Der Erich, mein anderer Bruder, und ich finden jedoch, dass erst noch ein paar Sachen geklärt werden müssen, die mit dem Haus zu tun haben. Erst als wir gesagt haben, dass du es mieten würdest, hat sich Ruppert überzeugen lassen. Also danke."

Emma warf ihnen eine Kusshand zu, und weg war sie. Amalia und Evi grinsten sich an. Die Energie der Frau war beeindruckend.

Die nächsten beiden Stunden waren schweißtreibend. Zum Glück hatte sich ihr Magen vom Schnaps erholt und die Kopfschmerzen waren auch verschwunden, sodass Amalia die Arbeit nun leichter von der Hand ging als am Vormittag.

Die Männer, die beim Umzug geholfen hatten, verabschiedeten sich, sobald die letzte Kiste im Haus war, denn sie wollten zum *Bamaufstelln.*

Evi und Amalia räumten Küchenutensilien in die alten Schränke und begannen dann das Kinderzimmer herzurichten. Wahrscheinlich hatten Erich und Ruppert früher hier geschlafen, denn es befand sich ein aus dicken alten Brettern zusammengenageltes Stockbett darin. Eigentlich ist das ganz gemütlich, musste Amalia zugeben. Das Zimmer war zwar nicht besonders groß, aber mit dem kleinen Fenster in der dicken Mauer – von dem aus man einen wunderschönen Blick zum *Hegedex* hatte –, dem schön geschnitzten Bauernschrank und den unverkleideten Deckenbalken hatte es einen gewissen Charme. Nachdem die Betten frisch bezogen waren und sie einen alten Ohrensessel heraufgeschleppt hatten, über den Evi eine bunte Decke warf, konnte sich Amalia vorstellen, dass sich Evis ältere Buben dort wohlfühlen würden. Leander würde bei Evi im Zimmer schlafen.

„So, jetzt aber los! Die anderen Kisten kann ich auch später noch auspacken." Evi klatschte in die Hände und konnte es offensichtlich auch kaum erwarten, hinauf zum Festplatz zu kommen.

Amalia nickte und blickte auf die Uhr auf ihrem Handy. Es war schon nach 15 Uhr. Sie hatte eine Whatsapp von Maurice verpasst: „Wir starten jetzt Richtung Venedig. Dachte heute, mein letzter Tag sei gekommen. Nie wieder werde ich so ein klares Gesöff trinken. Ich glaube, die Jungs von der *Bauernjugend* wollten uns abfüllen. Arne geht es auch nicht so gut." Amalia sah, dass die Nachricht erst vor zehn Minuten hereingekommen war. Sie musste grinsen. Eigentlich hatten ihre Berliner Freunde gleich nach dem Frühstück aufbrechen wollen.

Als sie durch die schwere Eingangstür aus Holz ins Freie traten, blieb Evi auf einmal wie angewurzelt stehen, sodass Amalia in sie hineinrannte. Sie hob ein weißes Kuvert vom Boden auf. „Das muss jemand gebracht haben, als wir im Haus waren. Schließlich bin ich hundertmal rein- und rausgelaufen, da wäre es mir aufgefallen", sagte sie verwundert.

Es beinhaltete einen Zettel, auf dem nur wenige mit Computer geschriebene Zeilen standen. Amalia las über Evis Schulter mit:

Verlass mein Haus!
Es bringt Unglück, wenn man sich Fremdes aneignet.
Du und deine Brut habt hier nichts verloren.
Der Hüter des Hauses

Beklommen zog Amalia die Schultern hoch. „Wer schreibt denn so was? Hüter des Hauses? Der hat sie ja nicht mehr alle!", regte sie sich auf, konnte aber nicht leugnen, dass sie sich besorgt umblickte. Das Geschreibsel erinnerte einfach zu sehr an Nannes gestrige Warnungen und Bedenken bezüglich des Hauses.

Evi schien ihre Besorgnis nicht im Geringsten zu teilen. Sie zuckte mit den Schultern. „Ein Spinner halt – vermutlich noch mit einem Rausch von gestern. Soll wahrscheinlich witzig sein." Kaum hatte sie ausgesprochen, warf sie den Zettel in die Kiste mit dem Brennholz.

Amalia konnte das ungute Gefühl der Bedrohung erst abschütteln, als sie den Festplatz erreichten.

Der Baum wurde aufgerichtet. Gerade gab der *Michl-Schreier* das Kommando: *„Hoo ruck. Hoo ruck. Olle zam."* Mit langen Stangen, die zu Scheren zusammengebunden waren, wurde der Stamm mit reiner Muskelkraft in die Senkrechte gebracht – ein Vorgang, der mehrere Stunden in Anspruch nahm. Mehr als die Hälfte war geschafft. Aber der große Baum der *Bauernjugend* war nicht der Einzige, der aufgestellt wurde. Zur Linken schufteten die Schüler, um einen etwas kleineren Stamm in die Höhe zu bekommen. Die Buben zwischen zehn und fünfzehn Jahren waren mit großem Ernst und Eifer bei der Sache. Doch damit nicht genug, es gab sogar einen Dritten. Denn Pfunders war der einzige Ort, wo schon die *Kindogarschtla* einen *Kirschta-Bam* aufstellten. Für viele der Kleinen war es der schönste Tag im Kindergartenjahr, wenn sie von der *Bauernjugend* abgeholt wurden – natürlich mit Musik und Würsteln – und zusammen mit ihnen ihren Baum in die Höhe stemmten.

Amalia und Evi gingen zur *Bierbudel* und Evi holte zwei *Radler.* Amalia zog den Reißverschluss ihrer Jacke zu, denn es war empfindlich kalt. Sie lehnte sich zurück und beobachtete das Treiben. Fast alle Männer im Dorf waren im Einsatz. Sie trugen *rupfane Pfoate* und Bergschuhe. Man konnte ihnen die Anstrengung deutlich ansehen. Amalia genoss das Nichtstun deshalb umso mehr, und auch Evi schwieg zufrieden.

Es dauerte fast noch eine Stunde, bis der Baum mit dem *Kirschta-Michl* stand. Der *Michl* war eine Stoffpuppe, die ganz oben am Baum angebunden wurde. Über Nacht wurde er von der *Bauernjugend* strengstens bewacht, denn wenn er von den Burschen der Nachbarorte „gestohlen“ wurde, musste er mit viel Bier wieder ausgelöst werden. Noch größer war die Schande, die der Verlust des *Michls* bedeutete.

Evi lud noch alle Umzugshelfer auf ein Bier ein, dann gingen sie und Amalia heim. Zu Hause duschte Amalia, machte sich für den Abend fertig und griff sich ihre Kamera, bevor sie ausging.

Nach einem weiteren Abend im Festzelt mit köstlichem Essen, Bier, viel zu vielen Schnäpsen an der Bar, Tanzen und lustigen Begegnungen war Amalia stolz darauf, dass sie es dieses Mal schon um kurz nach eins nach Hause schaffte.

4.

Amalia band sich während des Gehens den blauen *Firschta* um. Sie war heute zum Bedienen im Zelt eingeteilt und spät dran. Als sie um Punkt zwei das Zelt betrat, war der Schichtwechsel gerade im vollen Gang. „Und wie ist es gegangen?“, fragte sie Silvia, die sie ablöste.

„Ein *Casino.* Alle Leute sind gleichzeitig ins Zelt gekommen. Und Emma, die uns das Wechselgeld geben sollte, ist gar nicht aufgetaucht. Da ging es schon chaotisch los. Brauch jetzt erst mal was zum Essen“, grummelte sie.

Amalia nickte. Sie bekam von Andrea, einem Mädchen der *Bauernjugend,* einen Geldbeutel mit Wechselgeld und einen *Orderman* ausgehändigt. Sie war als sogenannter *Bschteller* eingeteilt, das hieß, sie nahm die Bestellungen am Tisch mit dem Minicomputer auf, die dann per Funk zur Küche und zum Ausschank gesendet und von den Bedienungen serviert wurden.

Die ersten beiden Stunden kam sie nicht zum Luftholen. Das Zelt war gut gefüllt, überall winkte sie jemand heran oder rief nach ihr. Sie war froh, dass sie gestern einigermaßen fit nach Hause gegangen war, sonst hätten dieser Minicomputer und die hungrigen Gäste sie überfordert. Evi sah sie immer nur im Vorbeigehen, denn die Freundin war zum Bedienen eingeteilt und meist mit voll beladenen Tabletts unterwegs.

Als es nach vier ein wenig ruhiger wurde, ließ sie sich von einem der Schankkellner eine Flasche Wasser geben und trank sie gierig.

Evi trat neben sie. „Gib mir bitte auch eine“, sagte sie zu dem Burschen hinter dem Ausschank.

Amalia wartete, bis Evi getrunken hatte, und fragte dann: „Wie läuft's bei dir?“

„Ich bin bei den *Tirschtlan* eingeteilt. Und die Leute bestellen *Greane* und *Krautane,* als gäbe es kein Morgen mehr.“

„Ich habe das Gefühl, dass es langsam ruhiger wird. Du, hast gehört, die Emma war heute früh zum Arbeiten eingeteilt und ist bis jetzt noch nicht aufgetaucht.“

„Ja, das war heute das große Thema bei den Frauen, die die *Tirschtlan* machen. Die einen meinen, dass sie gestern zu wild gefeiert hat und heute ihren Rausch ausschlafen muss. Die anderen meinen, sie hätte einen neuen Typen kennengelernt und darüber alles andere vergessen. Die meisten sagen aber, dass das gar nicht zur Emma passt.“

„Finde ich auch. Die Emma würde auch dastehen, wenn sie keine Sekunde geschlafen hätte, so viel könnte die gar nicht trinken. Und den *Kirschta* vergessen? Wegen eines Mannes? Niemals!“, sagte Amalia im Brustton der Überzeugung.

Evi nickte. „Es ist schon unglaublich, was die Leute für einen *Topfn* zusammenreden. Zu mir hat die Gerda vom Koflerhof schon gesagt, dass es damals, als sie jung war, geheißen hat: Wer feiern kann, der kann am nächsten Tag auch arbeiten. Einfach nicht auftauchen – das hätte es früher nicht gegeben.“

„Ach Gott, die Gerda. Die muss es ja wissen“, sagte Amalia genervt.

„Aber die von der *Bauernjugend,* die die Emma besser kennen, die machen sich richtig Sorgen, denn ans Telefon geht sie anscheinend auch nicht. Zwei *Gitschen* wollen bei ihrem Bruder vorbeifahren, wenn es ein bisschen ruhiger wird.

Während des *Kirschtas* schläft die Emma immer in Pfunders beim Ruppert", erzählte Evi.

„Ob das was bringt? Ich kann mir einfach nicht vorstellen, dass die mit einem Rausch im Bett liegt", sagte Amalia skeptisch.

„Ja, eher nicht. Du, meinst, du ..."

Aber Amalia hörte nicht richtig zu, weil eine Frau in einem türkisfarbenen Dirndl aufgestanden war und ihr mit vollem Körpereinsatz winkte. „Du, Evi, ich muss wieder", sagte sie und begann wieder Bestellungen aufzunehmen.

Immer wieder sah sie sich suchend im Zelt um. Aber Emma tauchte nicht auf. Sie war anscheinend nicht die Einzige, die sich Sorgen machte. Überall sah sie Grüppchen von Leuten die Köpfe zusammenstecken, im Vorbeigehen konnte sie wieder und wieder den Namen Emma hören. Als um fünf das *Ensemble Franc Mihelic* zu spielen anfing, blieb ihr keine Zeit mehr für irgendwelche Gedanken. Das Zelt war bis zum letzten Platz gefüllt und auch in den Gängen zwischen den Tischen herrschte Gedränge. Sie setzte ihre Ellenbogen ein, um sich von einem Tisch zum anderen zu kämpfen.

Dankbar gab sie um sechs ihren Geldbeutel ab. Auch Evi beendete ihre Schicht. Sie holten sich einen *Giggo* und ein *Radler* und quetschten sich an einen bereits voll besetzen Tisch.

„Hast du was von der Emma gehört?", fragte Amalia, kaum dass sie sich gesetzt hatten.

„Die Simone und die Andrea waren bei ihrem Bruder, dem Ruppert. Bei dem wollte sie übernachten. Aber sie ist gestern Abend anscheinend nicht heimgekommen. Das hat ihr Bruder aber nicht mitgekriegt, weil der heute beim Frühschoppen mit der Musikkapelle gespielt hat. Er ist am

Morgen aus dem Haus und hat sich gedacht, dass sie noch schläft."

„Und jetzt?", fragte Amalia beunruhigt.

„Sie wollen einen Suchtrupp zusammenstellen. Mit dem Marchetti haben sie auch schon geredet. Er fordert noch zusätzliche Leute an."

Amalia schluckte, das klang gar nicht gut.

Die Musik hörte auf zu spielen und Simon, aus dem Organisationskomitee der *Bauernjugend,* trat ans Mikrofon. Der große stattliche Mann, Mitte 20, war ein begabter Redner. Er dankte zuerst den vielen freiwilligen Helfern: „350 Leute von unseren 600 Einwohnern haben die drei Tage über im Zelt geholfen. Das spricht für den Zusammenhalt in unserem Dorf. *Vergelt's Gott im Himmel auch* jedem Einzelnen *van enk.*"

Amalia durchströmte ein warmes Gefühl. Es war wirklich großartig: Nur wenn alle mithalfen, war es möglich, dieses riesige Zeltfest zu stemmen. Es war schon beeindruckend, was diese jungen Leute zwischen sechzehn und dreißig auf die Beine stellten. Tausende Leute waren über die letzten Tage mit Speis und Trank bestens versorgt worden. Bis in die Morgenstunden hatten fleißige Hände die Spuren der Nacht beseitigt, sodass am darauffolgenden Tag wieder gefeiert werden konnte. Viele waren das ganze Wochenende mit insgesamt fünf bis sechs Stunden Schlaf ausgekommen, die restliche Zeit hatten sie dafür gesorgt, dass der Festbetrieb reibungslos lief.

Dann versteigerte Simon mit viel Charme und Witz den *Kirschta-Bam* für einen wohltätigen Zweck. Immer wieder schaffte er es mit humorvollen Bemerkungen, den Bietern ein noch höheres Gebot zu entlocken. Nachdem der Baum zum sagenhaften Preis von 700 Euro an Ludwig Raffeiner versteigert worden war, begann die Musik wieder zu spielen.

Andrea kam an ihren Tisch. „Wir fangen an zu suchen. Wir treffen uns vor dem Zelt“, sagte sie leise zu Evi und Amalia, sodass die anderen Leute am Tisch nichts mitbekamen.

Amalia und Evi standen sofort auf. Allem Anschein nach hatte sich die Nachricht, dass nach Emma gesucht werden würde, wie ein Lauffeuer unter den Einheimischen verbreitet. Von vielen Tischen erhoben sich Menschen, auch einzelne Helfer hinter den Theken und Kellner im Saal nahmen ihre Schürzen ab und bewegten sich auf den Ausgang zu. Der Festbetrieb würde weiterlaufen, aber jeder, der entbehrt werden konnte, würde bei der Suche helfen. Auf dem Platz vor dem *Kirschta-Bam* versammelten sich die Menschen. Amalia fror, da sie nur ihr Dirndl trug und in der Eile vergessen hatte, ihre Trachtenjacke aus dem Mitarbeiterschrank zu holen. Es hatte zum Glück aufgehört zu regnen, aber die Luft war feucht und empfindlich frisch.

Der Feuerwehrkommandant begann, die Leute in Gruppen einzuteilen. Es sollte zuerst um das Zelt herum, dann der Weg vom Zelt bis zum Haus von Ruppert, Emmas Bruder, abgesucht werden, da sie zuletzt an der Bar des Festzeltes gesehen worden war. Jeder, der Emma am Vorabend gesehen hatte, sollte sich bei Marchetti melden, der rekonstruieren wollte, wo sie wann mit wem gesehen wurde, um ein möglichst genaues Bewegungsprofil zu erstellen.

Amalia und Evi suchten mit Manfred, einem Feuerwehrmann, die Felder oberhalb des *Kirschta-Bams* ab. Die Personen des Suchtrupps hielten einige Meter Abstand voneinander und gingen die *Meusafelder* aufwärts. Amalias Ballerinas waren nach wenigen Metern vom nassen Gras durchweicht und ihre Füße eiskalt. Nachdem sie, ohne etwas zu finden, die Felder überquert hatten, kamen sie in den Wald. Sie verständigten sich durch Zurufe, da sie sich zwischen den Bäumen oft nicht sehen konnten. Obwohl die Dämmerung noch nicht eingesetzt hatte, war es in dem dichten Wald schummrig. Ein unheimlicher Kontrast, dachte Amalia. Hinter sich hörte man *Mihelic* vom Festzelt her spielen. Wenige hundert Meter entfernt tanzten, lachten und feierten die Menschen, während hier kein überflüssiges Wort gesprochen wurde, weil eine bleierne Sorge alle Suchenden ergriffen hatte. Es war, als hätte sich ein Netz aus Unbehagen über sie gelegt, das sie von der Sorglosigkeit unten im Zelt trennte. Auch wenn man den ganzen Tag über betroffen gemunkelt hatte, wo denn die Emma sei, war erst durch die straff organisierte Suche aus einer diffusen Besorgnis eine reale Angst geworden. Hier oben im Wald war es grau und kalt, und jeder fühlte die Anspannung, ob und was sie finden würden.

Weiter oben vernahm sie aufgeregte Stimmen. Hatten sie Emma gefunden? Irgendjemand stellte einen Scheinwerfer auf. Das helle Licht schmerzte in den Augen. Wie ferngesteuert ging Amalia auf die Lichtquelle zu. Sie musste ein paarmal blinzeln, bis sich ihre Augen an die grelle Helligkeit gewöhnt hatten. Dann sah sie Emma. Sie lag auf dem weichen, feuchten Waldboden in einem zartrosa Dirndl. Da ihre Augen geschlossen waren, wirkte sie, als würde sie schlafen – bildhübsch und unschuldig, den Dirndlrock züchtig über die Knie gebreitet. Sie hatte die Hände vor der Brust gefaltet, wie eine Heilige auf einem Märtyrerbild. Das Einzige, das den Frieden dieses Bildes störte, waren die dunkelroten Blutergüsse an ihrem Hals, die wie unheilvolle Blumen aussahen.

Amalia starrte und starrte. Das war das Mädchen, mit dem sie vorgestern vor dem Zelt geplaudert hatte, das sie gestern beim Tanzen und Feiern in der Bar gesehen hatte. Emma, deren Augen vor Lebensfreude funkelten, die die Menschen um sie herum in ihren Bann gezogen hatte. Die ständig und überall im Einsatz war, damit der *Kirschta* reibungslos ablief. Nun lag sie hier so still, wie sie es im Leben nie gewesen war. Neben ihr fing ein Mädchen zu schluchzen an, sie wurde von zwei anderen Mädchen gestützt und weggeführt.

Dann ging alles ganz schnell, ein Feuerwehrmann gab über Funk den Code „01“ weiter, damit die Suche abgebrochen werde. Mehrere Feuerwehrleute errichteten eine Absperrung und schickten die Leute weg, die bislang fassungslos um Emmas Leichnam herumstanden.

Inzwischen hatte die Musik aufgehört zu spielen, und das Zelt hatte sich geleert. An einigen Tischen saßen Leute, die bestürzt miteinander sprachen. Gerade die jungen Pfundrer, die mit Emma aufgewachsen und mit ihr befreundet waren, standen in Gruppen, weinten und umarmten sich. Man konnte die Verzweiflung körperlich spüren, dachte Amalia betroffen. Manche saßen wie betäubt an den Tischen und ließen ihren Tränen freien Lauf.

Schließlich gingen sie und Evi nach Hause. Aber an Schlaf war nicht zu denken. Immer wenn Amalia die Augen schloss, sah sie Emma, wie sie mit gefalteten Händen und den Würgemalen am Hals dalag.

5.

Amalia öffnete ihr Gartentor, das noch immer quietschte. Sie nahm sich vor, bei ihrem nächsten Einkauf ein Fläschchen Öl mitzunehmen, damit es mit dem Quietschen endlich ein Ende hatte. Nach dem anstrengenden *Kirschta*-Wochenende hatte sie sich an diesem herrlichen Frühlingsmorgen vorgenommen, etwas für ihre Gesundheit zu tun und joggen zu gehen. Schließlich steckte man die durchzechten Nächte nicht mehr so leicht weg wie mit Anfang zwanzig, dachte sie bekümmert. Sie war, seitdem Emmas Leiche gestern im *Moserwald* gefunden worden war, derart unruhig, dass es ihr unmöglich schien, konzentriert und still am PC zu sitzen und zu arbeiten. Da sie mittlerweile wusste, dass sie in diesem aufgewühlten Zustand nichts zustande brachte, konnte sie es gleich sein lassen. In Gedanken versunken, schloss sie das Gartentor, zog ihre dunkle Trainingsjacke aus und band sie sich um die Taille. Die Wärme der Sonne verdrängte allmählich die kühle Luft des Morgens. Es war schon witzig, dass es jedes Jahr, kaum dass der *Kirschta* vorbei war, wieder warm und sonnig wurde.

Vorgestern hatte sie noch mit dem hübschen sympathischen Mädchen, das förmlich vor Lebensenergie sprühte, gesprochen und jetzt – jetzt war sie tot, grausam herausgerissen aus dem Leben. Wie schnell alles vorbei sein konnte. Ihr schauderte. Wer konnte dem Mädchen das angetan haben? Amalia nahm sich vor, darüber nachzudenken, wenn ihr Kopf nach der Anstrengung des Laufens wieder frei war.

Gerade wollte sie das Trainingsprogramm auf ihrer Pulsuhr starten, um die Joggingrunde aufzuzeichnen, als sie hinter sich die Stimme ihrer Nachbarin hörte: „Halt, Amalia, wart einen Moment."

Amalia drehte sich um und seufzte. So schnell würde sie nicht loskommen. Das war klar, sobald sie Nanne mit forschen Schritten auf sich zukommen sah. In der Hand trug sie eine pinkfarbene Gießkanne, Ton in Ton mit ihrer Kittelschürze.

„Willst du wirklich laufen gehen? Machst du dir gar keine Sorgen, dass da draußen vielleicht ein Mörder auf der Suche nach einer jungen *Gitsche* auf der Lauer liegt? Ich mein ja bloß, es wär ja auch ewig schad' um dich", fügte sie noch platt hinzu.

„Es ist doch helllichter Tag, da wird mir schon nichts passieren", antwortete Amalia, selbstsicherer, als sie sich tatsächlich fühlte. Sie nahm sich vor, keine Strecke durch den Wald zu laufen und sich nicht zu weit vom Dorf zu entfernen.

„Hast du schon *an* Verdacht?", fragte Nanne ohne Umschweife.

Amalia überlegte. „Na ja ... die Emma hat vorgestern vor dem Zelt einen Disput mit ihrem Ex, dem Lois, gehabt. So viel ich mitbekommen habe, wollte er nicht verstehen, warum Emma Schluss gemacht hat. Sie ist konsequent geblieben und hat ihn erneut zurückgewiesen. Als der Streit lauter wurde, habe ich gefragt, ob alles in Ordnung sei, da hat er sich sofort zurückgezogen. Emma meinte noch, der Lois würde ihr nie etwas antun, aber vielleicht hat sie die Situation unterschätzt", antwortete Amalia.

„Den Lois, den kenn ich. Das ist ein ganz ein rechtschaffener Kerl. Aber man weiß nie. Ich vermute eher, dass sie einer vergewaltigt hat. Ich kann mir zwar nicht vorstellen, wer, aber bei den *Mando* kann schon mal die Sicherung durchbrennen bei so viel Bier und Schnaps, wie dieses Wochenende geflossen sind. Eine Schönheit war die Emma ja. Vielleicht hat sie einem den Kopf verdreht und ihm mehr versprochen, als sie dann gehalten hat. Und dann hat er es sich genommen …“ Nach einer kurzen Pause fügte sie noch theatralisch hinzu: „Vertuschungsmord.“

Amalia nickte. Wenn es um Kriminalfälle, Motive in Kombination mit Dorftratsch ging, war Nanne, die niemals ohne Krimi ins Bett ging, in ihrem Element. „Das würde auch erklären, warum der Mörder die Leiche so drapiert hat, das Dirndl schön hergerichtet und die Hände gefaltet, als wäre nichts geschehen – als würde sie schlafen. Wahrscheinlich hat er bereut, was er getan hat. Es hat den Anschein, als hätte er Emma aufrichtig geliebt. Das würde wieder für den Lois sprechen. Marchetti hat sicher bald erste Ergebnisse“, mutmaßte Amalia.

„Der *Maresciallo,* der hat doch keine Ahnung, was hier im Dorf vor sich geht“, sagte Nanne und machte dabei eine abfällige Handbewegung. „Vielleicht ist sie ja auch umgebracht worden, weil sie das Hexenhaus wieder vermietet hat. Manchmal glaube ich schon, das Haus will keine Bewohner haben und hat sich jetzt an der Emma gerächt. Die Nächste wär dann die Evi oder die Kinder. Maria und Josef, das mag ich mir gar nicht vorstellen. Aber sag nicht, ich hätte euch nicht gewarnt.“

„Jetzt hör aber auf, Nanne. Das Haus als Täter schließ ich aus.“ Amalia lachte kurz trocken. Ihre Nachbarin hatte schon eine eigene Weltsicht. „Aber was ist mit der Familie? Könnte es um das Erbe gehen? Was weißt du denn über die?“ Amalia sah einen triumphierenden Blick in Nannes Augen aufblitzen. Diesen Blick kannte sie. Der erschien immer, wenn ihre Nachbarin jemandem etwas Neues erzählen konnte. Sie konnte zum Besten geben, was sie bereits herausgefunden hatte oder schon wusste, weil sie immer schon in Pfunders gelebt hatte.

Nanne holte so tief Luft, dass ein Knopf ihrer eng sitzenden Kittelschürze dabei aufsprang. Doch das brachte sie nicht im Geringsten aus dem Konzept. „Die *Schantane* hatte ein Testament. Geerbt haben das Haus die drei Kinder, der Ruppert, der Erich und die Emma. Die drei Kinder waren nicht ihre leiblichen, sie hat sie im Laufe der Jahre angenommen, beziehungsweise waren sie zur Pflege bei ihr. Trotz des großen Altersunterschiedes haben sich die beiden Älteren immer wie richtige Brüder gefühlt und sich um Emma gekümmert. Die *Schantane* hat es fertiggebracht, eine Familie für die Kinder zu schaffen, obwohl sie sozusagen aus der Not heraus entstanden war. Erst nach ihrem Tod gab es Probleme. Die Gerda hat mir im *Dorftreff* erzählt, dass die drei uneins waren."

„Worüber uneins?", fragte Amalia nach und handelte sich wegen der Unterbrechung einen pikierten Blick Nannes ein.

„Die Kofler Gerda hat es im *Dorftreff* erzählt ... und die weiß es von der Christa, der Arbeitskollegin von der Emma, und die wiederum weiß es von der Chefin von der Emma. Also eine gesicherte Quelle sozusagen, weil sie es direkt von der Emma hat, aber egal, sie hat gehört, dass der Ruppert gerne verkauft hätte, aber Erich und Emma dagegen waren", sagte Nanne, ohne Luft zu holen.

Amalia konnte ein Schmunzeln über die „gesicherten Quellen" nicht verbergen, vermied es aber dieses Mal tunlichst, Nanne erneut in ihrem Monolog zu unterbrechen. Immerhin schien diese dubiose Information im Einklang damit zu stehen, was Emma selbst zu ihr und Evi gesagt hatte.

„Dem Ruppert, sagt man, steht finanziell das Wasser bis zum Hals. Er hat erst vor ein paar Jahren ein Haus gebaut und kürzlich mit seiner Elektrofirma bei einem Auftrag in Bruneck einen großen Verlust gemacht, weil der Auftraggeber nicht gezahlt hat. Sobald klar war, dass er pleite ist, hat seine Frau die Koffer gepackt und ist samt den Kindern in einer Nacht-und-Nebel-Aktion ausgezogen. Das vorhandene Schwarzgeld hat sie auch mitgenommen. Jetzt macht die Bank mächtig Druck. Mit einem Verkauf wäre er wahrscheinlich aus dem Schneider. Rupperts Mutter soll eine Drogenabhängige aus Bozen gewesen sein, die Ruppert nach der Geburt bei der *Schantanen* gelassen hat. Kurz danach soll sie sich den ‚Goldenen Schuss' gesetzt haben." Nanne schnaufte tief, bevor sie weitersprach: „Der Erich, der ist drei Jahre älter als der Ruppert. Der wohnt inzwischen in Vintl. Da waren auch seine Eltern her."

Amalia blickte erstaunt. „Warum hat er, wenn er in Vintl Eltern hat, im Hexenhaus gelebt?"

„Das habe ich mich auch gefragt. Die Gerda hat gewusst, dass der Vater ein gewalttätiger Alkoholiker war und die Mutter öfter im Rausch krankenhausreif geschlagen hat. Irgendwann hat er auch angefangen, den Erich zu schlagen. Da hat die Behörde eingegriffen und die *Schantane* hat ihn als Pflegekind aufgenommen. So hat er wenigstens in der Gegend bleiben können. Er ist aber an einem Verkauf des Hauses nur des Geldes wegen nicht interessiert. Der hat nach dem Tod von seinen leiblichen Eltern was in Vintl geerbt. Ein Haus, glaube ich. Angeblich wollte er das Hexenhaus nicht verkaufen, bevor nicht einige Dinge geklärt wären."

„Was für Dinge?“ Emma hatte sich fast genauso ausgedrückt.

„Das weiß ich auch nicht.“ Man konnte Nanne direkt ansehen, wie sie diese Informationslücke wurmte.

„Und die Emma?“, fragte Amalia.

„Tja, die Emma, das ist die Jüngste der drei gewesen. Die Einzige, die ihre leiblichen Eltern überhaupt nicht gekannt hat. Emma wollte nicht verkaufen, weil das ihre ‚*Hoamat*‘ war, das Haus, in dem sie aufgewachsen ist. Ihre Eltern hat sie nie kennengelernt und die *Bucklate,* die *Schantane,* der Ruppert und der Erich waren die einzige Familie, die sie je gehabt hat. Da sie in Brixen als Kellnerin gearbeitet hat und dort auch wohnte, hätte sie das Haus gerne vermietet, damit es nicht leer stünde. Die Einnahmen sollten, laut Gerda, dafür verwendet werden, das Nötigste instand zu halten. Ich hätte ja nicht gedacht, dass die jemals jemanden findet, der freiwillig in das Unglückshaus einzieht. Ich versteh die Evi immer *no ette.*“

„Aber dem Ruppert würde der Tod von der Emma nichts bringen, solange der Erich nicht verkaufen will“, überlegte Amalia.

„Wenn du mich fragst, hängt alles mit dem Haus zusammen. Glaub mir, das Haus verbirgt so manches Geheimnis, das hat *mei Mamme, Gott hab sie selig,* schon gesagt und die war öfters in dem Haus, wenn sie für uns Kinder eine Kräutermedizin geholt hat. Das haben sie nämlich können, die zwei Hexen. Die Sachen haben immer viel weniger gekostet als beim Apotheker, und besser geholfen haben sie auch noch.

„Es wird uns nichts übrig bleiben, als abzuwarten, ob es eine Vergewaltigung war oder nicht, denn dann käme die

Familie nicht infrage", fasste Amalia abschließend ihren Wissensstand zusammen.

„Bei einer Vergewaltigung wären ja alle *Mando,* die am *Kirschta* waren, verdächtig. Das gäbe eine lange Liste, Amalia." Nanne schüttelte betrübt den Kopf. „Kannst dich auf mich verlassen, ich hör *mi* weiter um", sagte sie dann abschließend.

Amalia nickte, startete das Trainingsprogramm und lief los.

6.

Frisch geduscht und mit dem Gefühl, die Alkoholsünden der letzten Tage endgültig aus ihrem Körper geschwitzt zu haben, fuhr sie am Nachmittag wie versprochen zu Evi, um ihr beim Auspacken der restlichen Kartons zu helfen. Amalia parkte ihren Mini und erschrak, als ein wildes Geheul losbrach. Erschrocken schaute sie sich um, als sie zwei „Indianer" mit üppigem Federschmuck und Pfeil und Bogen entdeckte.

„Aussteigen, Bleichgesicht", befahlen sie.

Amalia stieg aus und hob die Hände. „Ich ergebe mich", sagte sie lachend und ließ sich von Simon und Andreas, Evis Kindern, zum Haus führen.

„*Hoila,* Amalia", begrüßte Evi sie, „die zwei haben in einer der Kisten Faschingskostüme gefunden. Darf ich vorstellen, wir gehören zum Stamm der Apachen. Das ist ‚Kleiner Bär' und das Häuptling ‚Großer Adler'", wobei sie zuerst auf Andreas und dann auf den älteren Simon deutete. „Leander habe ich bei Michl untergebracht, sonst kommen wir gar nicht voran", ergänzte sie. Mit großem Indianergeschrei liefen die Kinder im Garten herum.

„Wie kann ich behilflich sein?", fragte Amalia, bereit anzupacken und froh, dem Kindergeschrei entkommen zu können. Sie bewunderte ihre Freundin, die in all dem Chaos die Ruhe bewahrte. Zwar hörte Amalia seit ihrem dreißigsten Geburtstag immer öfter ihre biologische Uhr ticken, und mit dem richtigen Mann an ihrer Seite konnte sie sich Kinder sehr wohl vorstellen. Allerdings verstummte diese Uhr nach Nachmittagen mit den Kindern ihrer Freundin meist für einige Tage.

„Also, ich habe auf die Kartons draufgeschrieben, in welches Zimmer sie gehören. Schnapp dir einfach einen und räum die Sachen in die Schränke ein", unterbrach Evi mit ihrer Anweisung ihre Gedanken.

„Okay", sagte Amalia und betrat das Haus. In der Küche, im Flur und im Wohnzimmer stapelten sich immer noch Kartons. Sie dachte an ihren eigenen Umzug. Doch das hier übertraf alles. Sicher, es zogen vier Personen um, aber konnten Kinder so viele Sachen haben? Seufzend ergriff sie einen Karton, las „Leander" und ging damit in Evis Schlafzimmer. Sie blickte sich um. Neben dem Doppelbett, in dem Evi und Leander vorerst schlafen würden, gab es einen klapprigen alten Kleiderschrank, der aussah, als wäre er schon vor 1900 benutzt worden. Daneben stand eine passende Holzkommode. Zusätzlich hatte Evis Bruder gestern einige Regalbretter angebracht, um Platz für Bücher zu schaffen. Durch das Fenster fiel ausreichend Licht, doch der Raum mit den dunklen Möbeln wirkte auf Amalia trotzdem düster.

Amalia öffnete den Karton. Bauernhoftiere, Bausteine und anderer Krempel. Wo sollte sie das ganze Zeug unterbringen? Sie beschloss die Spielsachen in die unterste Schublade der Kommode zu räumen. Dann holte sie sich den nächsten Karton, der Kinderkleidung enthielt. Je länger Amalia in dem Zimmer war, desto mehr überkam sie ein bedrückendes Gefühl. Sie schaute sich um. Hier war nichts, wovor sie sich fürchten musste. Täuschte sie ihr Gefühl? Im ersten Moment wollte sie zu Evi hinunterlaufen, damit sie nicht alleine wäre. Unsinn! Sie war eine erwachsene Frau. Sicherlich hatten sich Nannes Worte in ihr Unterbewusstsein gedrängt. Sie nahm sich die nächste Kiste vor, doch das unheimliche Gefühl blieb.

„Amalia, Pause, *kommst runter?* Die Hilda ist da mit Kaffee und Kuchen", hörte sie Evis Stimme.

„Komme", antwortete Amalia und war froh, Evis Schlafzimmer verlassen zu können.

„*Hoila,* Hilda", begrüßte Amalia Hilda und umarmte sie. Hilda Raffeiner war die beste Freundin ihrer Oma Zille gewesen. Während ihrer Kindheit hatte sie viele Stunden bei Hilda und deren Sohn Hannes verbracht, wenn ihre Oma, bei der sie aufgewachsen war, wegen eines Auftrages unterwegs war. Obwohl Hannes, der Hildas ganzes Glück gewesen war, erst vor ein paar Monaten gestorben war, sah Hilda gut aus. Sie trug ein maßgeschneidertes dunkelgraues Kostüm mit weißer Bluse, als würde sie noch immer jeden Tag im Büro der Zimmerei arbeiten. Ihre Kleidung wirkte teuer, aber nicht extravagant. Ihre grauen Haare waren zu einem akkuraten Bob geschnitten. Amalia fiel auf, dass sie ein wenig abgenommen hatte und das sonst rundliche Gesicht schmaler wirkte. Hilda, die wie immer perfekt organisiert war, hatte in einem Korb alles mitgebracht: Teller, Kaffeetassen, Kuchen, Löffel, Zucker und sogar Servietten. Amalia musste schmunzeln.

„Was lachst, ich habe lieber mal alles mitgenommen. Ich wusste ja nicht, wie viel schon ausgepackt ist", verteidigte sich Hilda, als sie Amalias Blick auffing.

Sie setzten sich gerade an den Tisch, als ein schwarzer Porsche Cayenne vor dem Haus parkte. Ludwig Raffeiner, Hildas Mann, stieg aus. Evi und Amalia blickten sich überrascht an. Ludwig war nicht der Typ Mann, der den Nachmittag beim Kaffeeklatsch mit ein paar Frauen verbrachte. Erst nach dem Tod ihrer Oma hatte Amalia ihn besser kennengelernt und herausgefunden, dass sie und er sogar miteinander verwandt waren. Ludwig hatte zusammen mit Hilda, die beide aus ärmlichen Verhältnissen stammten, durch harte Arbeit und mit viel Fleiß einen florierenden Zimmereibetrieb aufgebaut, der bis weit über die Grenzen Südtirols hinaus bekannt war. Außerdem besaß er seit den 1980er-Jahren ein Sägewerk, weshalb er im Dorf nur Riegla Soggila genannt wurde.

Als der große breitschultrige Mann mit dem gebräunten Gesicht durch die Tür trat, musste er seinen Kopf einziehen, weil die Türstöcke des alten Hauses zu niedrig waren. „*Hoila*, die Damen. Habt ihr noch ein Stück Kuchen für mich?", fragte er und setzte sich, ohne auf eine Antwort zu warten, mit an den Tisch. Evi stand sogleich auf, ging in die Küche und brachte ein weiteres Gedeck.

„Also, Evi, ich will gleich auf den Punkt kommen, warum ich da bin. Jetzt, solange die Kinder nicht zuhören, kann ich das gleich ansprechen. Die Hilda hat mir erzählt, dass du hier einziehst. Da haben wir zwei uns gedacht, deine drei Buben könnten eine Schaukel mit Rutsche und Spielturm gut gebrauchen. Natürlich nur, wenn es dir recht ist? In einer Stunde kommen drei von meinen Leuten und gießen das Fundament und am Ende der Woche stellen sie alles auf. Was sagst du?"

„Was soll ich sagen, Ludwig. Schön wäre das schon und die Kinder würden sich freuen, aber finanziell schaut es momentan nicht so rosig aus und da muss ich doch auch vorher Emma ...", Evi erschrak über ihre eigenen Worte, zögerte kurz und stammelte, „... also ... äh ... Ruppert oder Erich fragen, ob ich das auch darf." Evi schaute betroffen zu Boden.

Jetzt schaltete sich Hilda ein: „Erstens habe ich das letzte Woche noch mit Emma geklärt und es mir schriftlich geben lassen. Das hat mit Sicherheit auch jetzt nach ihrem Tod Gültigkeit. Und zahlen musst du uns doch nichts dafür, *Gitsche*. Sieh es als Geschenk zum Einzug."

„Danke, Hilda. Danke, Ludwig." Evi umarmte die beiden nacheinander und gab Ludwig ein weiteres Stück von Hildas saftigem Käsekuchen auf seinen Teller.

Amalia sah, dass ihre Freundin feuchte Augen bekam. Evi war stolz und weigerte sich stets, finanzielle Hilfe anzunehmen, aber wenn es um ihre Kinder ging, war sie nachgiebig und weich. Trotzdem fiel es ihr sicher nicht leicht, das Geschenk anzunehmen, auch wenn die Geste von Herzen kam. Amalia schaute an Hildas Kopf vorbei durch das Fenster hinaus. „Was schaut der denn so blöd mit seinem *Gugga?* Ist das der Huiba Hons, der da hinten am Waldrand steht?", fragte Amalia in die Runde, während sich ihr Blick weiterhin aus dem Fenster richtete.

„Das ist sozusagen unser neuer Nachbar. Der ist gestern auch schon dahinten am alten Hochsitz gestanden und ich hatte das Gefühl, dass er mich beobachtet. Als wäre es ihm nicht recht, dass ich hier mit den Kindern einziehe", meinte Evi.

„Das glaub ich sofort. Der Huiba, sagt man, war sich schon mit dem Ruppert über einen Verkauf einig. Der wollte das Haus unbedingt haben, weil das Grundstück an seines grenzt, aber Emma und Erich haben Ruppert einen Strich durch die Rechnung gemacht. Dem Huiba passt es wahrscheinlich nicht, dass du jetzt als Mieterin im Haus bist und nicht verkauft wird", erklärte Ludwig.

„Meinst du, er hat dir den Brief geschrieben, weil er dich lieber heute als morgen draußen hätte?", fragte Amalia. Nachdem sie die fragenden Blicke der Raffeiners sah, erklärte sie diesen kurz, dass Evi gestern eine Nachricht vor der Tür gefunden hatte, und erzählte, was dringestanden war.

„Der Huiba Hons ist zwar ein *gfaalter* Geschäftsmann, dem kommt keine Förderung aus, aber dass er Briefe schreibt, um dich hier zu vertreiben, das kann ich mir nicht vorstellen", sagte Ludwig und ging kurz hinaus, um seine Leute anzuweisen, die früher als erwartet eingetroffen waren.

„Amalia, hast du was von Felix gehört?", fragte Ludwig, als er zurückkam und sich wieder setzte.

Hilda sah ihn konsterniert an.

„Brauchst mich nicht so böse anschauen, Hilda, ich weiß schon, dass die Amalia nicht mehr mit dem Felix zusammen ist. Aber ich finde das schade. Der Felix ist ein tüchtiger Bautechniker. Den könnten wir in der Firma gut gebrauchen. Mir würdest du eine Freude machen, wenn du dich um den Burschen *schaun* würdest."

Ob der Direktheit Ludwigs konnte Amalia nicht anders, als verdutzt dreinzublicken. Ihr war es unangenehm, so deutlich auf Felix angesprochen zu werden, wusste sie doch selbst nicht so genau, was sie noch für ihn empfand. Hildas Mann nahm wie üblich kein Blatt vor den Mund. Als Chef war er es gewohnt, die Dinge in seine Richtung zu lenken. Ihm wäre es wohl am liebsten, sie würde Felix heiraten und gemeinsam mit ihm das Unternehmen übernehmen. Jetzt da sein Sohn Hannes tot war, war sie Ludwigs nächste Verwandte. Doch da hatte er die Rechnung ohne Amalia gemacht. Sie würde sich nicht um Felix „schaun". Wenn, dann sollte sich Felix schon um sie „schaun", dachte sie – nicht ohne Stolz.

„Dann hätte alles wieder seine Ordnung. Ich habe ihm übrigens angeboten, dass er die Bauleitung für ein Chalet-Dorf in Slowenien für uns übernehmen könne. Wir haben den Zuschlag für die zwanzig Holzhäuser letzte Woche erhalten. Auf ihn könnte ich mich verlassen", schloss er.

Gerade wollte Amalia nachfragen, wie sich Felix entschieden habe, als Sepp, ein Mitarbeiter Ludwigs, hereingestürmt kam. Mist, es hätte sie brennend interessiert, ob Felix für eine gewisse Zeit ins Ausland ginge. Vielleicht bot sich später noch die Gelegenheit, genauer nachzufragen.

„Chef, Chef ... schnell, schnell!" Sepp gestikulierte wild mit den Händen und deutete nach draußen. Der kräftige Mann wirkte aufgeregt und seine Gesichtsfarbe war unnatürlich blass.

Alle sprangen gleichzeitig vom Tisch auf, weil sie an einen Arbeitsunfall dachten. Sie liefen alle nach draußen, bis auf Evi, die nur zögerlich folgte, weil sie kein Blut sehen konnte und Angst davor hatte, in Ohnmacht zu fallen. Amalia stutzte. Die drei Arbeiter standen stumm vor einem Loch, das sie wohl für das Fundament der Schaukel gegraben hatten.

„Was ist das?", entfuhr es Amalia und der Geruch nach frischer Erde stieg ihr in die Nase. Sie sah kleinere weiße Knochen auf der frisch ausgehobenen Erde liegen. „Sind die von einem Tier?"

Sepp schaute sie an: „Das dachten wir auch erst und haben weitergegraben, aber dann sind wir auf das gestoßen." Sepp zeigte mit der Schaufel auf den Boden des ausgehobenen Loches.

Dort lag ein weißer Schädel, der sich deutlich von der dunklen frischen Erde abhob. Daneben befanden sich noch weitere Knochen.

„Jesus, die Knochen von einem Menschen", rief Hilda entsetzt aus.

„Das kann nur ein kleines Kind oder ein Baby gewesen sein", stellte Ludwig bestürzt fest.

Als Evi begriff, dass im Garten ihres neuen Hauses eine Kinderleiche vergraben war, wurden ihr die Knie weich und sie schwankte leicht. Ludwig fasste sie unterm Arm, bis sie sich wieder gefangen hatte. Doch etwas blass um die Nase war Evi danach immer noch. Hilda schlug ihr vor, zusammen ins Haus zu gehen und nach den Kindern zu sehen, während Amalia und Ludwig draußen blieben. Amalia zog ihr Handy aus der Hosentasche und verständigte *Maresciallo* Lorenzo Marchetti.

Kurze Zeit später trafen die *Carabinieri* ein und in Evis Garten wimmelte es nur so von *Karpf*. Rot-weiße Absperrbänder flatterten im Wind und sperrten den Bereich um das ausgehobene Loch im Garten ab. Männer in weißen Anzügen sammelten die Knochen ein und verpackten sie in kleine Tüten. Amalia und Ludwig standen vor dem Haus und beobachteten das Treiben, als Marchetti auf sie zukam.

„*Buongiorno,* Amalia, Signor Raffeiner", begrüßte er die beiden und ließ sich nochmals ausführlich erklären, warum sie ausgerechnet an dieser Stelle gegraben hatten. Nicht, ohne sie beide dabei mit strengem Blick anzusehen, den er immer hatte, wenn er im Dienst war. Mit seiner natürlichen Autorität konnte der *Maresciallo* einen bei Befragungen ganz schön in die Bredouille bringen, was Amalia bereits am eigenen Leib erfahren hatte. Doch Amalia kannte Lorenzo auch von einer anderen Seite, die sie sehr zu schätzen wusste.

„Wir ausgehen davon, dass die Knochen sind schon einige Jahre alt. Unten ist – *come si dice* – Lehm, deshalb sind sie noch so gut erhalten. Die Knochen sind klein und stammen laut unseren Leuten von Säuglinge."

„Wie? Mehrere?“, fragte Amalia ungläubig nach. Sie hatte nur einen Schädel gesehen.

„*Sì,* wir haben gefunden zwei Schädel und fünf Oberschenkelknochen. Haben gelegen daneben. Angeordnet wie in eine Friedhof. Wir ausgehen von drei Tote“, erklärte der *Maresciallo*.

„Gemunkelt hat man oft, dass die *Weibo da heroben* so manches Geheimnis hatten. Die *Bucklate* ist schon kurz nach dem Krieg nach Pfunders gekommen und hat sich um Frauen gekümmert, die in Schwierigkeiten waren. Die *Schantane* hat eher Kindern geholfen. Aber was Genaues weiß ich nicht. Die beiden waren nie im Dorf integriert“, erzählte Ludwig. „Man hat sie nur selten gesehen und als Mann habe ich da sowieso nichts mitbekommen. Das waren Frauensachen. Das haben die *Weibo* unter sich ausgemacht.“

„Wir werden aufnehmen die Ermittlungen“, sagte Marchetti zu Ludwig, als dessen Handy mit der unverwechselbaren Melodie von „Dem Land Tirol die Treue“ klingelte.

Marchetti nutzte den kurzen privaten Moment und fragte Amalia: „Hast du später noch Zeit für eine späte Abendessen?“

Bevor Amalia antworten konnte, mischte sich Ludwig ein, der gerade aufgelegt und die Frage mitbekommen hatte.

„Die Amalia wollte heute Abend bei der Evi bleiben. Du wolltest ihr doch noch helfen, alles fertig zu machen, *heu?* Außerdem geht es der Evi gerade nicht so gut. Das verstehen Sie doch, dass sie heute keine Zeit hat?“

Amalia wollte gerade verärgert loslegen, was Ludwig einfalle, für sie zu antworten, als Nanne schwungvoll mit ihrem nagelneuen knallroten E-Bike angefahren kam. „Was ist denn bei euch los?“, schrie sie ihnen schon vom Fahrrad aus zu, bevor sie anhielt. Sie bremste, stieg behäbig ab und nahm dann ihren roten Helm ab. „Da schaust, Riegla Soggila. Das Bike hat mir der Felix geschenkt. Da kann ich jetzt täglich meine Runden durch das Dorf fahren. Aber sagts, was ist denn passiert? Im Dorfladen haben s' erzählt, da sind Leichen beim Hexenhaus gefunden worden. Da bin ich gleich losgeradelt", erzählte sie und holte endlich einmal Luft. Dabei hängte sie ihren fabrikneuen Fahrradhelm an den Lenker.

Marchetti warf Amalia einen bedauernden Blick zu und deutete kurz auf sein Handy, bevor er sich mit einem *„Arrivederci"* zurückzog.

Amalia verstand. Er würde sie später noch anrufen.

Hilda und Ludwig verabschiedeten sich, nachdem Evi sich ein wenig erholt und der Wirbel über den Knochenfund sich gelegt hatte.

Nanne saß noch mit Amalia und Evi zusammen in der Stube. „Hildas Käsekuchen ist einfach der beste", sagte Nanne und schob sich dabei das letzte Stück in den Mund. „Kinderskelette, damit rechnet ja kein Mensch. Was die zwei Hexen da wohl noch alles vergraben haben?"

„Man weiß gar nicht, ob die das waren. Das Haus ist ja schon um einiges älter. Man muss erst Marchettis Ergebnisse abwarten", gab Amalia zu bedenken.

„Da brauch ich nicht den *wallischen Maresciallo* dafür. Das kann ich dir jetzt schon sagen. Die Leute davor, das waren ganz rechtschaffene Pfundrer. Die hätten doch keinen Friedhof im eigenen Garten angelegt. Dafür muss man schon ein bisschen verrückt sein."

„Mamme, haben wir wirklich einen Friedhof im Garten?", fragte jetzt Simon mit kindlicher Neugier.

Die Frauen sahen sich betroffen an. Sie hatten gar nicht bemerkt, dass Simon mit seinem Bruder im Hausflur spielte und jedes Wort mitbekam. Wie lange er wohl schon zugehört hatte? Amalia sah Evis ratloses Gesicht und sogar Nanne wirkte bedrückt.

„Nur ein Hundefriedhof", antwortete Amalia und half ihrer Freundin so aus ihrer Erklärungsnot.

Dankbar nahm Evi den Vorschlag an und erklärte Simon, dass Ludwigs Arbeiter beim Graben Hundeknochen gefunden hatten, die jetzt von der Polizei an einen anderen Platz, einen Hundefriedhof, gebracht wurden. Simon und Andreas gaben sich nach einigen Nachfragen mit der Erklärung zufrieden. Geschafft brachte Evi die beiden ins Bett und setzte sich dann mit einer Flasche Wein in der Hand zu Amalia und Nanne, die in der Stube auf sie gewartet hatten.

„Wenn man da so sitzt, wirkt das Haus gar nicht so unheimlich", sagte Nanne und schaute suchend umher, „Korkenzieher fehlt noch."

Kaum hatte Nanne fertig gesprochen, da schlug plötzlich das Wohnzimmerfenster mit einem lauten Krachen auf. Erschrocken blickten die drei Frauen zum Fenster. Der Wind blies so heftig, dass die alten roten Vorhänge sich blähten und die Fensterflügel gegen die Wand schlugen.

„Madonna. Das Haus ist verflucht. Man soll sich nicht wohlfühlen hier", unkte Nanne.

Amalia fing sich als Erste wieder und ging zum Fenster. Draußen blitzte und stürmte es. Sie hatten gar nicht bemerkt, dass ein Gewitter aufgezogen war. Der Wind wehte ihre Haare nach hinten und sie hatte Mühe, das Fenster zu schließen. „Wahrscheinlich war es nur nicht richtig geschlossen“, sagte sie, doch ihre Stimme klang wenig überzeugend.

Evi pflichtete ihr bei. Auch sie hatte sich wieder gefasst. „Wir dürfen uns nicht verrückt machen lassen. Das Haus ist einfach alt.“

„Dein Wort in Gottes Ohr. Ich hoffe, du behältst recht. Man hört ja immer wieder von übersinnlichen Phänomenen ...“, gab Nanne zu bedenken.

Amalia blickte sie streng an. Konnte ihre Nachbarin nicht einmal schweigen? Das Ganze war eh unheimlich genug, da musste sie Evi nicht noch zusätzlich Angst machen. Nanne wollte gerade noch etwas hinzufügen, schloss aber den Mund, als sie Amalias Blick begegnete.

„Hast du jetzt einen Korkenzieher?“, fragte Amalia, um das Thema endgültig abzuschließen.

„Den ... Korkenzieher ...“, stammelte Evi und ging Richtung Küche, „... muss ich suchen. Hoffentlich ist er schon ausgepackt.“

Sie hörten Evi in der Küche herumkramen. Dann war es auf einmal still. Amalia und Nanne sahen sich an, da Evi nicht aus der Küche zurückkam.

„Evi, alles in Ordnung?“, fragte Amalia.

Da kam Evi, kalkweiß im Gesicht, mit einem Blatt in ihren zittrigen Händen zurück. Sie wollte etwas sagen, aber es kamen keine Worte aus ihrem Mund.

„Lass sehen“, sagte Amalia, stand auf, legte den Arm um Evi und führte sie zu ihrem Stuhl, damit sie sich setzen konnte. Dann nahm sie ihr den Zettel aus der Hand und las:

Verlasse mein Haus. Dein Platz ist woanders.
Wie kannst du es wagen, die Ruhe der Toten zu stören,

indem du ihr Grab öffnen lässt? Sei gewarnt: Es endet nicht gut für dich, wenn du durch deine Anwesenheit beschmutzt, was rechtmäßig mein ist.
Der Hüter des Hauses

Evi schluchzte. Dann stammelte sie: „Küchentisch ... er war hier... im Haus ... der muss mich beobachten."

„Evi, du musst Marchetti informieren. Ich rufe ihn jetzt an. Vielleicht sind Fingerabdrücke drauf", beschloss Amalia, ohne auf die Antwort ihrer Freundin zu warten.

Während sie auf Marchetti warteten, appellierte Nanne an Evi: „Du musst hier raus, Evi. Ich habe euch gewarnt. Die Briefe, die Knochen ... Ich sage dir, das Haus heißt nicht umsonst Hexenhaus. Das hat noch niemandem Glück gebracht."

„Ich will aber nicht ausziehen. Jetzt sind wir gerade eingezogen. Ich kann doch die Kinder nicht schon wieder aus ihrer Umgebung reißen."

Amalia sah, dass sich Evi von ihrem ersten Schock erholt hatte und allmählich Farbe in ihr Gesicht zurückkehrte.

Kurz darauf kam Marchetti und packte den Brief des Hüters in eine Folie: „Man kann nie abschätzen, wie ernst jemand meinen, der schreibt solche Briefe."

„Zu was rätst du uns? Meinst du, Evi ist ernsthaft in Gefahr?", fragte Amalia Marchetti.

„Auszug. Verlass das Haus, Evi", antwortete Nanne anstelle von Marchetti.

„Vielleicht ist es nur ein Spinner, der machen sich wichtig. Die Knochen sind um die fünfzig Jahre alt, also Briefe und Knochen nix zusammenhängen. Aber sicher ist sicher. Können sie nicht gehen zurück zu Ihre Mann – nur für einige Tage?"

Amalia kannte ihre Freundin. Je mehr Nanne und Marchetti ihr zu einem Auszug rieten, desto mehr würde sie sich dagegen sträuben. Der Vorschlag, zu Michl zu ziehen, käme für sie einer Niederlage gleich.

„Egal, was ihr meint: Ich bleibe hier. So leicht lasse ich mich nicht von irgendjemand vertreiben. Das mit den Knochen ist ewig her und die Briefe sind wahrscheinlich vom Huiba, der das Grundstück will. Ihn habe ich als Einzigen schon öfter dabei erwischt, wie er mich beobachtet."

„Was ist mit Polizeischutz?", warf Nanne fordernd Richtung Marchetti ein.

„Es tut mir leid. Wir sind nicht genügend Leute, sonst hätte ich abgestellt eine Mann vor Ihre Tür. Ich kann nur dafür sorgen, dass öfter vorbeifährt eine Streife. Tauschen Sie die Schloss an die Tür. Vielleicht wir finden Fingerabdrücke auf die Brief", sagte Marchetti und verabschiedete sich.

Amalia und Nanne tranken noch ihre Gläser aus und machten sich dann auch auf den Heimweg. Als Amalia sich beim Auto umdrehte, konnte sie Evis Silhouette sehen, erleuchtet nur von dem schwachen Lichtschein, der von drinnen durch die offene Tür schien. Ihre Freundin sah ihnen regungslos nach. Wie sie so dastand, allein, das Haus verfallen und irgendwie bedrohlich, die Nacht stockfinster, weil es keine anderen Häuser in der Nähe gab, kam ihr Evi plötzlich klein und verletzlich vor.

7.

Rosa – Herbst 1952

Schweißgebadet erwachte sie mitten in der Nacht. Ihr war, als hätte sie laut geschrien. War sie deshalb aufgewacht? Sie setzte sich auf, zündete die Lampe auf ihrem Nachttisch an und schaute auf die Uhr. Drei Uhr morgens. Ihr Rücken schmerzte höllisch. Jetzt im Herbst waren die Tage wieder kühler und regnerisch. Das tat ihrem Rücken gar nicht gut. Schon seit ihrer Kindheit litt sie unter einer krummen Wirbelsäule. Und je älter sie wurde, desto mehr kam ein Buckel zum Vorschein. Erschöpft ließ sie sich zurück auf ihr Kopfkissen sinken.

In letzter Zeit hatte sie wieder öfter schlecht geträumt. Ob die Albträume sie jemals loslassen würden? Sieben Jahre war der Zweite Weltkrieg jetzt zu Ende und doch erlebte sie in ihren Träumen ihre Zeit als Krankenschwester an der Ostfront als so real, als wäre sie noch immer dort.

Im Herbst 1939 wurden die deutschsprachigen Südtiroler vor eine schwerwiegende Entscheidung gestellt. In einem Abkommen hatten die beiden faschistischen Diktaturen von Italien und Deutschland vereinbart, dass sich bis Ende des Jahres jeder Südtiroler entscheiden müsse, ob er in Südtirol bleiben oder für Deutschland optieren wolle. In der Heimat zu bleiben bedeutete, sich weiter der verhassten Italianisierung auszusetzen. Die Option für Deutschland hieß, die Heimat zu verlassen und ins Deutsche Reich auszuwandern.

Nächtelang hatten sie als Familie diskutiert, auf welche Seite sie sich schlagen sollten. In ganz Südtirol gab es kaum ein anderes Thema. Sollten sie für das Deutsche Reich optieren – was bedeutete, dass sie ihre Heimat verlassen mussten – oder in Schalders auf dem Familienhof bleiben, der seit Generationen in ihrem Besitz war, und weiterhin als deutsche Minderheit den Italienern ausgeliefert sein? Die Optanten erhofften sich bei einer „Heimkehr ins Deutsche Reich", dass sie alle gemeinsam umgesiedelt würden, neue Bauernhöfe bekämen sowie Arbeit im wirtschaftsstarken Deutschland fänden. Immer wieder hörte man, dass den „Dableibern", wie diejenigen genannt wurden, die in Südtirol bleiben wollten, eine Umsiedlung südlich der Poebene oder gar nach Sizilien drohte. Andererseits hatte Hitler gerade Polen überfallen und die Zeichen standen weiter auf Krieg. Es war eine Entscheidung zwischen Pest und Cholera. Die Frage hatte das Dorf und ganz Südtirol gespalten. Überall kochten die Emotionen hoch, „Dableiber" und „Optanten" saßen nicht mehr in der gleichen Kirchenbank.

Ihre Familie hatte sich, wie 85 Prozent der Südtiroler, für das Deutsche Reich entschieden und war auf einem Hof in Schlesien angesiedelt worden. Kurz darauf begann sie mit ihren achtzehn Jahren eine Ausbildung zur Krankenschwester beim Deutschen Roten Kreuz. Gleich nach ihrem Examen wurde sie zusammen mit anderen ihres Abschlussjahrganges an die Ostfront versetzt. Obwohl die Ärzte in den Lazaretten Tag und Nacht operierten, starben die verwundeten Soldaten wie die Fliegen. Noch heute hörte sie in ihren Träumen die Schmerzensschreie der Verwundeten, die panischen Worte derer, die begriffen, dass sie sterben mussten, obwohl sie viel zu jung dafür waren. Die Gerüche nach Eiter und Verwesung verfolgten sie bis heute jede Nacht.

Zuerst dachte sie, sie werde diese ständige psychische Belastung nicht ertragen. Niemand erkundigte sich je nach dem Befinden der Krankenschwestern. Täglich mussten die unerfahrenen Frauen entscheiden, welcher Verwundete eine Überlebenschance hatte und wo es keinen Sinn mehr hatte, zu helfen. Je länger der Krieg dauerte, desto weniger Verbandsmaterial stand ihnen zur Verfügung. Es fehlte am Nötigsten. Manchmal konnten sie den Sterbenden nichts außer Morphium oder tröstende Worte anbieten. Rosa erinnerte sich, dass sie nach ihren stundenlangen, unmenschlichen Schichten nur noch das Bedürfnis hatte, zu schlafen, und darauf hoffte, dass wieder einer starb, damit sie sich in dessen Bett legen konnte. An der Front gab es keine Zeit für Menschlichkeit. Endlich Ruhe finden, die quälenden Ereignisse hinter sich lassen und die ständige panische Angst davor, dem näher rückenden Feind in die Hände zu fallen, ließen manche der Schwestern die Nerven verlieren. Einige ihrer Kolleginnen sahen ihren letzten Ausweg darin, sich selbst das Leben zu nehmen, um der Hölle an der Ostfront zu entgehen.

Doch Rosa hatte eine andere Lösung für sich gefunden. Sie hatte irgendwann bemerkt, dass sie nichts mehr fühlte. Kein Mitleid, kein Glück, keine Freude, keine Trauer, keine Angst. Sie wusste, dass ihre Seele Schaden genommen hatte, aber nichts zu empfinden war die einzige Möglichkeit gewesen, das Grauen all die Jahre zu ertragen. Nach dem Krieg würde sich das wieder geben, hatte sie gedacht. Nur diese Zeit … diesen vermaledeiten Krieg irgendwie überleben. Doch nun – sieben lange Jahre später – tat sie sich immer noch schwer, irgendetwas zu fühlen. Der Krieg hatte sie hart werden lassen. Jung und unbeschwert war sie an die Front gegangen – als seelisches Wrack war sie zurückgekehrt. Ihre Familie war im Krieg auf der Flucht vor den Russen bei einem Bombenangriff ums Leben gekommen. Ihren Hof in Schalders, auf dem sie bis zur Option gelebt hatte, bewohnten jetzt andere. So hatte es sie nach ihrer Rückkehr nach Pfunders verschlagen. Dort war ein Hof, der durch eine Lawine schwer beschädigt worden war, zum Kauf gestanden. Den hatte sie erworben.

Rosa fröstelte. Sie stand auf, streifte ihr verschwitztes Nachthemd ab und zog sich an. Die Wolken hingen tief ins Tal hinunter, die Dämmerung des Morgens wollte sich nicht recht durchsetzen. Sie schürte den Ofen an und wärmte die Milch auf. Durchs Fenster sah sie zwei dunkle Gestalten auf das Haus zukommen. Wollten die zu ihr? Sie wusste, dass die Leute im Dorf sie für seltsam hielten. Die *Bucklate* oder die *Hex* nannten sie sie hinter vorgehaltener Hand. Doch nicht leise genug, denn immer wieder hatte Rosa diese Worte selbst gehört. Es machte ihr nichts aus, sie suchte keinen Kontakt zu den Menschen. Sie liebte die Einsamkeit, stundenlang streifte sie durch Wald und Wiesen auf der Suche nach Kräutern für ihre Heilmittel. Wenn jemand Hilfe brauchte, half sie gerne. Manchmal wurde sie zu einer Geburt gerufen oder die Mütter holten Kräutermittel und Tees zur Behandlung ihrer kranken Kinder. Rosa nahm nur wenig Geld, so war sie oft die erste Anlaufstelle, wenn jemand im Dorf erkrankte. Wenn sie nicht in der Lage war zu helfen, schickte sie die Patienten zu den Ärzten weiter.

Als es an ihrer Tür klopfte, öffnete sie. Vor ihr stand eine korpulente dunkelhaarige Frau mit einem jungen blassen Mädchen. Als die junge *Gitsche* sie sah, weiteten sich ihre Augen erschrocken. Rosa wusste, dass sie auf Fremde auf den ersten Blick unheimlich wirkte. Sie sah den Besuchern, unverkennbar Mutter und Tochter, die Unannehmlichkeit der Situation an. Rosa bat die beiden herein und bot ihnen eine Tasse warme Milch an.

Die Frau lehnte ab und kam gleich zur Sache. Rosa war nicht entgangen, dass sich unter dem Lodenumhang des Mädchens der Bauch wölbte. „Wir haben gehört, du hilfst jungen *Gitschen,* die in eine schwierige Situation geraten sind. Sie kann das Kind keinesfalls bei uns daheim auf die Welt bringen."

„Wie alt bist du?", fragte Rosa das Mädchen direkt. Doch die starrte auf den Boden, als ginge sie das alles nichts an.

„Im Sommer ist sie vierzehn geworden. Irgendeinen hat sie aufgegeilt, die *Flietsche*. Und jetzt haben wir die Schereien. Sie sagt nicht, wer der Vater ist", berichtete die Mutter und schlug ihrer Tochter wütend ins Gesicht. Das Mädchen reagierte weder auf die Vorwürfe noch auf den Schlag.

„Wie heißt du?", fragte Rosa und sah die Mutter streng an. Sie wollte, dass das Mädchen selbst antwortete.

Die junge *Gitsche* hatte die schmalen blutleeren Lippen aufeinandergepresst, nahm dann aber all ihren Mut zusammen. Als sie den Blick hob, sagte sie: „Ich bin Maria."

Rosa nickte. „Gut. Sie kann bis zur Geburt und während des Wochenbettes hierbleiben."

„Und das Kind? Was können wir da machen? Sie kann das Balg nicht behalten", lamentierte die Mutter.

„Es gibt ein Kinderheim in Brixen, manchmal finde ich auch eine Familie. Ich schau, was ich machen kann", versprach Rosa der Mutter.

„Vergelt's Gott", bedankte diese sich, legte Geld auf den Tisch und verschwand, ohne ihre Tochter eines weiteren Blickes zu würdigen.

Maria blieb verlassen und mit furchtsamen Blick zurück. Eine Träne kullerte ihr über die Wange.

„Das schaffen wir schon“, sagte Rosa und bat sie mitzukommen. Zusammen richteten sie eine kleine *Kammer* unterm Dach her. Rosa ließ die Hochschwangere in den nächsten Tagen leichte Dinge im Haus erledigen. Nach einigen Tagen hatte Rosa festgestellt, dass Maria die Angst vor ihr und ihrem Aussehen verloren hatte und ihr allmählich vertraute. Sie sprach mit dem – für solche Themen ihrer Meinung nach eigentlich viel zu jungen – Mädchen über die Geburt, die ihr in Kürze bevorstand.

„Maria, wer ist denn der Vater von dem Kind? Ein lediges Kind, da hat deine Mutter recht, damit ist das Leben schwer. Vielleicht gibt es eine Möglichkeit, dass er dich doch heiratet?“

„Nein, das ist nicht möglich und das weiß die Mutter auch. Nur zugeben kann sie das nicht“, presste Maria hervor.

Rosa ließ nicht locker: „Du hast keinem schöne Augen gemacht, oder? Du wolltest das gar nicht, stimmt's?“

Auf einmal brachen bei Maria alle Dämme und sie begann zu erzählen: „Wir wohnen auf einem kleinen Hof, abseits vom Dorf. Im Winter, wenn es viel Schnee hat, sind wir meist von der Straße abgeschnitten. Bisher habe ich die Zeit im Winter immer gerne gemocht. Die harte Arbeit auf den Wiesen war getan, und wir, meine Schwester und ich, mussten uns nur um den Stall kümmern. Abends hat sich die Mutter immer Zeit genommen und uns Stricken und Nähen beigebracht. Doch dieses Jahr war alles anders. Kurz nach Weihnachten ist der Vater zu mir in den Stall gekommen. Er hat mich ganz seltsam angeschaut. Dann hat er gesagt, dass ich a *schione Gitsche* geworden bin. Auf einmal hat er mich gegen die Stallwand gedrückt, dann hat er mich geküsst, wie *a* Mann das mit seiner Frau macht. Da hab ich ihn weggeschubst und bin in die Küche gerannt. Doch als ich vor der *Mamme* stand, hab ich mich nichts sagen getraut. Von da an habe ich immer geschaut, dass ich nicht mit dem Vater allein war. Wie er mich angeschaut hat ... so gierig ... das hat mir Angst gemacht. Aber was hätte ich machen sollen? Ich musste die *Viecher* versorgen, sonst hätte ich Ärger mit der *Mamme* bekommen. Da hat er mich dann eines Morgens abgepasst. Ich hab mich gewehrt, aber er hat mich grob auf den Boden drückt, mir gesagt, ich solle leise sein, dann sei es gleich vorbei. Von da an ist er mir ein-, zweimal die Woche in den Stall gefolgt."

Maria machte eine kurze Pause und fuhr dann emotionslos fort: „Im Frühjahr hat die *Mamme* dann festgestellt, dass ich in anderen Umständen bin. Sie wollte wissen, wer der Vater ist. Irgendwann hab ich es dann erzählt. Dann hat sie mir eine *Watsche* gegeben und gesagt, ich solle nicht solche Lügen erzählen. Ich hätt' sicherlich einen von den *Buim* angemacht. Sie hat mir allerhand Sachen mit Kräutern zum Trinken gegeben und mich härter arbeiten lassen als sonst, aber das Kind wollt nimmer weg. Als man es dann gesehen hat, durft' ich nimmer vom Hof weg, damit die Schande keiner sieht. Wenigstens lässt mich der Vater seitdem in Ruhe."

Rosa seufzte. Das war nicht das erste Mal, dass sie so eine Geschichte hörte. Für die Mädchen war es im Prinzip einerlei, wie sie in die Situation einer ungewollten Schwangerschaft geraten waren. Sei es selbst verschuldet oder gegen ihren Willen, das Ergebnis war immer dasselbe. Die Familie wollte meist nichts mehr von ihnen wissen, wenn eine Hochzeit nicht möglich war. Sie brachten Schande über die Familien und im Dorf galten sie als „gefallene Mädchen".

Rosa hatte es sich zur Aufgabe gemacht zu helfen, so gut sie konnte. Sie klärte vorab auf, an welchen Tagen es sehr wahrscheinlich war, schwanger zu werden, oder mischte Kräuter, die einen Abort in den ersten Wochen förderten. Doch meist kamen die Frauen zu spät. Dann half sie bei Geburten, von denen keiner erfahren sollte, und nahm auch schon mal jemand bei sich auf, so wie Maria. Rosa wusste, dass das, was sie machte, verboten war, und achtete sehr darauf, dass keiner im Dorf davon etwas mitbekam. Auch wenn getuschelt wurde, Genaues wusste niemand. Trotzdem tauchten immer wieder Mädchen und Frauen auf, die dringend ihre Hilfe brauchten und teilweise von weit her kamen.

Kurz darauf stellten sich die ersten Wehen ein. Es war eine lange und schwierige Geburt. In manchen Momenten hatte Rosa Sorge, dass Maria es nicht überleben würde. Das Kind lag falsch und sie musste es drehen. Die werdende Mutter hatte noch den Körper eines Kindes, nicht den einer Frau. Rosa hatte zwar darauf geachtet, dass das Mädchen, seit sie bei ihr war, genug aß – trotzdem war sie mager. Als das Kind mit Marias allerletzter Kraft auf die Welt kam, gab es keinen Ton von sich. Maria fiel sofort, erschöpft von der langen Geburt, in einen tiefen Schlaf.

Gut, dachte Rosa, dass sie das Kind nicht hatte sehen wollen. Marias Kind lebte zwar, war aber verunstaltet und atmete nur schwach. Es hatte auch noch keinen Mucks von sich gegeben. Wahrscheinlich war es nicht nur körperlich, sondern auch geistig schwerstbehindert. Das passierte oftmals, wenn die Eltern zu nahe verwandt waren.

Kurz entschlossen nahm sie ein Kissen, drückte es auf Nase und Mund, bis die letzten Regungen des ohnehin schwächlichen Säuglings erstarben. Sie hatte das schon einmal getan, in einem ähnlichen Fall. Damals hatte sie lange gezögert und mit sich gerungen, ob sie über Leben und Tod eines Menschen entscheiden durfte. Danach hatte sie tagelang damit gehadert, kam aber immer zu dem Ergebnis, dass es das Richtige gewesen sei. Für die Familie, für die Mutter und für das schwerbehinderte Kind.

Sie nahm den kleinen Körper und begrub ihn in der kühlen Erde im Garten vor dem Haus. Niemand außerhalb von Marias Familie hatte mitbekommen, dass die *Gitsche* schwanger gewesen war. Sie konnte ohne Kind und damit ohne Schande nach Hause gehen. Damit hatte sie die Chance auf ein Leben, dachte Rosa. Das Kind wäre sowieso nicht alt geworden und hätte immer Pflege gebraucht. So war es besser für alle.

Nachdem Maria aufgewacht war, fragte sie nach dem Kind.

„Es tut mir leid, Maria, aber ich konnte nichts mehr machen", log Rosa die junge Mutter an und nahm dabei ihre Hand, „das Kind war schon tot. Es hat zu lange gedauert, bis es auf die Welt gekommen ist."

Maria nickte stumm, als sie vom Tod ihres Kindes erfuhr. Schmerz und Trauer erfassten sie und gruben sich in ihr junges Gesicht. Sie weinte bitterlich.

Trauern war wichtig, gerade für so eine junge *Gitsche,* die bisher noch nicht mit dem Tod in Berührung gekommen war. „Ich hab ihn draußen beerdigt. Wenn es dir besser geht, kannst dort von dem *Buibm* Abschied nehmen." Maria drehte sich um und zog die Bettdecke über den Kopf. Rosa ließ sie allein.

Maria erholte sich nur langsam von der schweren Geburt. Die körperlichen Verletzungen heilten schnell, aber die seelischen blieben. Rosa sah dem Mädchen an, dass das Unrecht, das ihr zugefügt worden war, schwer auf ihrer Seele lastete.

Zwar verschwand die Trauer um das ungewollte Kind allmählich, als Maria begriff, was der Tod des Kindes für sie und ihr Leben bedeutete: Sie konnte auf den Hof zurückkehren, den anderen sagen, dass sie ein paar Wochen in Anstellung gewesen war. Niemand im Dorf hatte etwas von der Schwangerschaft mitbekommen. Doch Rosa wusste, dass Maria Gewissensbisse plagten. Die junge *Gitsche* fühlte sich schuldig, sich ihrem Vater nicht vehementer widersetzt zu haben, und mitschuldig daran, dass das Kind, dem sie so oft den Tod gewünscht hatte, letztendlich tatsächlich gestorben war. Wenn sie am Abend zusammensaßen, versuchte Rosa mit dem Mädchen zu reden, um ihm die Schuldgefühle zu nehmen, drang aber nicht zu ihm durch.

„Ich muss zurück", sagte Maria eines Morgens entschlossen.

Rosa nickte. „Du kannst jederzeit gehen. Körperlich geht es dir wieder gut. Maria, wenn dir das noch einmal passiert, dann kommst du früher, gleich in den ersten Wochen. Du weißt, wo du mich findest. Und denk dran, dein Vater ist im Unrecht und nicht du."

„Weißt, als ich in anderen Umständen war, hat der Vater mich in Ruhe gelassen, aber ich habe gesehen, wie er meine kleine Schwester angeschaut hat. Mit dem gleichen gierigen Blick. Ich muss unbedingt zurück. Sie soll nicht das Gleiche durchmachen müssen wie ich."

„Falls ihr was passiert, dann schick sie zu mir. Ihr braucht mir auch kein Geld geben. Schaut, dass nicht eine von euch beiden mit ihm allein ist."

Maria nickte und drückte Rosa die Hand. „Danke für alles. Ohne dich hätte ich das Ganze nicht überlebt."

„*Is schun guid*. Wir *Weibo* halten viel aus und sind stärker als die *Mando,* auch wenn die *des ette* sehen."

Nachdem Maria ihre Sachen gepackt hatte, verließ sie das Haus und kniete für einen Moment am Grab ihres Sohnes nieder. Sie legte die Hand auf den frischen Grabhügel und sagte: „Mach's gut." Dann stand sie auf und ging.

Rosa schaute ihr nach, bis das junge Mädchen hinter der Wegbiegung verschwand.

8.

Gleich nach dem Aufwachen machte Amalia sich auf zum Hexenhaus. Sie hatte sich die ganze Nacht über Vorwürfe gemacht, ihre Freundin Evi dort allein gelassen zu haben. Sie war sehr früh dran, aber Simon musste zur Schule, also war Evi sicher schon wach. Als sie ihren Mini dort parkte, sah sie, dass Evi gerade zusammen mit Michl und ihren drei Kindern beim Frühstück saß.

Amalia trat ein und hoffte nicht bei einer Versöhnung zu stören. „*Hoila*", grüßte sie.

„*Hoila*", erwiderte Michl und fügte zur Erklärung seiner Anwesenheit gleich hinzu: „Ich habe Leander gebracht und da hat mich Evi zum Frühstück eingeladen."

„Was machst du denn schon so früh da, Amalia? Normalerweise schläfst du doch um die Zeit noch", fragte Evi nach einem Blick auf ihre Uhr überrascht.

„Ich wollte nachsehen, ob alles in Ordnung ist", sagte Amalia wahrheitsgemäß. Allerdings wollte sie vor Michl nicht erwähnen, dass sie sich wegen der Briefe des Hüters um Evi sorgte.

„Magst auch eine Tasse Kaffee?", fragte Evi betont fröhlich.

Amalia kannte Evi lange genug, um ihr anzusehen, dass auch sie nicht gut geschlafen hatte, aber sicher wollte ihre Freundin das nicht vor Michl besprechen.

„Ja, gerne. Was hast du denn da für Bilder?", fragte Amalia und deutete auf gerahmte Fotos, die in einer Pappkiste auf dem Boden standen.

„Das sind alte Bilder, die habe ich in einer Schachtel unterm Bett gefunden. Ich räume die ins *Fuitahaus*", erklärte Evi.

„Evi, ich muss los in die Arbeit“, sagte Michl, stand auf und ging Richtung Tür.

„Bleib doch noch da“, bettelte Simon und umklammerte seinen Vater dabei so fest, als wollte er ihn nie wieder loslassen.

Michl erwiderte die Umarmung herzlich und schob ihn dann sanft beiseite: „Wir sehen uns doch morgen schon wieder, mein Großer. Aber jetzt muss ich in die Arbeit.“

„Nein, bleib noch, *Tata,* bitte.“

Amalia beobachtete Evi, der angesichts der herzzerreißenden Szene die Tränen in die Augen schossen. Man konnte beiden Elternteilen das schlechte Gewissen ansehen, das sie wegen ihrer Trennung den Kindern gegenüber hatten.

„Simon, jetzt lass den *Tata* gehen. Du musst doch auch los in die Schule“, versuchte Evi ihren Sohn zu beruhigen.

„Dann sagst du halt, ich bin krank. Ich gehe heute nicht zur Schule“, schlug Simon in kindlichem Trotz vor.

„Das geht nicht, Simon, und das weißt du auch. Jetzt sei vernünftig“, erwiderte sie und schob ihn von Michl weg.

Simon verzog wütend das Gesicht, ließ seinen Vater los, knallte die Tür in der Stube zu, dass die Scheiben zitterten, und rannte weinend nach oben.

„Er beruhigt sich gleich wieder. Ist gerade nicht leicht für ihn“, sagte Michl und blickte dabei entschuldigend zu Amalia. Evi begleitete ihn nach draußen.

Amalia konnte verstehen, wie schwer die Trennung der Eltern für die drei Kinder, die bisher in einer heilen Welt aufgewachsen waren, sein musste – vor allem für Simon, der als Ältester die Veränderung am deutlichsten mitbekam. Bis vor Kurzem hätte Amalia sich nie vorstellen können, dass sich ihre beste Freundin von ihrem Mann trennen würde. Es war gewiss auch für die Kinder überraschend gekommen. Aber nach Michls Affäre vor einigen Monaten schaffte es weder Michl noch Evi weiterzumachen, als wäre nichts gewesen.

Amalia selbst hatte – Gott sei Dank – nie eine Trennung erleben müssen. Amalias Eltern waren zwar früh gestorben, aber da sie selbst noch sehr klein war, war es für sie das Normalste auf der Welt gewesen, bei ihrer Oma Zille aufzuwachsen. Nie hatte sie das Gefühl gehabt, dass ihr etwas fehlte oder sie jemanden vermisste. Dafür war sie ihrer Oma Zille heute noch dankbar.

Während Evi sich um Simon kümmerte und zusah, dass dieser sich auf den Weg zur Schule machte, schaute Amalia die alten Bilder durch, hauptsächlich waren es Familienfotos. Auf einem Foto war ein kleines Mädchen mit zwei Buben zu sehen. Amalia vermutete, dass es sich um Emma, Ruppert und Erich handelte. Das kleine Mädchen trug eindeutig die Gesichtszüge der ermordeten Emma. Sofort schossen Amalia die Bilder der leblos am Waldboden liegenden Emma durch den Kopf. Amalia schluckte, legte das Foto schnell zur Seite und konzentrierte sich auf das nächste. Auf dieser Schwarz-Weiß-Fotografie waren Rosa und Mara abgebildet – die *Bucklate* und die *Schantane*. Die nächsten Bilder waren vom Haus. Es wirkte durch das Schwarz-Weiß noch düsterer und unheimlicher. Dann eine Aufnahme der *Bucklaten,* wie sie auf einem Tisch vor dem Haus Kräuter zum Trocknen auslegte. Die nächsten Bilder waren in Farbe. Eines, bei dem die *Schantane* im Gemüsegarten arbeitete, und eines, das die *Bucklate* mit Emma auf dem Schoß zeigte. Ein weiteres zeigte die Buben im Trachtenanzug und Emma im Dirndl, dahinter die *Bucklate* und die *Schantane,* die ernst in die Kamera blickten.

Wahrscheinlich eine Firmung. Ein Schnappschuss von Emma mit einer jungen Ziege; ein Bild von Ruppert auf dem Podest nach einem Skirennen. Das letzte Bild im Pappkarton zeigte die *Schantane* als junges Mädchen mit einem Baby auf dem Arm. Sie schaute sehr ernst in die Kamera. Obwohl sie ein sehr schmales Gesicht hatte, war sie ein hübsches Mädchen mit ausdrucksvollen Augen gewesen, was die schwulstige, entstellende Narbe auf ihrer Wange noch bedauernswerter erscheinen ließ.

„Meinst du, ich kann diese Fotos mitnehmen?", fragte Amalia Evi, als die wieder hereinkam. „Ich habe doch das Archiv von der Oma, dem würde ich die gerne hinzufügen."

„Ich glaube, niemand von den Kindern hat Interesse an den alten Sachen. Außer Emma ...", Evi machte eine Pause, „und ... die ist tot. Nimm mit, was du willst. Den Rest stell ich ins *Fuitahaus*."

„Hast du dir die Fotos angeschaut, Evi?"

„Nur ganz kurz. Irgendwie ist mir alles, was mit der Vergangenheit des Hauses und den beiden Hexen zu tun hat, unheimlich."

„Schau mal. Wie alt schätzt du die *Schantane* da?"

„Zeig mal. Ich würde sagen, da ist sie noch ganz jung, vielleicht vierzehn, fünfzehn."

„Hatte die eigentlich ein leibliches Kind?"

„Soviel ich weiß, nicht."

Amalia öffnete den Rahmen und holte das Bild heraus. Hinten stand, in akkurater Schrift mit Bleistift geschrieben, das Jahr 1976.

„Der Ruppert und der Erich sind später auf die Welt gekommen. Beide sind in den 1980ern geboren. Da bin ich mir sicher, weil sie ihre Personalausweise zur Testamentseröffnung bei meinem Chef vorlegen mussten. Und Emma noch später. Keine Ahnung, wer das sein könnte." Evi zuckte mit den Schultern.

„Vielleicht gibt es da noch jemanden, von dem wir nichts wissen. Ich gehe später mal zu Nanne. Wenn jemand was weiß, dann die", sagte Amalia.

Evi drehte sich zu ihren Söhnen um, um sicherzugehen, dass sie nicht zuhörten. Die beiden spielten mit bunten Bauklötzen und bauten gerade einen Turm, der bereits eine gewaltige Schieflage hatte.

„Ich wollte vor Michl nichts sagen, aber mir war heute Nacht schon mulmig zumute. Gut geschlafen habe ich nicht."

„Ich habe mir auch Vorwürfe gemacht, dich hier allein zu lassen."

„Das Haus macht mich verrückt, Amalia."

„Wie meinst du denn das?", fragte Amalia nach.

„Ich habe gedacht, ich kann das alles ausblenden, die Knochen, die Briefe, die Drohungen ... aber heute Nacht habe ich kein Auge zugemacht. Ich fühle mich ständig beobachtet, so als hätte das Haus Augen und Ohren. Beim geringsten Geräusch schlug mir mein Herz bis zum Hals und ich lag bis zum Morgengrauen starr vor Angst im Bett. Vielleicht geistert der Hüter nachts durchs Haus. Schließlich habe ich auch nicht mitbekommen, wie er gestern den Brief in die Küche gelegt hat."

Gerade als Evi noch etwas sagen wollte, durchschnitt plötzlich ein lautes Poltern die kurze Stille.

Amalia und Evi zuckten gleichzeitig zusammen. Der Turm der Kinder war laut krachend zu Boden gefallen. Leander lachte.

„Siehst, das meine ich. Das Umfallen der Bauklötze hätte mich sonst nie erschreckt. Aber in diesem Haus verändert sich die Wahrnehmung."

„Was willst du jetzt machen?", fragte Amalia. „Ausziehen?"

„Keine Ahnung. Ich würde die Kinder nur ungern wieder hier herausreißen. Ich habe mir ein Limit gesetzt. Ich bleibe noch zwei Nächte im Haus. Wenn es nicht besser wird oder noch irgendetwas vorfällt, dann ziehe ich aus." Evi schaute auf die Uhr. „Oh, schon so spät. Ich muss Andreas in den Kindergarten bringen." Hektisch zog sie die Kinder an, packte den Kinderrucksack und setzte ihre beiden Jüngsten ins Auto.

Die Frauen verabschiedeten sich und fuhren los.

Auf dem Nachhauseweg dachte Amalia an das Foto, auf dem die beiden Hexen zu sehen waren. Sie musste unbedingt mehr über die beiden Frauen in Erfahrung bringen. Sie hatte nie viel mit ihnen zu tun gehabt. Nur einmal, als sie im *Waldile* mit Freunden Verstecken spielten, war sie bei der Suche nach den anderen Kindern zufällig auf die *Schantane* getroffen. Sie konnte sich genau an die unheimliche Begegnung im dunklen Wald erinnern. Die hagere dunkelhaarige Frau, deren Gesicht von einer langen Narbe verunstaltet war, war wie aus dem Nichts vor ihr aufgetaucht. In der Hand hatte sie einen Weidenkorb mit allerhand Pflanzen und Wurzeln darin. Unwillkürlich hatte Amalia an das Märchen von Hänsel und Gretel denken müssen, das ihr ihre Oma so oft vorgelesen hatte. Die Schantane hatte gefragt, ob sie sich verlaufen habe. Ob sie ihr helfen könne. Doch Amalia hatte nur ängstlich den Kopf geschüttelt und war, ohne ein Wort hervorzubringen, nach Hause gelaufen.

Wie waren die Frauen überhaupt nach Pfunders gekommen? Familie und Verwandte hatten sie hier jedenfalls nicht. Was hatte es mit dem Haus auf sich? Amalia überlegte. Wenn jemand etwas wusste, dann war es Nanne. Sie parkte ihr Auto, nahm das Foto aus der Tasche und ging hinüber zu ihrer Nachbarin.

Gerade als sie klingeln wollte, öffnete sich die Tür. Hatte Nanne sie schon abgepasst? Wundern würde es Amalia nicht.

„*Hoila,* Amalia", sagte die Nachbarin überrascht. Sie trug einen eng anliegenden türkisfarbenen Windstopper, den Amalia bei Nannes fülliger Figur für mehr als gewagt hielt. Auf dem Kopf trug sie ihren roten Fahrradhelm.

„Ich wollte gerade zum Laden aufbrechen, um noch was fürs Mittagessen einzukaufen. Aber wenn du vorbeischaust, dann brauchst du sicherlich dringend ermittlungstechnische Hilfe. Wo bist du denn heute schon so früh hin? Zur Evi? Hoffentlich ist alles in Ordnung. Ich hab heute Nacht schon ein schlechtes Gewissen gehabt, dass wir sie alleine gelassen haben", sagte Nanne.

Amalia war froh, dass ihre Nachbarin eine kurze Redepause einlegte, ansonsten wäre es ihr wohl nicht möglich gewesen, ihr Anliegen vorzutragen.

„Was weißt du denn über die zwei?", fragte Amalia und zeigte Nanne das Foto, auf dem die *Bucklate* und die *Schantane* nebeneinanderstanden.

„Warum interessierst du dich für die? Beide sind doch schon tot. Aaah, ich versteh. Die Familienverhältnisse – wer noch Anspruch auf das Hexenhaus haben könnte", beantwortete Nanne die Frage selbst. „Also ... die *Bucklate* ist damals nach dem Krieg gekommen. Allein, ohne Mann und ohne Kind. Man sagt, sie stamme ursprünglich aus Schalders und ihre Familie habe zu den Optanten gehört. Das muss so um 1948 gewesen sein. Da sind ja viele wieder zurückgekehrt.

Damals ist das Haus vom Vormund vom Tondl, der als Einziger seiner Familie das Lawinenunglück überlebt hat, verkauft worden: eben an die *Bucklate*. Das Haus war teilweise zerstört, und die *Bucklate* habe es nur notdürftig herrichten lassen, hat meine *Mamme* mir erzählt. Viel wird es nicht gekostet haben, da im Dorf niemand ein Haus kaufen wollte, in dem so viele Leute gestorben sind. Finanziell hat es bei den beiden Hexen immer schlecht ausgeschaut. Die *Bucklate* hat Kräuter und Kräutermedizin verkauft, und wenn es pressiert hat, ist sie den Frauen auch bei Geburten zur Seite gestanden. Mich hat sie auch auf die Welt gebracht, die *Bucklate*. Meiner *Mamme* ist diese *leutscheue* Frau immer unheimlich gewesen. Im Dorf hat man immer gesagt: ‚Die mag keine Menschen.' Geredet hat sie nie viel, nur wenn es notwendig war. Aber ich bin im Winter auf die Welt gekommen, der Schnee ist meterhoch gelegen und die Straße nach Vintl war zu. Da haben sie die *Bucklate* gerufen, und schau mich an, ich würde sagen, sie hat nichts verkehrt gemacht", sagte Nanne und drehte ihren Körper dabei kokett von links nach rechts.

Amalia schmunzelte. „Und die *Schantane?* Waren die zwei miteinander verwandt?"

„Nein, ich glaube nicht. Die *Schantane* war auf einmal da. Eigentlich hieß sie Mara und wäre eine hübsche *Gitsche* gewesen, wenn da diese Narbe nicht gewesen wär. Die hat sie entstellt. Die Leute haben sich damals gewundert, dass die *Bucklate* jemand in ihr Haus hat einziehen lassen. Waren schon ein seltsames Paar, die beiden. Die *Schantane* war viel jünger als die *Bucklate*. Sie waren eher wie Mutter und Tochter. Die *Schantane,* sagt man, stamme aus dem Ahrntal. Sie hat Hebamme gelernt. Irgendwann hat sie begonnen, Kinder aufzunehmen, die keiner wollte oder die in Not waren. So sind ja der Ruppert, der Erich und die Emma zu ihr gekommen."

„Weißt du, ob die *Schantane* ein leibliches Kind hatte? Wir haben da ein Foto gefunden, das sie als junge *Gitsche* mit einem Kind auf dem Arm zeigt, 1976 steht drauf." Amalia holte das Foto heraus.

Nanne zog die Augenbrauen zusammen und man sah ihr direkt an, wie ihr Gehirn auf Hochtouren arbeitete. „Die *Schantane* war nur ein paar Jahre jünger als ich. 1976, das könnte ungefähr die Zeit gewesen sein, als sie hier im Dorf auftauchte. Aber mit einem Kind hab ich die nie gesehen und von einem weiteren Pflegekind weiß ich auch nichts. Allerdings muss ich zugeben, dass mich Kinder damals auch noch nicht interessiert haben. Ich war ja sozusagen in der Blüte meiner Jugend", sagte sie mit einem wehmütigen Lächeln, „da ist man mit den jungen Männern aus dem Dorf zum Tanzen gegangen, hat gefeiert und am nächsten Tag ist man zusammen auf die Berge gestiegen. Familie und Kinder haben mich erst interessiert, als ich meinen Mann kennengelernt hab. Gott hab ihn selig! Mehr weiß ich leider auch nicht", sagte Nanne schulterzuckend.

„Du, noch eine Frage. Weißt du, was aus dem Tondl geworden ist? Dem Buben, der beim Lawinenunglück seine ganze Familie verloren hat."

„Ach, der Tondl ..." Nannes Blick wurde traurig. „Der *Bui* hat sein ganzes Leben viel Pech gehabt. Er musste damals zu seinem *Tete*. Das war ein *gfaalter* Mann. Der hat dem Nachlassgericht weisgemacht, dass er ohne den Verkauf nicht genug Geld hätte, den Buben großzuziehen, und hat den Hof billig verscherbelt. Der Tondl ist damals noch oft mit dem Fahrrad nach Pfunders gekommen. Er hat sich gegen den Verkauf gewehrt, aber was hätte er schon machen können? Er hatte keine anderen Verwandten und das Nachlassgericht hat dem Verkauf zugestimmt. Der Tondl wollte sein Lebtag zurück nach Pfunders. Als er *ausgeschuilt* ist, hat er die Sommer als *Hiater* in den Pfundrer Almen verbracht. Zuerst in der *Os,* dann im *Weitenberg*. Später hat man dann lange nichts mehr von ihm gehört. Er hat, glaube ich, eine Brixnerin geheiratet und bei der *Brimi* eine Stelle gefunden. Dann ist seine Frau gestorben und er ist wieder aufgetaucht. Ich denke, er hatte ein Alkoholproblem. Immer wieder hat er, beim *Brugger* oder in der Bar, betrunken gewettert, dass das Hexenhaus ihm gehöre und es ihm gestohlen worden sei. Vor drei Jahren ist er dann ins *Bürgerheim* gekommen. Aber manchmal büxt er aus, kommt mit dem Bus nach Pfunders und geht ins Gasthaus. Da schimpft und weint er dann über die Ungerechtigkeiten des Lebens in seinen *Retn.* Mit manchen Menschen meint es der Herrgott nicht gut. Aber wo du jetzt so fragst ... den Tondl hab ich jetzt schon länger nicht mehr gesehen“, schloss Nanne. Dann schüttelte sie traurig den Kopf und verabschiedete sich übergangslos, stieg auf ihr neues E-Bike und brauste in Richtung Laden davon.

Gerade als Amalia die Treppe zu ihrer Wohnung hinaufging, parkte ein *Carabinieri*-Auto neben ihrem Mini ein. Marchetti stieg trotz seiner stattlichen Größe leichtfüßig aus. Er trug seine dunkelblaue Uniform und kam mit dynamischen Schritten, immer zwei Stufen auf einmal nehmend, die Treppe zu ihr herauf: „*Salve,* Amalia. Hast du eine kurze Zeit für mich?“

„Natürlich. Komm rein.“

Während sie aufsperrte, überlegte sie krampfhaft, wie sie heute Morgen ihre Wohnung hinterlassen hatte. Unordentlich wie immer natürlich. Wie oft hatte sie sich schon vorgenommen, alles picobello aufzuräumen, bevor sie aus dem Haus ging. Zu spät. Marchetti stand schon hinter ihr, sodass sich keine Gelegenheit mehr bot, irgendetwas in Ordnung zu bringen. Sie trat ein und kickte einzelne am Boden verstreute Schuhe zur Seite. An der Badezimmertür hing noch ihr Dirndl mit Schürze und ihrem weißen Spitzen-BH schief auf einem Kleiderbügel, so wie sie es am Sonntag nach dem *Kirschta* ausgezogen hatte. Sie spürte, wie ihre Wangen rot wurden. Als sie sich zu Marchetti umdrehte, lächelte er sie an und verzog spöttisch den Mundwinkel. Natürlich war ihm der BH nicht entgangen. Er genoss sichtlich ihre Verlegenheit. Warum gelang es diesem Mann immer so leicht, sie zu verunsichern? Sie war doch sonst nicht so. Okay, er war attraktiv und in seiner Uniform sah er blendend aus. Aber sie hatte in Berlin regelmäßig gut aussehende Männer vor der Kamera gehabt. Sie konnte sich nicht daran erinnern, jemals wegen eines Männermodells so aus dem Konzept geraten zu sein. Lag es an der Uniform? Sie verlieh ihm eine durchaus maskuline Autorität, dachte Amalia. Brachte sie das so durcheinander? Egal, ihr war er jedenfalls in seinem sportlich-eleganten Freizeitlook lieber.

„Espresso?", fragte Amalia den *Maresciallo,* der immer noch in ihrer Küche stand.

„*No*. Ich bin hier dienstlich. *Posso?*", fragte er und zeigte auf den Stuhl.

„Natürlich, setz dich."

Amalia nahm ihm gegenüber Platz.

„Amalia, ich wollten reden mit dir. Es geht um deine Freundin Evi."

„Was ist mit ihr?", fragte Amalia erschrocken. Wollte Lorenzo ihr schonend beibringen, dass Evi etwas zugestoßen war? Hatte er sie deshalb während seiner Dienstzeit zu Hause aufgesucht? Aber sie hatte doch heute Morgen mit ihr zusammen das Haus verlassen. Ist sie zurückgekehrt und der Hüter hat zugeschlagen? Ihre Gedanken überschlugen sich.

„Nein, beruhige dich, es ist *nix* mit die Evi."

Amalia sah, dass sein Blick auf ihre Hand fiel. Wahrscheinlich überlegte er, ob es sich während seines Dienstes schickte, ihre Hand in seine zu nehmen. In der Regel trennte er Dienst und Privates strikt.

Amalia atmete tief durch. Gott sei Dank, Evi war okay.

„Wir gefunden haben bei die Emma ähnliche Briefe wie die an Evi. Drohungen unterschrieben mit ‚der Hüter des Hauses'. Ich schätze ein die Lage als ernst. Mir wäre lieber, deine Freundin verlassen die Haus, zumindest für eine Zeit. Bis wir geklärt haben alles. Ich habe schon gesprochen mit ihr."

Marchettis Handy klingelte. „*Scusi,* ich muss nehmen die Gespräch. Ist dienstlich. *Un attimo.*" Er erhob sich, öffnete die Haustür und blieb auf dem Treppenabsatz stehen, um ungestört telefonieren zu können.

Amalia war zu neugierig, um in der Küche zu bleiben. Sie schlich Richtung Flur und konnte deutlich einige Wortfetzen des Gesprächs mithören.

„War Sex mit dem Opfer einvernehmlich oder Vergewaltigung? ... *Sì,* Sie können nicht sagen sicher ... Haben Sie gefunden DNS? ... *Capisco* ... nicht in die Datenbank."

Interessant, dachte Amalia. Als Marchetti sein Gespräch mit „*Ciao*“ beendete, huschte sie auf Zehenspitzen zurück in die Küche und setzte sich an den Tisch, so als wäre sie niemals aufgestanden.

Marchetti warf ihr einen ungläubigen Blick zu, als hätte er nicht damit gerechnet, dass sie still sitzend auf ihn wartete. „Du musst überzeugen Evi, dass sie zieht aus. Wir sind zu wenig *Carabinieri*, ich nicht kann geben Polizeischutz. Jetzt haben wir auch noch die Mord an Emma aufzuklären.“

„Blöd, dass ich die untere Wohnung diesen Sommer an die beiden Zimmerer, die bei den Raffeiners aushelfen, vermietet habe. Zu Michl will sie sicher auch nicht. Du kannst dich auf mich verlassen, mir fällt schon etwas ein. Ich rede mit ihr. Allerdings glaube ich, dass sie mittlerweile selbst nicht mehr in dem Haus bleiben will.“

„Sie hatte mir auch gemacht eine Eindruck durcheinander“, stimmte er ihr zu und stand auf. Amalia brachte ihn zur Haustür. Bevor er hinaustrat, drehte er sich nochmals zu ihr um.

„Amalia, ich finden es schade, dass wir nicht verbringen mehr Zeit zusammen. Ich hoffe, wir können uns bald wieder öfter treffen. Du bist mir *molto importante,* musst du wissen. Aber zuerst muss ich klären Angelegenheit mit *famiglia* und meine Bruder. Wir haben *un problema* in Verona. Meine *famiglia* ist im Baugewerbe tätig und eine unserer Geschäftsführer ist im Firmensitz in Rom verhaftet worden.“

„Ist dein Bruder deshalb da? Braucht er deinen Rat?“ Amalia sah, dass Marchetti kurz überlegte, wie viel er ihr gegenüber von seiner Familie preisgeben wollte.

„Die Verhaftung hat gewirbelt auf Staub und meine *famiglia* meint, ich wäre der Richtige, um dort die Geschäfte zu übernehmen, um die gute Ruf wiederherzustellen."

„Aber du bist *Maresciallo*", stellte Amalia das Offensichtliche fest.

„Sie waren noch nie damit einverstanden, dass ich zur Polizei gegangen und nicht mit in ihre Geschäft eingestiegen bin. Aber das eine lange Geschichte, die werde ich dir erzählen mal bei eine gemeinsame Abendessen", beendete er geschickt das Thema. Er kam noch einen kleinen Schritt näher auf sie zu. Sein Gesicht war dem ihren in diesem Moment ganz nah.

Amalias Knie wurden weich und ihr Herz fing wild an zu pochen. Eine Sekunde lang glaubte sie, Lorenzo würde sie küssen, doch er zog zärtlich ihre Hand nach oben und küsste diese, ohne dabei seinen Blick von ihrem abzuwenden.

„Ciao, bella", flüsterte er und verschwand.

Amalia schloss die Tür hinter ihm und hatte Mühe, sich zu beruhigen. Lorenzo ließ keinen Zweifel daran, dass er an ihr als Frau interessiert war. Wie jede Frau mochte sie es, wenn Männer ihr den Hof machten, doch liebte sie auch das Spiel mit der Liebe. Für sie hatte es von jeher großen Reiz, einen unerreichbar scheinenden Mann für sich zu gewinnen. Doch in letzter Zeit machte sie sich Gedanken um Familie und Kinder. War sie dafür wirklich bereit? Wäre da ein Mann wie Lorenzo der Richtige? Einer, bei dem man nicht genau wusste, woran man war, und der das Spiel mit der Liebe – so vermutete sie jedenfalls – mindestens ebenso gern spielte wie sie selbst? Lorenzo schaffte es durch seine kühle höfliche Art, sie auf Abstand zu halten, aber gleichzeitig leidenschaftliche Gefühle in ihr auszulösen. Wenn sie genauer darüber nachdachte, hatte der attraktive Italiener etwas Geheimnisvolles an sich. Sie wusste so gut wie nichts über ihn. Gerade das faszinierte sie aber so.

Ihr Handy klingelte und riss sie aus ihren Gedanken heraus. „Evi", las sie auf dem Display und nahm das Gespräch an.

„*Hoila,* Amalia", begrüßte Evi sie.

„War Marchetti schon bei dir?"

„Ja, ich weiß Bescheid. Ich muss hier raus, Amalia. Ich habe immer mehr das Gefühl, dass Nanne recht hat. Das Haus mag uns nicht. Stell dir vor, gestern habe ich im Flur Bilder von uns aufgehängt und heute ist einfach eines von der Wand gefallen. Eines, das mich mit meinen drei Kindern zeigt. Das ist doch nicht normal. Der Nagel ist herausgebrochen. Beinahe hätte es auch noch Leander getroffen. Ich bleibe keine Minute länger hier. Vielleicht sind die Knochen im Garten von Kindern, die der Hüter auch nicht im Haus haben wollte", endete Evi mit zittriger Stimme.

„Die Knochen im Garten sind alt. Unwahrscheinlich, dass der Briefeschreiber etwas damit zu tun hat. Gruselig ist es allerdings schon."

„Unfassbar, eventuell schleicht der Typ nachts durchs Haus. Stell dir vor, er ginge in die Kinderzimmer. Vielleicht beobachtet er uns beim Schlafen. Letztes Mal habe ich ihn auch nicht bemerkt, als er im Haus war und den Brief abgelegt hat", schluchzte Evi, offensichtlich mit den Nerven am Ende.

Amalia schauderte, als Evi sie an diesen Gedanken teilhaben ließ. „Du hast recht, du musst da raus. Marchetti ist auch der Meinung. Meine Wohnung unten ist leider vermietet. Zu Michl willst du sicher auch nicht. Du kannst gerne mit den Kindern zu mir in die Wohnung. Das wird zwar ein wenig eng, aber du bist herzlich willkommen."

„Amalia, danke. Ich packe nur ein paar Sachen zusammen und wir kommen heute Abend zu dir. Bettzeug bringe ich mit."

Kaum hatte sie aufgelegt, überlegte Amalia, wie sie ihre Freundin samt Kindern unterbringen sollte. Sie blickte sich in ihrer Wohnung um. Diese war nicht für Kinder ausgelegt. Um Platz zu schaffen, begann sie aufzuräumen. Für die Buben hatte sie klappbare Gästebetten und Evi konnte auf ihrer Couch im Wohnzimmer schlafen. Dann brachte sie noch eine teure Glasschale in Sicherheit, die sie auf einem Tischchen neben der Couch stehen hatte. Es ist ja nur für ein paar Tage, dachte sie. Vielleicht war es ganz nett, eine Zeit lang mit ihrer besten Freundin und deren Kinder zusammenzuwohnen.

Amalia fuhr noch schnell zum Laden, um für den Abend Nudeln und Wein einzukaufen. Als sie die Tür öffnete, hörte sie von der Wursttheke her schon die lautstarke Stimme von Gerda Kofler.

„Die Emma war schon eine arme *Gitsche*. Hat nie eine richtige Mutter gehabt. Am *Kirschta* habe ich mit der Landesrätin Marianna Ladurner reden können. Sie ist eine sehr gescheite Frau. Das Wichtigste, hat sie gesagt, für einen jungen Menschen sind die Mutter und die Kirche. Ihre Mutter hat die Emma ja nie kennengelernt und mit der Kirche haben es die beiden Hexen auch nicht so gehabt. Eigentlich kein Wunder, dass die arme Emma bei einer Vergewaltigung hat sterben müssen. Immer hat sie viel zu kurze Röcke und viel zu enge Oberteile angehabt. Mit allen hat sie geschäkert und geflirtet. Eine leibliche Mutter hätte da sicher eingegriffen. Gerade die *Schantane* hätte es doch besser wissen müssen, schließlich munkelt man, dass sie selbst nach einer Vergewaltigung nach Pfunders gekommen ist und nur knapp überlebt hat ... dank der *Bucklaten*", beendete Gerda ihren Monolog.

Amalia platzte fast der Kragen, als sie diese Worte hörte. Sie wollte sich eigentlich nicht in das Gespräch zwischen Gerda und der *Ladnerin* einmischen, aber das Gesagte konnte und wollte sie so nicht stehen lassen.

„*Hoila,* Gerda. Ich habe gerade mitbekommen, dass du Emma die Schuld an ihrer eigenen Vergewaltigung gibst. Das kann doch nicht dein Ernst sein! Nur weil eine Frau einen kürzeren Rock trägt, hübsch ist oder gerne flirtet, ist sie noch lange kein Freiwild für die Männer. An einer Vergewaltigung ist allein der Täter schuld und nie das Opfer", fauchte Amalia zornig.

Die *Ladnerin* pflichtete Amalia bei. „Früher haben die *Gitschen,* denen Gewalt angetan worden ist, daheim oder von Fremden automatisch immer die Schuld gekriegt. Wenn sie dann vielleicht noch schwanger gewesen sind, haben sie keinerlei Unterstützung von der Familie oder vom Dorf gehabt. Ich glaube, die zwei Frauen im Hexenhaus haben da einiges mitgekriegt und auch geholfen. Natürlich nicht offiziell. Die Opfer zu verurteilen ist unrecht. Heut ist das, Gott sei Dank, anders. Wir Frauen müssen doch dafür sorgen, dass die Öffentlichkeit die Opfer als Opfer sieht, und unsere Buben so erziehen, dass sie als Männer wissen, dass ein Nein von einer Frau auch ein Nein ist."

Amalia war von der Einstellung der *Ladnerin* beeindruckt. Die ansonsten eher stille Frau hatte gesprochen, als wäre sie seit Jahren in der Politik. Besser hätte sie es auch nicht formulieren können, dachte sie perplex. Im nächsten Moment gab die Frau völlig unaufgeregt Gerda das Päckchen mit der Wurst über die Ladentheke.

Sogar Gerda, die ansonsten keinem Streit aus dem Weg ging, wurde ganz sanft: „Wenn ihr das so seht … ja … natürlich … ich muss jetzt heim. Die *Mando* warten auf die Brotzeit."

Amalia verließ, immer noch empört von den dummen Aussagen Gerdas, den Laden und fuhr nach Hause.

Vor ihrer Tür wartete bereits Evi mit den Kindern. Fünf große blaue Plastiktaschen mit Bettzeug und anderen Utensilien standen bereit. Während Amalia Nudeln für das Abendessen kochte, baute Evi die klappbaren Gästebetten auf und richtete das Bettzeug her. Simon und Andreas spielten Verstecken und Leander saß, vor Müdigkeit quengelnd, auf dem Küchenboden und schlug mit einem Kochlöffel auf sein Spielzeugauto ein.

Amalia atmete tief durch und nahm sich vor, sich von dem ungewohnten Trubel in ihrer Wohnung nicht aus der Ruhe bringen zu lassen. Schließlich konnte sie die Kinder nicht schon am ersten Abend zurechtweisen, obwohl sie gerade sah, dass Andreas sich hinter einer ihrer teuren Hintergrundwände im Studio versteckte. Sie betete, dass sie heil blieben.

Die Mutter hingegen war die Ruhe selbst. Sobald die Nudeln fertig waren, aßen sie gemeinsam, anschließend brachte Evi die Buben zu Bett. Als endlich der Letzte eingeschlafen war, setzte sich Evi zu Amalia auf die Couch, die gerade etwas mit Bleistift auf ein Blatt Papier kritzelte. Amalia hatte bereits zwei Gläser Rotwein eingeschenkt.

„Was machst du da? TNT?", las Evi die Überschrift mit englischer Aussprache vor und nahm einen Schluck Wein.

„TNT. **T**äter, **N**achforschungen und **T**heorien", sagte Amalia beiläufig.

„Ach so, ich dachte schon, du gehst jetzt unter die Terroristen und schreibst eine Einkaufsliste für Sprengstoff."

Amalia wusste, dass ihre Freundin bei den drei Buchstaben sofort an den Titel von der Band *AC/DC* gedacht hatte. Während ihrer Teenagerzeit hatten sie den Song gefühlt eine Million Mal gehört.

„Irgendwie gelingt es mir, mit so einer Liste am besten meine Gedanken zu sortieren. Das hat sich bewährt. Was meinst du, Evi, wer kommt für den Mord infrage? Ich habe heute während eines Gesprächs von Marchetti mitgekriegt, dass Emma kurz vor ihrem Tod Sex hatte."

„Wie? Du meinst, sie ist vor dem Zelt, während wir alle gefeiert haben, vergewaltigt worden?"

„So genau hat Marchetti das nicht gesagt. Es hat sich so angehört, als wäre nicht klar, ob es eine Vergewaltigung war oder einvernehmlicher Sex." Amalia wollte nicht mal ihrer Freundin gegenüber zugeben, dass sie das Dienstgespräch des *Maresciallo* heimlich belauscht hatte.

Entschieden begann sie mit ihrer Liste: alle Männer des Dorfes und Besucher des *Kirschtas;* Motiv: Vertuschungsmord.

„Vielleicht hat sie auch mit ihrem Exfreund Sex gehabt. Zumindest hast du sie mit ihm vor dem Zelt gesehen", warf Evi ein.

Amalia fügte „Lois" hinzu. Vielleicht hatte er sich auch später genommen, was sie ihm davor verwehrt hatte.

Die beiden Freundinnen überlegten weiter und fügten noch Ruppert, Emmas Pflegebruder, hinzu, dessen finanzielle Not ein Motiv darstellte. Laut Ludwig hatte auch noch der Nachbar Hons Huiba ein Motiv, da er ohne Zweifel damit gerechnet hatte, das Hexenhaus zeitnah kaufen zu können. Emma und Erich hatten dies verhindert.

„Der Hüter gehört auch mit drauf. Meinst du, der Mörder und der Hüter sind ein und dieselbe Person? Marchetti sagt, dass er das in Betracht zieht, nachdem sie bei Emma auch Briefe von ihm gefunden haben“, stellte Evi mit bebender Stimme fest.

„Keine Ahnung. Wer könnte dich denn unbedingt aus dem Haus haben wollen?“, überlegte Amalia laut.

„Vielleicht Tondl. Als einziger Überlebender des Lawinenunglücks hätte er einen Bezug zum Haus. Eventuell gibt es noch jemanden, beispielsweise das Baby, das auf dem Foto zu sehen war. Wir müssen unbedingt mehr über die *Schantane* und die *Bucklate* herausfinden.

Amalia schrieb Tondl und Baby X auf ihre Liste und zog nachdenklich die Stirn kraus: „Zu viele Theorien und zu viele Verdächtige.“

„Heute Nacht werden wir beide das nicht mehr klären. Besser, wir gehen schlafen“, sagte Evi, der die Augen schon zufielen.

9.

Rosa – Herbst 1975

Sie ging zum Hühnerstall, um ein paar Eier für ein Omelett zu holen. Als sie trotz ihrer sechs Hennen nur fünf Eier fand, fragte sie sich besorgt: Was ist bloß mit Hanni los? Die Henne legte nur noch jeden zweiten Tag. Wäre schade, wenn sie in den Suppentopf müsste. Gerade diese Henne war so anhänglich und im Sommer immer in ihrer Nähe, wenn Rosa im Gemüsegarten arbeitete. Manchmal hatte sie sogar mit dem Huhn gesprochen. Kein Wunder, dass die Leute vom Dorf einen Bogen um mich machen und mich für verrückt halten, dachte sie. Aber die Einsamkeit erdrückte sie manchmal regelrecht. Als sie nach Pfunders gekommen war, hatte sie so viel zu tun gehabt. Der Hof war in einem desolaten Zustand gewesen. Sie hatte alles, was sie von ihren Eltern geerbt hatte, für den Kauf gebraucht, also war für die nötigen Reparaturen nichts übrig geblieben. Täglich hatte sie bis zum Umfallen gearbeitet. Die Löcher im Dach hatte sie mit Stroh ausgefüllt und die Ritzen, durch die es immer gezogen hatte, mit Moos abgedichtet. Außerdem hatte sie einen Gemüsegarten angelegt, selbst einen ziemlich windschiefen Unterstand für zwei Ziegen und den Hühnerstall gezimmert. Ein einziges Mal hatte sie sich einen Handwerker geleistet – den Zimmerer, der mit Balken die Räume abgestützt hatte. Er hatte zwar immer wieder besorgt den Kopf geschüttelt und ihr geraten, dieses verfallene Haus zu verlassen, doch schließlich hatte er ihr versprochen, dass es wohl noch ein paar Jahre stehen würde. Das war fast dreißig Jahre her, und anscheinend hatte er gute Arbeit geleistet.

Als sie am Anfang ums nackte Überleben gekämpft hatte, traumatisiert vom Grauen des Krieges und in einer Art Schockstarre gefangen, hatte sie keinen Kontakt zu den Dorfbewohnern gesucht. Sie war mit sich selbst und dem Haus zu beschäftigt gewesen. Versuche der Nachbarn, mit ihr ins Gespräch zu kommen, hatte sie als aufdringlich empfunden und abgeblockt. Die Fragen der anderen Frauen, die sie beim Einkaufen traf, wo sie herkam und ob sie sich in dem Haus, wo im Winter nie die Sonne schien, einsam fühle, hatte sie als übergriffig abgewehrt. Später jedoch, als sie begonnen hatte, sich seelisch ein wenig zu erholen, wollte niemand mehr mit ihr reden. Anscheinend hatte sie mit ihrer brüsken Art die Leute vor den Kopf gestoßen. Rosa wusste nicht mehr, wie man unverfänglich plauderte, Kontakte knüpfte und aus Fremden Freunde machte. Ihre zarten, wahrscheinlich ungelenken Versuche, mit den Frauen im Dorf ins Gespräch zu kommen, wurden nicht mehr erwidert. Trotzig und verletzt zog sie sich danach noch mehr zurück. Für die Dorfbewohner blieb sie die *Bucklate,* die durch die Wälder schlich und vor der sich die Kinder fürchteten.

Um dringend benötigtes Geld, wenn auch wenig, dazuzuverdienen, besann sie sich auf das, was sie konnte. Sie sammelte Kräuter und begann ihre Dienste als Krankenschwester und Hebamme anzubieten. Die Leute vom Dorf kamen nur zögerlich, meist nur, wenn ihnen der Doktor zu teuer war oder es schnell gehen musste. Mit der Zeit erwarb sie sich einen Ruf, dass sie Frauen half, die in „Not geraten" waren. Meist handelte es sich um junge Mädchen, die ungewollt schwanger geworden waren. Über diese Frauen wurde nur mit vorgehaltener Hand getuschelt. Die Schuld lag in den Augen der anderen immer beim Mädchen, das als „gefallen“ bezeichnet wurde. Doch meistens hatte Rosa es nicht mit schamlosen Verführerinnen, sondern mit verzweifelten, viel zu jungen Mädchen zu tun, denen zudem oft physische und psychische Gewalt angetan worden waren. Diese Doppelmoral, die Frauen verurteilte und Männer ungeschoren davonkommen ließ, erfüllte Rosa mit Zorn. Wann immer sie konnte, half sie diesen Mädchen.

Sie zog ihren Umhang enger, da dieser Novembernachmittag empfindlich kühl war, und ging mit dem Korb voller Eier zum Haus zurück. Da hörte sie ein Geräusch, das aus dem Ziegenstall zu kommen schien. Sie zuckte zusammen und griff nach der Mistgabel, die an der Stallwand lehnte. Ein Fuchs? Wehe, wenn der sich ihren geliebten Hennen näherte! Entschlossen stieß sie mit dem Fuß die Tür auf und blickte, die Mistgabel zum Kampf erhoben, in den Verschlag. Überrascht ließ sie diese wieder sinken. Im hintersten Eck beim Futtertrog ihrer Ziegen war kein Fuchs, sondern da kauerte ein junges Mädchen, das erbärmlich zitterte. Große dunkle Augen starrten ihr ängstlich aus einem mageren Gesicht entgegen. Die braunen Haare hingen ihr wirr und verfilzt über die Schultern. Ganz vorsichtig, Zentimeter um Zentimeter, näherte sich Rosa dem verwahrlosten Geschöpf. Sie hatte das Gefühl, dass das Mädchen die Flucht ergreifen würde, wenn sie eine abrupte Bewegung mache. Einen Meter vor dem Mädchen ging sie in die Hocke.

„*Hoila*“, sagte sie ganz leise und so freundlich sie konnte.

Aber das Mädchen erwiderte nichts und machte sich noch kleiner.

„Ich bin die Rosa. Vor mir brauchst du keine Angst zu haben.“

Das Mädchen begann lautlos zu weinen.

„Geh mit mir ins Haus. Hier ist es so kalt“, sagte Rosa vorsichtig.

Das Mädchen sah wieder auf, bewegte sich aber nicht.

Rosa streckte ihr die Hand entgegen. Doch anstatt sie zu ergreifen, drückte sich die magere Gestalt noch näher an die Wand. Dabei drehte sie den Kopf und Rosa schrie unwillkürlich auf. Fast die ganze linke Gesichtshälfte war durch eine blutverkrustete Wunde mit schwulstigen Hauträndern verunstaltet. „Komm, *Gitsche,* ich tu dir sicher nichts“, sagte sie so sanft, wie sie nur konnte. Nun versuchte das Mädchen aufzustehen, stützte sich an der Wand ab und taumelte. Rosa wollte ihr helfen, aber die junge Frau wich vor ihrer Berührung zurück. „Komm“, sagte Rosa noch einmal und ging voraus, in der Hoffnung, dass sie ihr folgen würde.

Sie betrat das Haus und ließ die Tür hinter sich offen. Sie legte Holz nach und stellte die Reste der Suppe vom Mittag auf den Holzherd. Die Suppe kochte inzwischen, aber das Mädchen war immer noch nicht aufgetaucht. Rosa fühlte instinktiv, dass es auf Druck mit Flucht reagieren würde. Als das verletzte Mädchen sich endlich näherte, war es ihr Geruch, der sie ankündigte. Durch den Stallgeruch war es vorhin nicht so aufgefallen, aber sie stank gotterbärmlich. Sie war ungewaschen, roch nach Mist, aber über alldem lag ein anderer Geruch, der Rosa schlagartig in ihre Zeit als Krankenschwester zurückversetzte. Es war der unverkennbare Geruch nach Eiter und schwärenden Wunden.

Rosa schluckte. Im Licht der Stube sah sie, was ihr im dämmrigen Stall verborgen geblieben war. Das Mädchen war erschreckend mager, und unter ihrem für die Jahreszeit viel zu dünnen Kleid wölbte sich ein Bauch. Der Kontrast zwischen den streichholzdünnen, kindlichen Ärmchen und dem gerundeten Bauch wirkte obszön. Das Schlimmste war jedoch das Gesicht. Die Wunde eiterte und man konnte das Fleisch sehen.

Rosa stellte dem Mädchen erst einmal einen Teller Suppe hin und schnitt eine dicke Scheibe Brot ab. Es fraß wie ein Tier, gierig schlang es die Suppe hinunter. Vor lauter Hunger schien es nicht zu bemerken, wie heiß die Suppe war. „*Tui longsam, Gitsche*. Es ist genug da. Du verbrennst dir ja den Mund."

Doch das Mädchen ließ sich nicht bremsen. Erst als es satt war, schien es ruhiger zu werden.

„Wie heißt du denn?"

Keine Antwort.

„Darf ich mir die Wunde in deinem Gesicht ansehen?", fragte Rosa ganz sanft und vorsichtig.

Keine Antwort.

Rosa stand auf, streckte ihr Kreuz durch und ging zu ihrem Medizinschrank. Sie suchte Jod, Nadel und Faden, ein Skalpell und ihre eigene Kräutermixtur zur Betäubung. Aus großen Augen beobachtete das Mädchen jede ihrer Bewegungen. Als sie sich danebensetzte und ihm die Haare aus dem Gesicht wischen wollte, um die Wunde genauer zu betrachten, zuckte es zurück und kauerte sich in die hinterste Ecke der Bank.

„*Lissn, Gitsche*. Wenn du nicht an einer Blutvergiftung sterben willst, lässt du mich deine Wunde behandeln. Wie es aussieht, hast du einen weiten Weg zurückgelegt, um zu mir zu kommen. Sterben hättest auch daheim können. Also, reiß dich zusammen. Ich tu dir nix", sagte sie streng, obwohl ihr das Mädchen leidtat. Aber es war Eile geboten.

Zu ihrer Erleichterung nickte das Mädchen und rutschte einige Zentimeter näher. Sie zeigte dem Mädchen den Weg in ihre *Kammer*, gab ihr das Beruhigungsmittel und begann, ihre Werkzeuge auszukochen. Als sie in ihr Schlafzimmer schaute, war das Mädchen bereits in einem Dämmerzustand.

Nun konnte sie die Wunde in Ruhe betrachten. Wenn sie ihm helfen wollte, musste sie alles brandige, tote Gewebe entfernen. Das würde später scheußliche Narben geben, aber wichtiger war es, dass das Mädchen überlebte. Sie ging an die Arbeit. Obwohl sie seit ihrer Zeit an der Front nicht mehr mit solchen Wunden zu tun gehabt hatte, wussten ihre Hände genau, was zu tun war. Geschickt und konzentriert arbeitete sie, bis sie sich fast sicher war, alles tote Gewebe erwischt zu haben. Dann wusch sie das Mädchen gründlich ab. Sie wachte an ihrem Bett und fiel erst in den Morgenstunden in einen leichten Schlaf.

Als sie die Augen aufschlug, schaute die junge *Gitsche* sie mit einem viel klareren Blick als am Tag zuvor an. „Ich heiße Mara", sagte sie und sah Rosa dabei fest in die Augen.

Die nächsten Wochen redeten die beiden wenig. Mara antwortete selten auf Fragen, wollte nicht erzählen, was ihr zugestoßen war. Dennoch hatte Rosa das Gefühl, dass sich allein dadurch, dass sie täglich den Verband wechselte und die Wunde versorgte, eine gewisse Vertrautheit entwickelte. Die Wunde heilte zwar nur langsam, doch sie schien die Infektion im Griff zu haben. Wenn sie schweigend beim Essen zusammensaßen, kam Rosa das Schweigen friedlich und einträchtig vor. Es tat ihr gut, einen anderen Menschen um sich zu haben, auch wenn Mara als Gesprächspartnerin zu wünschen übrig ließ. Körperlich erholte sich das Mädchen sehr schnell; der Segen der Jugend, dachte Rosa, die ihre vierundfünfzig Jahre oft schon deutlich in den Knochen spürte.

Als sie vier Wochen nach Maras Ankunft deren Verband wechselte, sagte Mara plötzlich: „Das war mein Vater."

Rosa nickte nur. Sie fühlte, wenn sie Mara jetzt mit Fragen überfiel, würde diese sich wieder zurückziehen.

Das Schweigen dehnte sich sehr lange aus, bis Mara sagte: „Mich hat ein *Bui* aus dem Dorf auf dem Heimweg nach einem Fest ... er hat mir aufgelauert ... ich wollte das nicht ... ich habe mich gewehrt ... aber er war stärker. Er hat mir wehgetan. Es war schlimm ..." Sie schluchzte trocken auf. Es folgte wieder eine lange Pause. „Als die *Muito* gemerkt hat, dass ich schwanger bin, hab ich erzählt, was passiert ist. Der *Tatte* ist dann gleich zum Vater von dem *Buim*. Sie haben dann ausgemacht, dass wir heiraten sollen. Der *Tatte* war ganz zufrieden, weil sie einen großen Hof haben. Ich habe gesagt, dass ich ihn nicht heirate. Dass mir vor ihm graust. Dann hat mich der Vater eingesperrt. Geschlagen hat er mich – jeden Tag. Ich machte der ganzen Familie Schande mit meinem ledigen Balg, hat er gesagt. Zu essen hat er mir auch nichts mehr gegeben. Das ist ein paar Monate so gegangen. Die *Muito* hat mir in der Nacht oft heimlich was gebracht."

Rosa spürte tiefes Mitleid mit dem Mädchen. Nach den vielen Jahren, in denen sie jegliches Gefühl in sich vermisst hatte, überwältigte sie der Zorn, den sie für den Vater empfand. Wie konnte jemand eine Frau dazu zwingen, einen Mann zu heiraten, der ihr nachts aufgelauert und sie vergewaltigt hatte, nur weil die Familie einen großen Hof hatte? „Das tut mir leid, Mara", sagte sie mit rauer Stimme.

„Einmal wollte ich weglaufen, aber er hat mich erwischt. Ich bin in den Stall gerannt. Dort hat er mich verprügelt. Als ich kaum noch stehen konnte, hat er mich gegen die

Stallwand geschleudert. Dort stand ein rostiger Nagel hervor, der hat mir die Wange aufgerissen. Als er seine Wut aus sich herausgeschlagen hatte, ist er gegangen und hat mich liegen lassen. Ich bin dann weggelaufen, eher weggekrochen. Eine Frau, die ich unterwegs getroffen habe, hat mir ein bisschen Geld gegeben und von dir erzählt. Die kennen dich sogar im Ahrntal."

Rosa nickte. „Wann ist denn das passiert?", fragte sie vorsichtig. Auch wenn Mara ein wenig zugenommen hatte, war sie immer noch mager. Der Bauch wirkte daher riesig.

„Es war nach dem Maitanz", sagte Mara leise.

Rosa rechnete schnell. Das Kind würde dann Mitte, Ende Januar kommen. Noch gut vier Wochen.

„Ich hasse das Kind", sagte Mara tonlos. „Ich hasse es, ich hasse es, ich hasse es."

Rosa lag auf der Zunge zu sagen: „Das Kind kann ja nichts dafür, was dir sein Vater angetan hat", aber sie schwieg. Liebe und Hass suchte man sich nicht aus. Da half kein Verstand. Vielleicht würde Mara das Kind lieben lernen, wenn es erst da war und sie es im Arm hielt.

Aber als Rosa am 16. Januar nach einer langen, schweren Geburt Mara einen gesunden Jungen in den Arm legen wollte, drehte sich das Mädchen nur weg und weinte.

Rosa strich ihr liebevoll die schweißnassen Haare aus der Stirn. „Ach, Mara, ich weiß, es ist schwer. Aber schau ihn dir wenigstens an."

Mara drehte sich nicht um. Sie weigerte sich vehement, dem Kind die Brust zu geben, sodass Rosa den Buben mit der Flasche füttern musste. Er war ein braves Baby, weinte nur, wenn er Hunger hatte, und schlief viel. Es war fast so, als würde er spüren, dass er nicht gewollt wurde, und deshalb versuchen, durch bestes Benehmen Wohlwollen zu erwecken.

Die Wochen vergingen, ohne dass Mara ihn einmal in den Arm genommen hätte. Sie half im Haushalt, kochte, doch alles, was mit dem Kind zu tun hatte, überließ sie Rosa. „So kann es nicht weitergehen, Mara." Rosa wiegte den Buben, warm eingewickelt, sicher in ihrer Armbeuge. Der Kleine war jetzt sechs Wochen alt und seit ein paar Tagen lächelte er. Rosa ging jedes Mal das Herz auf, wenn er sie anlächelte.

„Ich hab dich und deinen Buben gern. Ihr könnt gerne beide hierbleiben. Aber du musst dich um dein Kind kümmern. Noch ist er klein, solange ihn jemand in den Arm nimmt, er regelmäßig seine Flasche kriegt, ist er zufrieden. Das mache ich gern. Wenn er aber älter wird, braucht er eine Mutter."

Mara begann zu schluchzen. „Mir tut er ja auch leid. Aber er erinnert mich an seinen Vater. Ich kann ihn nicht lieben. Ich mag ihn nicht einmal in meiner Nähe haben."

„Versuch es doch wenigstens."

Wild schüttelte Mara den Kopf. „Ich kann nicht! Ich kann nicht! Ich kann nicht!", schluchzte sie fast hysterisch.

„Dann musst du ihn aufgeben", sagte Rosa hart. „Es gibt Paare, die sich von Herzen ein Kind wünschen. Dein Sohn hätte dann wenigstens die Chance auf ein glückliches Leben."

Mara nickte.

Es war, als würde diese Entscheidung eine große Last von Maras Schultern nehmen. Die letzte Woche, die der Junge bei ihnen war, wechselte sie seine Windeln, gab ihm manchmal das Fläschchen und trug ihn herum, wenn er weinte. Sie tat dies nicht mit Wärme, sondern eher aus Pflichtbewusstsein, wie eine Kinderkrankenschwester. Immerhin hatte sie den armen Buben ein paarmal im Arm gehalten, dachte Rosa traurig. Ihr war das Kind ans Herz gewachsen. Wenn er geblieben wäre, hätte sie eine Art Oma für ihn sein können. Das wäre schön gewesen. Aber sie konnte Mara verstehen, bei der Vergewaltigung war das Mädchen fünfzehn Jahre alt gewesen. Es war wahrscheinlich besser für Mara, neu anzufangen und das Kind zu Menschen zu geben, die es lieben konnten. Hoffentlich blieb Mara bei ihr. Sie würde sich um eine Schule oder Ausbildung für sie kümmern müssen. Aber das hatte noch Zeit.

In den frühen Morgenstunden des Sonntags wollten sie aufbrechen. Früher – besonders in den ersten Jahren nach dem Krieg – war es einfacher gewesen. Man konnte die Kinder einfach in Heimen abgeben und es wurden kaum Fragen gestellt. Inzwischen gab es jede Menge Bürokratie. Daher war Mara vehement gegen diesen offiziellen Weg. Sie wollte nicht wissen, wohin das Kind kam oder was aus ihm wurde. Sie wollte niemandem sagen, wo sie wohnte. Sie hatte Angst davor, dass ihr Vater sie fand und sie womöglich doch noch zu dieser Heirat zwang. Sie vertraute weder den Ämtern noch den Nonnen vom Kinderheim. So hatten die beiden Frauen sich entschlossen, den Buben auf die Stufen des Brixner Doms zu legen, und zwar vor der ersten Messe am Sonntag, damit er ja sicher gefunden wurde und nicht frieren musste. Rosa hatte ein ungutes Gefühl, doch jedes Mal, wenn sie andere Möglichkeiten angesprochen hatte, war Mara hysterisch geworden.

Rosa beobachtete, wie Mara den Buben anzog. Sie hatte sich immer geweigert, ihm einen Namen zu geben. Man konnte sehen, dass sie sich dabei viel Mühe gab. Dann hielt sie das Kind für einen Moment im Arm und schaute es ganz genau an. Rosa brach fast das Herz, wie sie sah, dass Mara sich das Aussehen ihres Kindes einprägte, weil sie es nie wiedersehen würde. Sie würde nie wissen, was aus dem braven Buben mit seinen runden Bäckchen werden würde. Sie würde nie wissen, was für Eigenschaften, Eigenarten, Talente er entwickeln würde. Sie würde bei keinen der wichtigen Entscheidungen und Erlebnissen in seinem Leben dabei sein. Wenn Rosa daran dachte, wie oft sie heute noch die eigene Mutter, die vor dreißig Jahren gestorben war, vermisste, tat ihr dieser Gedanke furchtbar weh. Wie oft hatte sie in den letzten Jahren Mädchen geholfen, Kinder heimlich zur Welt zu bringen, damit sie sie anschließend abgeben konnten. Es hatte sie nie berührt. Es war, als ob Mara und das Kind sie aus ihrer jahrelangen Schockstarre befreit hätten. Sie hatten Emotionen in ihr geweckt, die sie schon fast vergessen hatte: Zorn, Enttäuschung, Mitleid, Zuneigung und Abschiedsschmerz.

Aus einer plötzlichen Eingebung heraus ging Rosa zu ihrer Kommode und holte ihren Fotoapparat heraus. Sie hatte ihn vor ein paar Jahren auf einem Flohmarkt erstanden und gedacht, es würde ihr Spaß machen, auf ihren vielen Wanderungen zum Kräutersammeln Fotos zu machen. Doch dem war nicht so. Daher sammelte er in einer Schublade Staub an. Vor ein paar Tagen, als ihr klar wurde, dass Mara das Kind endgültig abgeben würde, hatte sie bereits heimlich einige Fotos von dem Jungen gemacht. Als Erinnerung, falls Mara doch einmal mit ihrer Entscheidung hadern sollte. Jetzt überprüfte sie, ob ein Film eingelegt war.

Als Mara das Klicken der Kamera hörte, löste sie den Blick von ihrem Kind und sah auf. Als sie den Fotoapparat entdeckte, verfinsterte sich ihr Blick. „Lass das!“, sagte sie scharf.

„Du musst das Foto nicht anschauen, aber vielleicht bist du später froh, wenn es eines gibt“, sagte Rosa ruhig.

„Brauch ich nicht“, sagte Mara trotzig.

Rosa zuckte mit den Schultern und sagte nichts mehr. Sie setzten dem Buben sein Mützchen auf, wickelten ihn in ihre wärmste Wolldecke und machten sich auf den Weg.

In Brixen ging alles ganz schnell. Sie waren eine halbe Stunde vor der Messe da. Keiner schenkte ihnen Beachtung, als sie das Kind ablegten und gleich wieder Richtung Bahnhof verschwanden.

Während der Zugfahrt nach Vintl schwiegen beide, erst kurz vor der Ankunft fragte Mara: „Meinst du, es geht ihm gut?“

„Bestimmt. Er wird gefunden und an gute Leuten gegeben“, antwortete Rosa mit mehr Überzeugung, als sie tatsächlich empfand.

Mara lächelte.

Rosa dachte für sich, dass es das erste Mal war, dass sie das Mädchen lächeln sah.

10.

„Endlich fertig“, murmelte Amalia und setzte sich geschafft an den Küchentisch. Evis drei Kinder waren in Schule und Kindergarten und ihre Freundin selbst in der Arbeit. Amalia genoss die Stille. Sie war es nicht gewohnt, dass in ihrer Küche beim Frühstück schon ein großes Tohuwabohu herrschte. Leander hatte die Schüssel Müsli umgekippt und die Milch war langsam vom Tisch auf den Boden getropft. Andreas hatte geweint, weil er sein Lieblingsstofftier nicht finden konnte, und Simon hatte mit Evi lautstark gestritten, weil er nach der Schule unbedingt bei einem Freund übernachten wollte, was seine Mutter nicht erlaubte. Evi hatte sie zwar mit einem schlechten Gewissen mit dem ganzen Chaos alleine gelassen, aber Amalia hatte ihr versichert, dass es ihr nichts ausmachte, alleine aufzuräumen. Sie solle zusehen, dass sie es noch rechtzeitig in die Arbeit schaffe. Als die vier das Haus verlassen hatten, brachte sie die Küche in Ordnung, wischte den Boden und räumte die Sachen der Kinder weg, die in der ganzen Wohnung verstreut am Boden lagen.

Amalia klappte ihren Laptop auf und checkte ihre E-Mails. Der Tourismusverein Gitschberg-Jochtal hatte angefragt, ob sie einige Bilder vom Pfundrer *Kirschta* für die nächste Ausgabe des Magazins hätte. Amalia antwortete der Redakteurin, dass sie abends damit rechnen könne. Sie war froh, wieder mal einen Auftrag aus dem *Pustertal* zu erhalten. Die Sache mit dem Ortswechsel von Berlin nach Pfunders hatte sich die Fotografin anders vorgestellt. Ihr war klar gewesen, dass sie den ein oder anderen Berliner Kunden dadurch verlieren würde, hatte aber gehofft, das mit Aufträgen aus der

Region ausgleichen zu können. Doch in den letzten Monaten war außer einigen Aufträgen für das Sporthotel Acherer und den Tourismusverein nichts eingegangen. Seit der Reise nach Barbados hatte sie keinen größeren Auftrag mehr gehabt. Im Gegenteil, drei ihrer langjährigen Berliner Großkunden hatten die Zusammenarbeit mit ihr aufgekündigt. Ihr Freund Maurice hatte sie gewarnt: „Man gerät schnell in Vergessenheit, wenn man nicht vor Ort ist, und es gibt Hunderte junge Fotografen, die nur darauf lauern, dir deine lukrativen Aufträge abzuluchsen." Er hatte keinen Hehl daraus gemacht, dass er ihren Umzug für beruflichen Selbstmord hielt. Wie es aussah, sollte er Recht behalten. Ihr Konto bewegte sich gegen null. Der nächste Auftrag, für den sie gebucht war, würde erst im Herbst auf den Malediven stattfinden. Sie brauchte unbedingt etwas dazwischen, dachte sie und nahm sich vor, heute einige Telefonate mit früheren Kunden zu führen. Am Anfang ihrer Zeit in Berlin war das ihr tägliches Brot gewesen, um an Aufträge zu kommen, aber in den letzten Jahren war alles wie von selbst gelaufen. Ein Job war dem nächsten gefolgt. Jetzt hieß es wieder kämpfen.

Vor einigen Monaten hatte sie von ihrer Oma Geld geerbt. Erst wollte sie das Geld nicht anrühren, doch nachdem der Umbau des Hauses wesentlich teurer gekommen war als gedacht, hatte sie einen Teil davon dafür verwendet. Den Rest ihres Erbes wollte sie unbedingt sparen, denn der war für Notzeiten gedacht.

Sie klappte den Laptop zu und ging an ihren Mac, um die Fotos vom *Kirschta* zu sichten. Entschieden wählte sie fünf Motive aus, die ihrer Meinung nach den Touristen sowohl die Traditionen als auch das pralle Leben, das auf dem *Kirschta* herrschte, vermitteln würden. Dann begann sie, ein Bild nach dem anderen zu bearbeiten. Eines zeigte einen jungen Pfundrer, der lässig an der Bar des *Kirschta*-Zeltes lehnte. Er trug Tracht und den auffälligen *Pfundrer Huit,* eine aus Stroh geflochtene Kopfbedeckung, verziert mit einem rot-grünen Band und einer großen Spielhahnfeder. Sie vergrößerte das Bild, um die Intensität der Farben noch zu verstärken. Dabei fiel ihr im Hintergrund ein Paar an der Bar auf, das zufällig mit auf das Bild gerutscht war. Sie zoomte es heran. Es gab keinen Zweifel: Im Hintergrund war Emma zu sehen, wie sie gerade mit einem großen Mann mit welligem dunklen Haar herumknutschte. Der Mann war nur von hinten zu sehen, aber Amalia wusste sofort, um wen es sich handelte: Silvio Marchetti, Lorenzos jüngerer Bruder. Sie starrte ungläubig auf das Foto. Lorenzos Bruder? Waren die beiden zusammen hinausgegangen? Hatte er Emma vergewaltigt … und wie viel wusste Lorenzo davon? Ungeduldig stand Amalia auf und suchte ihre „TNT"-Liste. Wo hatte sie sie gestern Abend nur hingelegt? Sie fand sie auf dem Couchtisch und fügte Silvio Marchetti hinzu. Ein weiterer Name, dachte sie frustriert. Verdächtige gab es reihenweise.

Doch sie konnte es sich jetzt nicht erlauben, sich von dieser Entdeckung ablenken zu lassen, wo sie schon einmal einen Auftrag hatte. Sie musste zügig arbeiten, um beim Kunden einen guten Eindruck zu hinterlassen. Also setzte sie sich wieder an den PC. Außerdem wollte sie unbedingt fertig sein, bevor Evi mit ihrer Rasselbande wieder zurückkam. Amalia ahnte, dass sie dann nicht mehr zum Arbeiten kommen würde.

Gerade als sie die E-Mail versendet hatte, klingelte es an ihrer Tür. Sie schaute überrascht auf die Uhr und öffnete.

Vor ihr stand Felix. Amalia hätte mit jedem eher gerechnet als mit Felix. Auf ihn war sie nicht gefasst gewesen.

„*Hoila,* Amalia."

„Hallo", brachte Amalia perplex heraus. Sofort fiel ihr auf, dass sein blondes Haar kürzer als sonst und sogar ordentlich frisiert war. Obwohl es draußen kühl war, trug er keine Jacke, sondern nur ein lässiges blau-grau kariertes Flanellhemd über einem weißen T-Shirt. Als sie sich nach einem kurzen Moment gefangen hatte, fügte sie hinzu: „Äh ... willst du reinkommen?"

„Ich muss nur kurz mit dir reden. Dauert auch nicht lange", sagte er, betrat die Wohnung und blickte sich um. „Die *Mamme* hat mir schon berichtet, dass die Evi jetzt mit den Kindern bei dir wohnt. Das ist gut so. Wenn ihr oder den Kindern was passieren würde im Hexenhaus, würden wir uns alle Vorwürfe machen."

„Das Haus ist wirklich gruselig, aber mehr Sorgen mache ich mir ehrlich gesagt wegen der Briefe. Aber du bist doch nicht gekommen, um mit mir über Evi zu sprechen?", fragte Amalia direkt, stellte ihm dabei ungefragt einen Espresso auf den Tisch und setzte sich ihm gegenüber.

„Danke. Also ... mh ... ja, also ich habe gekündigt und mich entschieden, beim Ludwig mit einzusteigen. Er hat mir ein Angebot gemacht, das ich nicht ausschlagen konnte."

„*Holla,* das ist aber schnell gegangen", sagte sie überrascht. Dann überlegte sie einen Moment, bevor sie fortfuhr: „Find ich gut. Ich weiß, dass es den Ludwig in der letzten Zeit arg umgetrieben hat, weil er nicht wusste, wie es mit der Firma in Zukunft weitergeht. Für ihn und für dich ist das eine optimale Lösung."

Amalia dachte für sich, dass Ludwigs Plan, den tüchtigen Felix anzuwerben, aufgegangen war, allerdings würde es mit dem zweiten Teil des Planes – sie mit ihm zu verheiraten – schwieriger werden. Obwohl sie zugeben musste, dass sie sich, wie Felix so vor ihr saß, nach wie vor von ihm angezogen fühlte.

Sie konnte ihm ansehen, dass auch er nervös war. Er drehte die Espressotasse mit Daumen und Zeigefinger. Vieles war passiert seit letztem Sommer, in dem sich ihr Verhältnis von einer alten Freundschaft aus Kindertagen hin zu einer Beziehung entwickelt hatte, die dann nach einer kurzen Fernbeziehung ihr vorzeitiges Ende fand.

„Amalia, ich werde für die nächsten Monate nach Slowenien gehen, um dort den Bau eines Chalet-Dorfes zu betreuen. Ich brauche einfach zu allem etwas Abstand. Im letzten Jahr ist so viel passiert. Hannes Tod, das mit uns, das mit Bettina ... ich muss den Kopf freibekommen. Momentan bin ich ungebunden, vielleicht meine letzte Chance, so etwas zu machen."

Wie meinte er das, „momentan ungebunden"? Sah er noch eine Chance für sie beide? Oder hatte er die hübsche Blondine vom *Kirschta* im Sinn? Oder ganz jemand anderes? Bei Felix wusste man nie. Slowenien, das hieß, dass er die nächsten Monate kaum in Pfunders sein würde. Das passte ihr gar nicht. Ihr wurde klar, dass sie in ihrem Inneren immer noch ein Fünkchen Hoffnung gehabt hatte, dass sich zwischen ihnen wieder etwas entwickeln könnte. Kurz zögerte sie, doch dann redete sie ihm zu, ins Ausland zu gehen: „Du musst die Chance nutzen. Es ist ja nur für eine begrenzte Zeit. Ein Projekt in Slowenien ist doch eine super Sache. Nicht nur beruflich. Ich finde es toll, ein anderes Land und neue Leute kennenlernen zu können."

Er stand auf und sah sie dabei durchdringend an: „Ich wusste, dass du das genauso siehst. Ich wollte, dass du meine Entscheidung als Erste erfährst, vor Ludwig und der *Mamme*.“

Sie erwiderte seinen Blick. Der Moment zog sich bittersüß in die Länge. Amalia wusste einfach nicht, was sie sagen sollte. Sie fühlte sich geschmeichelt, dass er ihr zuerst davon erzählte. Das bedeutete, dass sie doch noch einen besonderen Stellenwert in seinem Leben hatte. Sollte sie ihn bitten zu bleiben, damit sie herausfinden konnte, ob zwischen ihnen noch was war? Einerseits war sie sich sicher, dass Slowenien beruflich für ihn das Richtige wäre. Andrerseits ... Doch bevor sie sich zu einer Entscheidung oder irgendwelchen Worten durchringen konnte, stand er auf und ging zur Tür.

„Wann fährst du?“, fragte Amalia, vergebens bemüht darum, nicht enttäuscht zu klingen.

„Morgen schon. Die Arbeiten haben schon begonnen.“

Amalia nickte. Zögernd standen sie sich gegenüber. Sie wussten beide nicht so recht, wie sie sich voneinander verabschieden sollten.

„Also dann. Mach's gut, Amalia“, sagte Felix.

„Felix ... pass auf dich auf.“

Er umarmte sie zum Abschied. Eine kurze Weile standen sie so da. Eindeutig zu lange für eine freundschaftliche Verabschiedung. Lange genug, um zu spüren, dass da noch mehr zwischen ihnen beiden war. Auf einmal war das Gefühl des letzten Sommers wieder da. Felix' Umarmung ließ ihr Herz schneller schlagen und trotzdem fühlte es sich an wie „heimkommen“. Sie löste in ihr nicht nur die knisternde Neugier aus, die auch Marchetti in ihr wachrief, sondern gleichzeitig eine liebevolle tiefe Vertrautheit. Ob Felix in diesem Moment die gleiche Verbundenheit empfand? Am liebsten hätte sie gesagt: „Geh nicht, Felix, bleib bei mir. Lass uns alles auf null stellen und es noch einmal zusammen versuchen." Wenn er nur ein Wort sagte, würde sie ihn bitten zu bleiben.

Doch sie schwiegen beide. Als sie sich aus der Umarmung lösten, trafen sich für einen kurzen Moment ihre Blicke und Amalia meinte in Felix' Augen die gleiche tiefe Zuneigung zu erkennen. Aber dann ging er, und Amalia blieb mit dem unguten Gefühl zurück, eine Chance in ihrem Leben vertan zu haben.

Am Nachmittag kehrte Evi mit ihren Kindern zurück. Die beiden Freundinnen beschlossen, nach draußen zu gehen, da die Kinder in der zu kleinen Wohnung immer wilder herumtobten. Sie setzten sich in den Garten, genossen die wenigen Sonnenstrahlen, die sich durch die Wolkendecke kämpften, und schauten den Kindern beim Spielen zu.

„Heute Morgen in der Arbeit bekam ich einen seltsamen Anruf. Der Anrufer wollte meinen Chef sprechen, aber der war außer Haus", begann Evi zu berichten.

„*Mamme,* hat die Amalia einen Ball, damit wir Fußball spielen können?", wurde sie von Andreas unterbrochen.

Evi schaute Amalia an.

Diese schüttelte bedauernd den Kopf.

„Spielt doch inzwischen Fangen. Wir fahren später zum Hexenhaus und holen noch ein paar Spielsachen."

Andreas trollte sich missmutig.

„Was war jetzt mit dem Anruf?", kam Amalia zum Thema zurück. Evi war ansonsten sehr verschwiegen, wenn es um ihre Arbeit ging, deshalb musste es etwas Ungewöhnliches gewesen sein.

„Also, der Anrufer wollte – wie gesagt – zuerst den Chef sprechen, aber da der nicht da war, sagte er mir, ich solle ihm ausrichten, dass im Erbfall Mara Gasser ein neueres Testament unterschlagen worden sei. Der rechtmäßige Erbe sei ein anderer, nicht die Pflegekinder. Mein Chef solle der Sache nachgehen."

„Und wie hieß der Anrufer?"

„Der wollte seinen Namen nicht nennen. Nachdem er mir die Information gegeben hat, hat er einfach aufgelegt."

„Hast du nicht auf die Nummer geachtet?", fragte Amalia nach.

„Logisch. Was denkst du denn von mir?", fragte Evi pikiert. „Die Nummer war unterdrückt und die Stimme ... die klang seltsam blechern und verzerrt. Ich würde wetten, dass das keinesfalls die natürliche Stimme des Anrufers war."

„Den Anrufer können wir also nicht ausforschen. Mist, das Ganze wird immer verzwickter. Meinst du, dass es wirklich noch ein weiteres Testament gibt? Könnte es noch im Hexenhaus liegen?"

Evi zuckte mit den Schultern.

„Lass uns rüberfahren. Du packst dort für die Kinder noch ein paar Spielsachen zusammen und ich schau mich inzwischen im *Fuitohaus* um."

Evi war einverstanden und wenig später waren sie unterwegs.

Amalia öffnete die quietschende Tür des Schuppens. Hier standen Kartons mit angeschlagenem Porzellan und Küchenutensilien wild durcheinander, Gläser mit getrockneten Kräutern, eine alte Waage, wie sie oft zu Dekorationszwecken in Apotheken herumstanden, aber nichts, was auf den ersten Blick nach persönlichen Unterlagen oder Briefen aussah. Amalia schloss die Tür. Auf die Schnelle würde man hier nichts finden und niemand wusste, ob tatsächlich ein anderes Testament existierte.

„Hast du was entdeckt?“, fragte Evi, die inzwischen drei große Taschen mit Spielzeug gefüllt hatte.

„Nein, aber hier steht auch viel Krempel herum. Und wer weiß, ob das Testament, falls es wirklich noch eines gibt, nicht schon jemand an sich genommen hat. Ich habe jedenfalls nichts gesehen.“

„Wäre auch zu einfach gewesen“, antwortete Evi verdrießlich, und sie fuhren gemeinsam zurück zu Amalia. Nachdem die Kinder zu Bett gegangen waren, saßen die Freundinnen noch in der Küche zusammen.

„Da war heute noch ein Anruf ...“, begann Evi erneut.

Amalia horchte auf.

„... von Thomas Gruber, Simons Lehrer.“

Schade, dachte Amalia, die irgendetwas Spannendes erwartet hatte, das mit dem Mord zu tun haben könnte. An Simons Lehrer hatte sie wenig Interesse. Trotzdem fragte sie: „Was wollte der denn?“

„Ein Gespräch. Ich habe früher zu arbeiten aufgehört und bin gleich zu ihm gefahren. Er hat mir erzählt, dass Simon in letzter Zeit sehr aggressiv ist. Wenn heute auf dem Pausenhof nicht eine Lehrerin dazwischengegangen wäre, hätte Simon einen Klassenkameraden verprügelt. Ich habe ihm unsere Situation geschildert. Thomas war sehr verständnisvoll. Wenn ich und Michl das wollen, wird er mal mit Simon reden. Er meint, es ist besser, wenn Kinder einen neutralen Gesprächspartner haben, mit dem sie ihre Probleme besprechen können. Während einer Trennung stehen sie immer zwischen Mutter und Vater. Ich war wirklich ganz angetan von ihm. Wenn ich da an unsere alten spröden Lehrer denke. Mir hat ein bisschen vor dem Gespräch gegraut, aber er hat mir gleich die Befangenheit genommen. Die Kinder finden ihn klasse. Und ich muss sagen, sie haben recht. Der ist wirklich nett und ist mit seinem grau melierten Haar noch dazu attraktiv."

Amalia schaute Evi neugierig an. Sie schwärmte ja richtig von dem Kerl, dachte sie.

11.

Obwohl es am Abend spät geworden war, wachte Amalia am nächsten Tag schon vor sieben auf. Sie hatte einen wirren Traum gehabt, in dem Evi und ihr Chef Amalias Haus auf den Kopf gestellt hatten, um ein Testament zu suchen.

Sie setzte erst einmal einen starken Kaffee auf und genoss die Ruhe in ihrer Küche. Sosehr sie ihre Freundin mochte, deren Einzug brachte eine Menge Chaos und Krach in ihr sonst so friedliches Dasein. Auch wenn Amalia sich selbst als entspannt sah, was Ordnung anging, störte sie es doch, dass überall Sachen von den Kindern herumlagen. Auf der Couch lagen Socken von Andreas, Spielzeugautos von Leander und eine Hose von Simon. Wann hatte er denn die ausgezogen? Auf der Küchenarbeitsplatte lagen Zettel und Hefte, auf dem Esstisch hatte eines der Kinder angefangen, ein futuristisch anmutendes Gefährt aus Lego zu bauen.

Bald darauf tapste Evi barfuß in die Küche und nahm sich wortlos einen Kaffee. Dann ging sie, um die Kinder zu wecken. Die nächste Dreiviertelstunde war ein Wirbelsturm an Aktivitäten. Evi war an drei Orten gleichzeitig, half Schuhe zu finden, unterschrieb Tests, schmierte Pausenbrote, goss Milch über Müslis und trocknete Tränen, weil Leander zu Hause bleiben wollte. Gleichzeitig machte sie sich selbst zurecht. Amalia beobachtete halb amüsiert, halb besorgt, dass Evi sich mehr Mühe mit ihrem Make-up gab als sonst. Hoffte sie, den Lehrer zu treffen, wenn sie die Kinder zur Schule brachte?

„Ich bin gegen fünf wieder da. Michl holt die Kinder ab", rief sie noch schnell über die Schulter, bevor sie die Wohnung verließ.

Amalia begann den Frühstückstisch abzuräumen, als sich die Tür abermals öffnete. Hatte Evi etwas vergessen?

„Das lag vor der Tür", hörte sie Evi mit tonloser Stimme.

Amalia trat in den Flur und Evi hielt einen weißen Umschlag in der einen Hand, in der anderen ein DIN-A4-Blatt. Mit ausgestrecktem Arm und spitzen Fingern hielt sie es so weit wie möglich von sich weg. „Diesmal hat er dir geschrieben."

Amalia nahm das Blatt und las:

Bildomocharin, was wühlst du in fremden Sachen?
In MEINEM Haus. Was nimmst du dir Dinge, die dir nicht gehören? Sei gewarnt, Schreckliches wird passieren, wenn du weiter so neugierig bist.
Der Hüter des Hauses

Evi, die über Amalias Schulter mitgelesen hatte, sagte: „Er weiß, dass du die Fotos hast. Er muss uns ständig beobachten."

Amalia nickte. „Er muss gesehen haben, dass ich mit der Schachtel Fotos von dir weggefahren bin, und auch, dass ich gestern im *Fuitahaus* etwas gesucht habe. Echt unheimlich."

Für einen Moment schwiegen sie beide beklommen, dann sagte Evi: „Hilft nichts, ich muss los. Pass auf dich auf."

Die Freundinnen umarmten sich kurz, bevor Evi ging.

Amalia begann eher halbherzig, Fotos für einen Reisebericht zusammenzusuchen, aber ihre Gedanken wanderten immer wieder zu dem Brief. Die Vorstellung, dass jemand den ganzen Tag auf der Lauer lag und alles beobachtete, was im und um das Hexenhaus herum passierte, war gruselig. Noch angsteinflößender wurde der Brief dadurch, dass auch Emma, das Mordopfer, einen solchen erhalten hatte.

Die Sache mit dem angeblichen zweiten Testament warf ein ganz neues Licht auf alles. Es konnte zum einen bedeuten, dass jemand ein starkes finanzielles Motiv hatte. Aber wer? Hatte Mara eines ihrer drei Ziehkinder zum Haupterben gemacht? Eventuell Emma, weil sie die Einzige war, die keinen Bezug zu ihren leiblichen Eltern hatte? Lag darin das Motiv und hatte es mit Sex und Vergewaltigung gar nichts zu tun? Das würde ihre Brüder verdächtig machen.

Dann war aber da noch das Foto mit dem Baby, von dem niemand etwas wusste. Konnte dieses Kind … Amalia überlegte, „das Kind“ musste inzwischen ein Mann oder eine Frau Mitte vierzig sein. War das am Ende der Hüter? Hatte dieses „Kind“ altes Anrecht auf das Haus oder das Erbe? Oder war der Hüter das Kind der Vorbesitzer, das durch das Lawinenunglück von seinem Zuhause vertrieben worden war? Dieses „Kind“ musste um die achtzig sein, wahrscheinlich zu alt, um einem jungen Mädchen aufzulauern und es zu erwürgen. Zu viele Unbekannte, dachte Amalia. Sie fühlte sich erschöpft, obwohl es noch nicht einmal zehn Uhr war. Sie entschloss sich, Ruppert aufzusuchen. Emmas Bruder war, laut Nanne, in finanziellen Nöten. Ihn könnte ein weiteres Testament in Bedrängnis bringen. Das schien ihr klarer und logischer als diffuse Theorien um ein verschollenes Kind.

Bevor sie Rupperts Haus betrat, betrachtete sie es von außen. Es war ein zweistöckiges Haus an der *Sonnseiterstraße* und – für Pfunders völlig untypisch – es hatte ein graues Flachdach. Die Fenster waren anthrazitfarben eingefasst. Links und rechts der Haustür standen zwei riesige Pflanzentöpfe mit akkurat zugeschnittenen Buchsbäumen.

Sie zögerte. Zu Hause war sie noch voller Tatendrang gewesen, aber jetzt kam sie sich nur noch aufdringlich vor.

Nanne hatte ihr erzählt, dass Emmas Leiche, nachdem sie nach der Obduktion freigegeben worden war, zu Ruppert gebracht worden war, um dort aufgebahrt zu werden. In Pfunders war es üblich, die Toten bis zur Beerdigung im Haus der Familie aufzubahren, damit die Dorfbewohner dort Abschied nehmen konnten. An den Abenden vor der Beerdigung wurde dann am Sarg der Rosenkranz gebetet. Sie beschloss, nur schnell Weihwasser zu sprengen und dann das Weite zu suchen.

Die Tür war nur angelehnt und sie betrat das Haus. Als sie im mit dunklen Fliesen ausgelegten Flur stand, konnte sie durch die offene Wohnzimmertür sehen, dass sich der Sarg dort befand. Durch die große Fensterfront schien die Morgensonne und zeichnete Muster auf den Holzboden. Die Möbel waren hauptsächlich aus Glas und Chrom und strahlten eine schlichte Eleganz aus. Der schwere Eichensarg bildete dazu einen augenfälligen Kontrast. Er war wie ein Fremdkörper zwischen der modernen, teuren Einrichtung. Rundherum standen Blumen und Kerzen in schweren silbernen Leuchtern. Sie sah ein großes Blumengesteck in Herzform, versehen mit einer Schleife, auf der Amalia lesen konnte: „Begrenzt ist das Leben – unendlich die Erinnerung. Deine Brüder."

Amalia schnürte es die Kehle zu. Zum ersten Mal wurde ihr bewusst, wie eng die Bindung der drei Pflegekinder vom Hexenhaus untereinander offensichtlich war. Sie sahen einander als Brüder und Schwester, auch wenn sie verschiedene Eltern hatten.

Sie verweilte kurz vor dem Sarg, betrachtete das Schwarz-Weiß-Bild, das darauf stand, und gedachte der lebenslustigen, patenten Emma, die ohne jegliche Vorwarnung aus dem

Leben gerissen worden war. Sie bekreuzigte sich und sprengte den Sarg mit Weihwasser.

Im Flur traf sie auf Erich. Der große blonde Mann hatte rot geränderte Augen und sah aus, als hätte er schon länger keinen Schlaf mehr bekommen. Auf seiner Wange war eine stoppelige Stelle, als hätte er da das Rasieren vergessen. „Hallo, Amalia", sagte er nicht unfreundlich, wenn auch ein wenig überrascht.

„*Hoila,* Erich", sagte Amalia und fühlte sich ertappt. „Mein herzliches Beileid. Ich wollte ... Also, heute Abend schaffe ich es nicht zum Beten und da wollte ich wenigstens zum *Sprengen* kommen." Amalia fühlte sich schäbig, als sie das tiefe Leid in den Augen des ehemaligen Schulkameraden sah.

„Das ist nett", sagte der jedoch arglos. „Magst einen Kaffee?"

Amalia war überrascht. Seit ihrer gemeinsamen Schulzeit hatten sie nicht viel miteinander zu tun gehabt. „Ähm, aber ich ... gern", stotterte sie.

Er ging voraus in eine Wohnküche mit einer weißen Hochglanz-Küchenzeile. Teure Elektrogeräte in glänzendem Schwarz schufen einen aparten Kontrast. Am Tisch saß Ruppert, der blicklos in einer Kaffeetasse rührte.

Ruppert war drei Jahre jünger als Amalia und Erich. Sie konnte sich daran erinnern, wie er in die Grundschule gekommen war. Er versetzte die ganze Schule mit seinen Streichen in Aufruhr. Amalia hatte er immer gefallen. Mit seinem breiten Grinsen unter dem blonden Schopf hatte er sie immer an *Michel aus Lönneberga* erinnert. Einmal sperrte er sich im Klo ein und niemand konnte ihn dazu bewegen, die Tür zu öffnen. Das ging über Stunden so. Verschiedene Lehrer und Mitschüler versuchten ihr Glück, aber nichts half, bis die Direktorin schließlich Mara anrief. Diese kam – wie immer in einem schlichten schwarzen Kleid –, ging mit erhobenem Haupte an Lehrern und Schülern vorbei, als nehme sie das Getuschel und die vorwurfsvollen Blicke nicht wahr. Sie hockte sich vor die Klotür und sagte ganz ruhig: „Ruppert, hier sind ganz viele Kinder und Lehrer. Keiner kann heute etwas lernen, weil du alle ablenkst. Willst du nicht rauskommen?"

„Nein!"

„Warum denn nicht?"

Ruppert begann zu flüstern. Mara lehnte ihr Ohr an die Tür, damit sie ihn verstehen konnte. Für einen Moment zuckten ihre Mundwinkel nach oben, als müsste sie sich ein Lächeln verkneifen, dann wurde sie wieder ernst. Als Ruppert geendet hatte, stand sie auf. Sie ging zum Klassenlehrer, besprach sich mit ihm, dann wurden alle Kinder in ihre Klassen zurückgeschickt und der Unterricht ging weiter.

Später erfuhr Amalia, dass Ruppert der Religionslehrerin Juckpulver in den Mantel hatte tun wollen, aber es aus Versehen auf seine eigene Kleidung gestreut hatte. Er war also aufs Klo gegangen und hatte sich alles ausgezogen, weil es so furchtbar gejuckt hatte. So war er mehrere Stunden splitternackt auf dem Klo gesessen. Erst als Mara ihm eine Turnhose und ein T-Shirt aus seinem Turnbeutel brachte, kam er wieder heraus. Über diese Geschichte wurde noch Jahre später herzlich gelacht.

Wenn sie Ruppert nun betrachtete, wie er mit gebeugtem Rücken und leerem Blick vor seinem Kaffee saß, erinnerte wenig an den „Michel" von früher. Er hatte zwar immer noch volles blondes Haar, aber in seinen Augen lag eine tiefe Melancholie. Auf der Stirn hatte er eine senkrechte Zornesfalte und sein Mund war zu einem schmalen Strich zusammengepresst.

„Hallo, Ruppert", sagte Amalia schüchtern.

Er blickte kurz auf, nickte ihr zu und senkte den Blick wieder.

„Setz dich", sagte Erich.

Amalia nahm am anderen Ende vom Tisch, so weit entfernt von Ruppert wie möglich, Platz. Sie kam sich vor wie ein Eindringling.

„Cappuccino, Latte macchiato, Espresso?", fragte Erich und machte sich an der modernen Kaffeemaschine seines Bruders zu schaffen. Er schien sich gut auszukennen.

„Einen Macchiato, bitte." Der war klein und ließ sich schnell austrinken, so käme sie zügig wieder weg, dachte Amalia.

„Zucker?"

„Nein, danke." Sie wandte sich an Ruppert: „Mein Beileid, es tut mir sehr leid wegen Emma."

Ruppert nickte. „Sie war so jung. Sie hatte noch so viel vor", presste er heraus.

„Man kann es gar nicht verstehen. Ihr drei seid euch nahegestanden?"

Sie sah, dass Erich und Ruppert einen Blick miteinander wechselten.

„Emma war sechs Jahre jünger als ich und neun Jahre jünger als Erich, aber dadurch, dass wir im Hexenhaus ziemlich isoliert waren, haben wir viel Zeit miteinander verbracht."

Amalia wunderte sich, dass Ruppert sein Heimathaus auch als „Hexenhaus" bezeichnete.

Als schien er ihre Gedanken zu lesen, fuhr er bitter fort: „Ich weiß schon, was die Leute vom Dorf über uns geredet haben. Und keiner hat uns besucht. Wir Buben hatten uns, aber für Emma war das ganz schlimm. Wie sie dann in die

Mittelschule gekommen ist, hat sie sich freigeschwommen. Sie hat Freundinnen eingeladen, und die sind zum Glück auch gekommen. Sie war stark, unsere Emma."

Amalia dachte mit schlechtem Gewissen daran, dass auch sie, als sie mit Erich in eine Klasse ging, nie auf die Idee gekommen wäre, ihn im Hexenhaus zu besuchen. Er war ein stiller unauffälliger Junge gewesen, und sie hatte sich nie viele Gedanken um ihn gemacht. Wenn er im Dorf aufgetaucht war, hatten sie ihn mitspielen lassen, aber enge Freunde hatte er nie gehabt. Er musste eine einsame Kindheit gehabt haben, dachte sie reumütig.

„Emma war immer für mich da, auch als meine Frau mit den Kindern abgehauen ist und mich mit den Schulden hat sitzen lassen. Nächtelang hat sie sich meine Sorgen angehört. Als es eng wurde, hat sie mir sehr geholfen. Sie hat sogar ..." Ruppert brach ab.

„Es tut mir so leid", sagte Amalia lahm, „ich ..."

„Das Schlimmste ist", nun blitzte Zorn in Rupperts Augen auf, „dass die Leute wieder nichts Besseres zu tun haben, als über uns zu reden. Auf der einen Seite bringen sie Kerzen und sagen nette Worte, aber dann fragen sie, ob es für mich jetzt nicht leichter wäre, das Haus zu verkaufen. Diese Scheinheiligkeit kotzt mich so an." Er sprang auf und verließ die Küche.

Amalia schaute schuldbewusst auf die Tischplatte. Genauso eine war sie auch: Die Neugier hatte sie hierhergetrieben. Um die Gefühle der zwei Männer hatte sie sich keine Gedanken gemacht, als sie die „TNT"-Liste aufgestellt hatte.

„Es ist schwer", seufzte Erich und stellte Amalia den Macchiato hin, „Ruppert hat auch noch andere Sorgen. Wir drei sind eng miteinander." Er schluckte und verbesserte sich.

„Wir drei waren eng miteinander. Vielleicht, weil wir immer das Gefühl hatten: Wir drei gegen den Rest der Welt. Kinder können schon gemein sein. Wir sind alle anders damit umgegangen. Ruppert wurde zornig und hat, als er klein war, viel angestellt. Später hat er jedem, der etwas Abfälliges über Mara, Rosa oder uns gesagt hat, eins auf die Schnauze gegeben. Ich habe mich zurückgezogen. Die Emma wiederum ist auf die Leute zugegangen. Sie war am offensten, hatte immer Freunde. Sie hat sich nie dafür geschämt, dass sie im Hexenhaus gewohnt hat. Sie war wie ein Licht und hat die Menschen angezogen."

„Ich habe sie nicht so gut gekannt, weil sie viel jünger war als ich. Aber ich fand sie klasse. Sie hatte ihr Leben im Griff", sagte Amalia.

„Ja, das hatte sie wohl", sagte Erich nachdenklich. „Sie war sehr aufrichtig. Wollte auch immer die Wahrheit herausfinden. Ich bin oft zu ängstlich."

Amalia erinnerte sich an Emmas Bemerkung, dass bestimmte Dinge noch geklärt werden müssten, bevor das Haus verkauft werden konnte.

„Meinst du, sie hat etwas herausgefunden, das sie in Gefahr gebracht hat?"

„Ich weiß es nicht. Aber das ist für mich viel wahrscheinlicher als ein finanzielles Motiv."

Amalia hob fragend die Augenbrauen.

„Die *Karpf* schießen sich auf uns ein, vor allem auf Ruppert. Mir geht es finanziell nicht schlecht, aber Ruppert hat große Probleme. Aber natürlich ist das kein Motiv. Erstens könnte er Emma nie wehtun und zweitens löst ihr Tod für ihn gar nichts. Er muss immer noch mit mir teilen und ich bin momentan auch gegen einen Verkauf."

„Und wenn es ein zweites Testament gäbe – in dem Emma die Alleinerbin wäre?“, fragte Amalia vorsichtig.

Erich schaute sie einen Moment mit offenem Mund an.

„Ein zweites Testament? Wie kommst du denn darauf? Das hätte Mara nie gemacht. Sie hat zwischen uns drei nie einen Unterschied gemacht.“

„Und wenn es noch jemanden gibt? Ein weiteres Kind, von dem niemand etwas weiß?“

Erich schaute nun verblüfft. Er dachte zuerst nach, dann lachte er.

„Es stimmt also, du bist wirklich als Hobbydetektivin unterwegs.“

Amalia errötete schuldbewusst.

„Lass mich raten: Du hast das Foto gesehen, auf dem Mara ein Kind im Arm hält, viele Jahre, bevor sie mich aufgenommen hat?“

Seine Direktheit war erfrischend. Amalia nickte.

„Das ist das Kind ihrer Schwester.“

„Kennst du die Schwester von Mara?“

„Sie hat jeden Kontakt zu ihrer Familie abgebrochen. Da muss was vorgefallen sein. Darüber hat sie aber nie geredet.“

Amalia war skeptisch. Der Anruf beim Notar machte nur Sinn, wenn es noch ein Kind gab. Allerdings wirkte Erich so offen, dass sie sich kaum vorstellen konnte, dass er sie anlog. Aber vielleicht hatte Mara ihm nicht die Wahrheit gesagt. Vielleicht hatte sie Geheimnisse vor ihren Pflegekindern gehabt?

„Sorry, Erich. Wenn mich die Neugier packt, bin ich nicht zu bremsen.“ Sie strich sich verlegen die Haare aus der Stirn. Was sie noch zu sagen hatte, erforderte Mut. „Es tut mir leid, wie ich als Kind zu dir war. Ich habe mir nie Gedanken gemacht, wie es für euch war, im Hexenhaus aufzuwachsen. Ich gebe zu, dass mir die Mara mit ihrer Narbe immer Angst gemacht hat. Aber das ist keine Entschuldigung. Ich hätte dich zu uns einladen können, aber irgendwie ..." Sie brach ab, denn diese Worte waren zu wenig.

Erich wischte ihren Einwand beiseite. „Dafür bist du heute gekommen. Du warst übrigens als Kind immer ganz nett zu mir. Manchmal hast du sogar dein Jausenbrot mit mir geteilt, wenn ich meines vergessen hatte. Außerdem, so schlimm, wie Ruppert es schildert, war es nicht. Wir hatten uns – und die *Mamme* ..." Er sah Amalias erstaunten Blick. „Wir haben die Mara *Mamme* genannt", erklärte er, „sie war eine liebevolle Frau. Im Gegensatz zu Emma haben Ruppert und ich unsere leiblichen Eltern gekannt, aber Mara war unsere Bezugsperson: die einzig wahre Mutter. Obwohl sie im Krankenhaus als Hebamme gearbeitet hat, hatten wir nie viel Geld, weil sie alles, was übrig blieb, ins Haus gesteckt hat. Aber sie ist mit uns viel in die Berge und in den Wald gegangen. Es gab keine Pflanze und kein Kräuterlein, zu dem sie nichts erzählen konnte. Ich war vier, wie ich zu ihr gekommen bin. Ich kann mich an die Zeit davor kaum erinnern, aber ich weiß, es war laut und gefährlich. Bei der Mara war es ruhig und sicher. Dann gab es da noch die Rosa. Die war wie eine Oma für uns. Die hat Kuchen gebacken und die besten Gruselgeschichten erzählt. Ich glaube, sogar die Mara hat beim Zuhören oft eine Gänsehaut bekommen. Sie war manchmal ein wenig seltsam, aber wir haben immer gespürt, dass sie es gut mit uns meint."

Amalia betrachtete Erich. Man sah ihm an, dass er tief um seine Schwester trauerte, aber von dem Zorn, den Ruppert ausstrahlte, war nichts zu spüren. Sie blieb noch auf einen zweiten Macchiato, denn es schien Erich gutzutun, zu reden. Als sie sich verabschiedete, stellte sie fest, dass sie in dieser halben Stunde mehr mit Erich geredet hatte als die ganze Schulzeit über zusammengenommen.

12.

Als sie wieder im Auto saß, überlegte Amalia, was sie als Nächstes tun sollte. Sie ließ das Gespräch Revue passieren. In Ruppert schien ein lang gehegter Zorn zu schwelen. Aber ihrer Meinung nach richtete sich diese Wut eher gegen die Dorfgemeinschaft und die Gedankenlosigkeit der Leute als gegen seine Pflegegeschwister. Mit Emma und Erich schien er tatsächlich eng verbunden zu sein. Sein Schmerz über Emmas Tod war spürbar und wirkte aufrichtig. Erich schien ebenfalls tief um seine Pflegeschwester zu trauern. Im Gegensatz zu seinem Pflegebruder schien er jedoch mit der Vergangenheit seinen Frieden gemacht zu haben. Eigentlich ein netter Kerl, dachte sie. Schade, dass ich ihn in all den Jahren nicht besser kennengelernt hatte. Sie nahm sich vor, sich in Zukunft um seine Freundschaft zu bemühen.

Wie unterschiedlich war deren Kindheit zu ihrer eigenen verlaufen. Auch sie selbst war ohne Eltern aufgewachsen, aber durch ihre Oma Zille war sie tief im Dorf verwurzelt gewesen. Sie hatte sich von der Dorfgemeinschaft immer aufgefangen und dadurch geborgen gefühlt. Da war Hilda gewesen, die immer zur Stelle war, wenn man sie brauchte, so wie Nanne, die neugierige Nachbarin, die zwar unglaublich nervig sein konnte, aber genauso immer da war, wenn Hilfe nötig war. Sie dachte an ihre Freunde, vor allem Evi, Felix und Hannes, die ihr immer das Gefühl gegeben hatten, dazuzugehören. In deren Zuhause war sie wie selbstverständlich ein und aus gegangen und von deren Eltern war sie immer freundlich aufgenommen worden.

Wie einsam war im Vergleich dazu die Kindheit der drei vom Hexenhaus gewesen. Da waren nur Mara, die sie *Mamme* nannten, und eine alte Frau, die allen Berichten nach sonderbar gewesen sein musste. Machte das die Brüder zu Verdächtigen? Gefühlsmäßig: Nein. Es schien, als ob sie mit Erich und Ruppert vorerst in einer Sackgasse gelandet wäre. Das unbekannte Kind gab es laut den beiden nicht. Anscheinend war das Kind auf dem Foto von Maras Schwester. Auch eine Sackgasse. Sollte sie Tondl aufsuchen? Von Nanne wusste sie, dass er im *Bürgerheim* in Brixen untergebracht war. Sie beschloss auf gut Glück in das Altersheim zu fahren.

Amalia ging zur Rezeption und fragte nach Anton Ebner.

Die Frau schaute sie verblüfft an, anscheinend bekam Tondl ansonsten nie Besuch. Dann sagte sie: „Den Gang runter und dann rechts. Zimmer 79."

Amalia bedankte sich und folgte der Wegbeschreibung. Sie klopfte an die Zimmertür und öffnete diese, nachdem sie ein leises *„Jo"* vernahm. Das Zimmer war klein und zweckmäßig mit einem Pflegebett, einem alten Ohrensessel mit verschlissenem Stoff und einem modernen weißen Tisch eingerichtet. Vor dem Fenster saß ein schmaler grauhaariger Mann in einem Rollstuhl und blickte starr aus dem Fenster hinaus in den Garten.

„Hoila, bist du der Tondl?", begann Amalia das Gespräch, obwohl der Mann ihr den Rücken zuwandte.

Der Mann drehte seinen Rollstuhl herum und blickte sie aus klaren blauen Augen an. Amalia bemerkte erschrocken, dass das linke Bein oberhalb des Knies amputiert war. Das Hosenbein war hochgesteckt worden, sodass es den Beinstumpf umschloss.

„Wer will das wissen?", gab er zurück und musterte sie dabei skeptisch.

„Ich bin aus Pfunders, die Enkelin von der *Bildomocharin,* und ich hab ein paar Fragen an dich", sagte Amalia und hoffte, dass er ihre Oma gekannt hatte.

„Ja, die *Bildomocharin,* die hab ich gekannt. Mit der hab ich öfter gesprochen. Der ihr *Bui u*nd ihre Schwiegertochter sind auch unter die *Lahne* gekommen."

„Das waren meine Eltern", erklärte Amalia, „ich bin nach ihrem Tod bei meiner Oma Zille aufgewachsen."

„Wenigstens konntest du in Pfunders bleiben", presste Anton bitter hervor.

„Es tut mir leid, dass du damals wegmusstest", sagte Amalia aufrichtig. Im Blick des alten Mannes sah sie, dass das gemeinsame Schicksal das Eis zwischen ihnen gebrochen hatte.

„Warum bist da?", fragte er jetzt. Seine Stimme klang nicht mehr so abweisend.

Amalia erzählte ihm vom Mord an Emma und den Briefen des Hüters.

„Versteh *schun*. Du hast gedacht, dass ich der Hüter bin und die *Gitsche* umgebracht hab." Er lachte trocken und fuhr fort: „Ich habe lange um das Haus gekämpft. Ich bin nie damit klargekommen, dass mein *hinterfotziger Tete* damals meine *Hoamat* für einen Spottpreis an die *Hex* verkauft hat. Ich habe damals nicht nur meine Familie verloren, sondern auch meine *Hoamat*. Von einer Minute auf die andere war ich auf mich allein gestellt, hab Pfunders verlassen müssen und meine Freunde und Nachbarn, die ich damals mehr als alles andere gebraucht hätte, verloren. Dort zu bleiben, wäre mein einziger Wunsch gewesen nach dem Tod meiner Eltern und Geschwister. *Pfundrer Bluit isch koa Nudlsuppe*. Sie hätten mich nie von dort wegbringen dürfen. Wie ich dann selber gut verdient habe, da hab ich der *Hex* sogar ein paarmal ein Angebot für das Haus gemacht. Ich hätte ihr viel mehr gegeben, als sie damals bezahlt hat. Aber sie wollt' es nicht mehr hergeben. Sie hat nicht verstanden, wie wichtig es mir war, in dem Haus zu leben, wo meine Familie gestorben ist. Ich hab mich ihnen dort immer nah gefühlt. Vor allem der Thresl, meiner kleinen Schwester. Die hatten wir an dem Morgen noch beten gehört, aber als wir den ganzen Schnee weggeschaufelt hatten, hat sie nicht mehr gelebt. Noch heute sehe ich nachts oft ihr blasses kaltes Gesicht vor mir. Das ganze Unglück hat mich zum Alkohol getrieben. Vor drei Jahren ist meine Frau gestorben, seitdem wohne ich hier im Altenheim. Vor ein paar Monaten haben sie mir das Bein amputieren müssen: Durchblutungsstörungen. Allmählich merk ich, wie mein Leben zu Ende geht. Nachdem ich jahrelang vergeblich dagegen angekämpft habe, hab ich mich jetzt mit dem Unrecht abgefunden, das mir im Leben widerfahren ist. Nicht einmal Kinder hat mir der Herrgott vergönnt. Seit dem Tod meiner Frau bin ich wieder so allein wie an jenem schicksalhaften Morgen. Von meiner Familie lebt keiner mehr und Nachfahren habe ich keine. Ich weiß nicht, wer Anspruch auf das Hexenhaus erheben kann. Ich hab damit abgeschlossen", endete er resigniert.

„Es tut mir leid, Tondl", sagte Amalia und war tief ergriffen von seiner Lebensgeschichte, „wenn ich das alles so höre, dann wird mir noch bewusster, was für ein Glück ich hatte, dass mich die Oma nach dem Tod meiner Eltern aufgenommen hat und ich in Pfunders bleiben konnte."

Tondl nickte stumm.

Amalia redete noch eine Weile mit Tondl über Pfunders. Als dieser allerdings mitten im Gespräch einnickte, zog sie sich leise aus seinem Zimmer zurück.

13.

„Vor...sicht", schrie Amalia, aber es war bereits zu spät. Andreas war gestolpert und gegen den Strahler in ihrem kleinen Studio geknallt. Der Spot war umgefallen und kaputtgegangen. Amalia musste an sich halten, um nicht loszuschreien. Die Dinger waren sauteuer und ihr Konto fast auf null. Erst seit dem Nachmittag waren die drei Kinder zu Hause, aber es sah aus, als hätte eine Bombe eingeschlagen: Legosteine, Stofftiere, Schuhe ... alles lag herum. Wo blieb Evi bloß? Sie wollte doch nur kurz zum Laden, und Amalia hatte angeboten, inzwischen auf die Kinder aufzupassen. Raus in den Garten konnten sie heute nicht, weil es in Strömen regnete. Die Kinder waren nicht ausgelastet und die Spiele wurden immer wilder. Leander fuhr mit dem Bobbycar absichtlich gegen Simons eben erst gebautes Lego-Haus, bis es kaputt war. Als Simon das sah, flippte er regelrecht aus. Er schubste Leander vom Bobbycar und drosch in blinder Wut auf das Plastikauto ein. Allmählich wurde Amalia klar, was Simons Lehrer gemeint hatte, nämlich, dass Simon seine Aggressionen nicht im Griff hatte. Sie hatte alle Hände voll zu tun, den Buben zu bändigen und ihn vom Spielzeugauto fernzuhalten.

„Stopp, so geht das nicht. Ihr setzt euch jetzt hin, alle drei", schrie Amalia im Befehlston.

Doch die drei Buben reagierten nicht, im Gegenteil. Sie tobten noch wilder durchs Wohnzimmer. Mit einem Satz sprang Andreas auf ihre Couch und hüpfte ausgelassen darauf herum, als wäre sie ein Trampolin.

„Wir wollen aber nicht sitzen", Simon sprang ebenfalls auf die Couch und brüllte, „nicht sitzen ... nicht sitzen." Dabei grinste er provokant, weil er genau sah, dass er Amalia damit zur Weißglut brachte.

Simon wollte eine Machtprobe. Die konnte er haben, dachte sie, als es hinter ihr klirrte. Für einen kurzen Augenblick hatte sie Leander aus den Augen verloren. Der hatte versucht, sich selbst Saft nachzuschenken, und jetzt waren Kanne und Glas kaputt und der klebrige Saft verteilte sich am Boden.

Amalia stieg die Zornesröte ins Gesicht. Gerade als sie loslegen wollte, um die drei in die Schranken zu weisen, hörte sie Evis Schlüssel im Schloss. „Was ist denn hier passiert?", fragte ihre Freundin und stellte den Einkaufskorb auf der Arbeitsfläche ab.

„Deine Kinder sind außer Rand und Band. Sie richten hier nur Chaos an ... und machen alles kaputt", schimpfte Amalia vorwurfsvoll.

„Meine Kinder ... außer Rand und Band? Willst du sagen, dass meine Kinder nicht gut erzogen sind?" Evis Stimme wurde hart: „Du hast doch angeboten, auf sie zu schauen. Hättest du dich mit ihnen beschäftigt, dann wäre auch nichts passiert. Aber wenn wir dir zu viel sind, dann gehen wir halt zurück ins Hexenhaus", fügte Evi beleidigt hinzu.

Amalia schnaufte durch. Am liebsten hätte sie zu ihrer Freundin gesagt: Nimm deine unerzogenen kleinen Teufel, pack deine Sachen und verlass meine schöne neue Wohnung. Doch sie konnte ihre beste Freundin nicht vor die Tür setzen und noch weniger wollte sie Evi und die Buben einer drohenden Gefahr aussetzen.

Also sagte sie: „Nein, sorry. Natürlich sind sie gut erzogen. Ich habe überreagiert. Ich bin es nicht gewohnt, meine Wohnung zu teilen und Kinder um mich zu haben. Ich glaube, ich brauch mal eine kurze Pause. Bis später." Amalia ging lieber, als sich weiter mit ihrer Freundin zu streiten, obwohl sie ein schlechtes Gewissen hatte, Evi mit dem ganzen Chaos allein zu lassen. Andererseits waren es Evis Kinder, die es angerichtet hatten.

Es gab nur eine Lösung. Sie musste rasch den Hüter ermitteln. Je schneller sie den Fall gelöst hatte, desto schneller hatte sie ihre Wohnung wieder für sich und damit auch ihre Ruhe. Das war ihr Ansporn genug. Ihr Weg führte sie geradewegs zu ihrer Nachbarin. Felix' Auto konnte sie nirgends entdecken. Natürlich hätte sie ihn vor seiner Abreise gerne noch mal gesehen. Doch ein unverkrampftes Aufeinandertreffen, wenn Nanne danebenstand, war ausgeschlossen. Außerdem wollte sie keinesfalls in die Verabschiedung von Mutter und Sohn platzen. Trotzdem beschäftigte sie die Frage, ob er schon nach Slowenien aufgebrochen war.

Als Nanne die Tür öffnete, zog diese überrascht die Augenbrauen nach oben und es dauerte keine Sekunde, da erhielt Amalia ihre Antwort.

„Bist zu spät. Der Felix ist heute schon ganz früh gefahren", sagte ihre Nachbarin geradeheraus mit einem unterschwellig bissigen Ton. Es war nicht zu überhören, dass sie immer noch ihr die Schuld am Aus der Beziehung mit Felix sowie am folgenden Schlamassel mit Frau Dr. Sommer gab. Wahrscheinlich dachte sie auch, dass Felix ihretwegen und wegen seines Pechs mit den Frauen nach Slowenien aufgebrochen war. Doch ohne dass Amalia auch nur ein Wort erwidern konnte, fuhr Nanne nun im mitleidigen Ton fort: „Auweh, du schaust aus, als könntest du einen Schnaps gebrauchen. *Kimm inne.* Die Buben von der Evi sind anstrengend, *heu?*"

Amalia war sich nicht bewusst gewesen, dass man ihr das stressige Leben in ihrer neuen Wohngemeinschaft schon ansah. Doch Nanne gegenüber würde sie sich eher die Zunge abbeißen, als zuzugeben, dass sie die ganze Situation mit Evi und den Kindern nervte. „Was ich dich fragen wollte, Nanne, da hat doch vor der Evi kurzzeitig jemand anderes im Hexenhaus gewohnt. Weißt du, wer das war?" Amalia trank einen Schluck Marillenschnaps, der ihr die Kehle hinunterbrannte. Sie genoss es, sich ganz auf das Gespräch konzentrieren zu können und nicht auf irgendwelche umkippenden Gläser.

Nanne überlegte kurz. „Das war der kleine dürre Italiener mit seiner rothaarigen Frau und einem kleinen Baby. Francesco ... Francesco Conti. Er hat im *Lodenwirt* gekellnert und seine Frau war zu Hause bei dem Baby. Der hat mich zwei- oder dreimal bedient, das war wirklich ein netter, fleißiger Mann. Doch lange sind sie nicht geblieben, dann sind sie wieder heim."

„Und warum sind sie so schnell weg?", fragte Amalia nach.

Nanne zuckte mit den Schultern. „Er hat mir mal erzählt, dass seine Familie in der Nähe von Torri del Benaco am Ostufer des Gardasees lebt. Dorthin sind sie zurück. Vielleicht wollte seine Frau auch wieder arbeiten. Im Sommer ist es ja kein Problem, am Gardasee eine Arbeit zu finden." Nanne machte eine Pause und schien nachzudenken.

Amalia wartete ab.

Endlich sprach die ältere Frau weiter: „Obwohl – die Saison hier war noch nicht beendet und für die Sommersaison war es noch zu früh. Vielleicht hat er am Gardasee eine Ganzjahresstellung bekommen? Doch jetzt, wenn ich im Nachhinein so darüber nachdenke ... mit dem Wissen, das wir jetzt über dieses unglückselige Haus haben ... war der

Umzug recht spontan. Eine Woche davor habe ich ihn noch im Laden getroffen und da hat er mir nichts, absolut nichts, erzählt von irgendwelchen Plänen, wegzugehen."

Das sah Amalia nicht unbedingt als Beweis. Schließlich verschwieg sie auch das ein oder andere vor der Nachbarin. Doch Nanne konnte sich anscheinend nicht vorstellen, dass nicht jeder sie als vertrauenswürdig genug erachtete, um sie in seine geheimsten Pläne einzuweihen.

„Übrigens, den Lois, Emmas Ex, den kannst von deiner Liste streichen", wechselte Nanne nun unvermittelt das Thema.

Amalia blickte Nanne fragend an.

Diese kostete den Moment der Überlegenheit noch ein wenig aus und schenkte ihnen beiden noch einen Marillenschnaps ein, bevor sie ihr Wissen mit Amalia teilte: „Die Gerda hat mir erzählt, dass der Lois in der Mordnacht zum Bewachen des *Kirschta-Michl* eingeteilt war. Der kann es nicht gewesen sein. Der hat ein wasserdichtes Alibi."

Dass Lois Emma nicht umgebracht haben konnte, überraschte Amalia nicht. Sie hatte an dem Abend, als sie den Streit beobachtete, das Gefühl, dass Lois Emma wirklich geliebt hatte. Sie hatte ihr gegenüber auch bestätigt, dass sie es für unmöglich hielt, dass er ihr wehtäte. Durch sein Alibi kam er für den Mord endgültig nicht mehr infrage.

Amalia verabschiedete sich bald darauf von Nanne. Es zog sie nicht zurück in die Enge ihrer Wohnung, deshalb setzte sie sich ins Auto, um kurz in Ruhe darüber nachzudenken, welche Schritte anstanden. Sie wollte unbedingt genauer wissen, warum die Contis vor dem Ende der Wintersaison aus Pfunders weggezogen waren. Hatte der Hüter damals schon seine Finger im Spiel gehabt? In ihr reifte der Gedanke, die Familie Conti direkt am Gardasee zu besuchen und zu befragen. Damit würde sie zwei Fliegen mit einer Klappe schlagen. Zum einen konnte sie so ihre Ermittlungen weiter vorantreiben und zum anderen dem Chaos, das in ihrer Wohnung herrschte, für einen Tag entfliehen.

Amalia zückte ihr Handy und googelte die Adresse der Familie Conti. Doch die Suche ergab nichts, sie fand keinerlei Einträge im Netz. Mist. Sollte sie auf gut Glück an den Gardasee fahren? Aber wie sollte sie dort, wo sie niemanden kannte, die Familie aufspüren? Conti war ein geläufiger Name. Deshalb beschloss sie nach einigen Minuten, nach Vintl zur *Carabinieri*-Station zu fahren, um dort die neue Adresse der Contis zu erfragen. Wahrscheinlich würde sich Lorenzo querstellen, denn aus Datenschutzgründen durfte er ihr sicher nichts sagen. Vielleicht hatte sie Glück und es war nur der junge *Carabiniere* Oberhollenzer anwesend. Ob sie dem jungen *Carabiniere* eine herzzerreißende Lügengeschichte auftischen sollte, warum sie die Adresse unbedingt benötigte? Amalia wusste instinktiv, den Oberhollenzer könnte sie ins Wanken bringen, aber an Marchetti würde sie sich die Zähne ausbeißen. Mit Ungemach dachte sie an seinen strengen Blick, wenn er Verdächtige befragte, den Amalia am eigenen Leib hatte erfahren müssen. Nein, wenn Lorenzo da war, musste sie ihm wahrheitsgemäß erklären, warum sie sich mit den Contis in Verbindung setzen wollte.

Sie fuhr durch die enge Einfahrt, parkte ihren Mini, stieg die wenigen Stufen zu dem kahl wirkenden, weiß gestrichenen Haus hinauf und klingelte. Als der Summer ertönte, betrat sie die *Carabinieri*-Station. Der karge Raum und der Geruch nach alten Akten lösten in Amalia eine unangenehme Erinnerung aus. Sie dachte daran, wie sie hier kurz nach dem Tod ihrer Oma Zille dem damaligen *Maresciallo* von ihrer Vermutung erzählt hatte, dass es jemand auf sie abgesehen haben könnte. *Maresciallo* Manzoni, der inzwischen pensioniert war, hatte ihr nicht geglaubt und ihre Spekulation als Hirngespinst abgetan. Die herablassende Art, mit der er sie damals behandelt hatte, hatte in ihr einerseits Zorn und andererseits Hilflosigkeit ausgelöst.

Der junge *Carabiniere* Oberhollenzer begrüßte sie und sah dabei so artig und befangen aus wie ein Schuljunge, der seiner Direktorin gegenüberstand. Durch einen Anfängerfehler hatte er Amalia und Marchetti im Winter in eine gefährliche Situation gebracht. Dies war dem jungen *Carabiniere* wohl immer noch peinlich. Amalia schöpfte Hoffnung. Es dürfte kein Problem sein, die Adresse von Conti zu bekommen. Sie wollte gerade mit ihrer Geschichte beginnen, als sich die Tür zu Marchettis Büro öffnete und er mit ein paar Akten in der Hand herauskam.

Überrascht schaute er sie an. „Amalia, äh, Signora Engl", korrigierte er sich umgehend, um vor Oberhollenzer die Form zu wahren. Der zog sich sofort diskret an seinen Schreibtisch zurück und überließ seinem Vorgesetzten das Gespräch.

„Wie kann ich helfen Ihnen?", fragte er und bat sie mit einer Handbewegung in sein Büro und schloss die Tür.

Amalia setzte sich auf einen der grauen Besucherstühle, die an seinem Schreibtisch standen. Marchetti sah sie durchdringend an und schon spürte sie die beginnende Unsicherheit, die sich jedes Mal einstellte, wenn er sie so ansah. Es lag ihr nicht, ein Gespräch im Voraus zu planen. Wie sie Lorenzo jetzt so gegenübersaß, kamen ihr – wie so oft – Selbstzweifel. Sie wurde unsicher, obwohl sie mit ihrer geraden, spontanen Art sonst immer gut gefahren war. Im Gegensatz zu ihr war Marchetti ein geschulter Taktiker, der es genoss, sie durcheinanderzubringen. Trotzdem beschloss sie, geradeheraus zu sagen, was sie wollte: „Ich brauche die Adresse von Francesco Conti. Er hat vor Evi im Hexenhaus gewohnt und ist mit seiner Familie plötzlich zurück in seine Heimat am Gardasee gezogen."

„Ah, du bist am Ermitteln wieder", sagte er spöttisch und zog dabei eine Augenbraue hoch. „Und da kommst du ausgerechnet zu mir? Meinst du nicht, das seien meine Arbeit, oder hältst du mich für ... unfähig?"

War sie Marchetti tatsächlich auf den Schlips getreten oder gaukelte er ihr das nur vor? Warum tat sie sich so schwer, diesen Mann einzuschätzen? „Nein, natürlich nicht", beeilte sie sich ihm zu versichern, „aber ich muss unbedingt schnellstmöglich herausfinden, wer diese Briefe schreibt und ob die Contis auch welche erhalten haben. Bitte gib mir einfach die Adresse und ich fahre heute noch an den Gardasee zu den Contis", sagte Amalia, und wie von selbst setzte sie dabei einen flehenden Blick auf.

„Auch wenn du mich ansiehst noch so beschwörend mit deine wunderschöne grüne Augen ... ich kann dir die Adresse nicht geben."

„Aber du brauchst doch nur in deinen PC zu schauen ... bitte, Lorenzo ... es ist nicht nur wegen der Contis ... ich muss hier einfach raus." Als Amalia in Lorenzos Augen Interesse sah, fasste sie sich ein Herz und erzählte ihm spontan, dass sie ihre Wohnung als beengend empfand, seitdem Evi mit den Kindern bei ihr wohnte. Sie wollte unbedingt vermeiden, mit ihrer Freundin in einen handfesten Streit zu geraten. „Ich habe das Gefühl, alles erdrückt mich. Die

Fahrt zum Gardasee wäre der ideale Anlass, endlich mal rauszukommen."

„Ich verstehen", antwortete Lorenzo und sah sie nach einer kurzen Pause direkt an.

„Was hältst du davon, wenn wir morgen Nachmittag gemeinsam an den Lago fahren? Ich habe sowieso was in Verona für meine *famiglia* zu regeln. Wir befragen gemeinsam die Contis, dann fahren wir weiter nach Verona und machen uns dort eine schöne Abend. Deine Freundin Evi deine Wohnung hat für zwei Tage für sich."

Amalia überlegte. Brandgefährlich, dachte sie. Zeit zusammen mit Lorenzo abseits der neugierigen Augen des Dorfes. Konnte das gut gehen? Konnte sie einen ganzen Abend lang Lorenzos Charme widerstehen oder würden sie zusammen im Bett landen? Und wenn schon, er war ein äußerst attraktiver Mann und sie war ungebunden. Felix war weg. Warum also nicht, dachte sie trotzig. „Gut. Soll ich ein Hotel für uns in Verona buchen?"

„*No, no*. Wir haben eine *Appartamento* in Verona."

„Mit zwei Schlafzimmern?", fragte Amalia keck.

Lorenzo grinste. „*Naturalmente.*"

Amalia war es wichtig, dass sie Lorenzo das Gefühl gab, nicht zu leicht zu haben zu sein, dass sie keine Frau war, die mit dem erstbesten Mann eine Nacht in seiner Wohnung verbrachte. Zwei Schlafzimmer bedeuteten zumindest, dass der Anstand gewahrt bleiben konnte, auch wenn ihr bewusst war, dass es eventuell anders lief.

„Ich hole dich ab morgen. Du brauchen dich kümmern um nichts. Ich organisiere alles."

„Dann bis morgen", antwortete Amalia. Beim Hinausgehen nickte sie Oberhollenzer zum Abschied zu.

Als sie schon fast am Auto war, rief Lorenzo ihr hinterher: „Amalia, nimm mit eine schöne Kleid. Am Abend wir gehen essen. Nur wir beide."

Als sie in ihre Wohnung zurückkehrte, stieg sie gelassen über sämtliche Spielsachen und erzählte Evi – während Leander brüllte, weil er sich den Kopf gestoßen hatte –, dass sie die nächsten beiden Tage nicht da wäre, weil sie bei den Contis recherchieren wollte. Evi versuchte es zwar zu verbergen, doch auch sie schien den räumlichen Abstand nicht zu bedauern. Die Vorfreude, ein aufregendes Wochenende zusammen mit Lorenzo in Verona zu verbringen, zauberte Amalia ein Lächeln ins Gesicht.

14.

Das Frühstück am nächsten Tag geriet zur Katastrophe. Die beiden älteren Jungen hatten einen lautstarken Streit, der damit endete, dass Simon auf Andreas eindrosch. Nachdem Simon Amalias Ermahnungen ignoriert hatte, packte sie ihn am Arm, zog ihn von Andreas weg und schrie ihn an: „Jetzt hör mal zu, du kleiner Teufel, solange du hier bei mir bist, wirst du dich einigermaßen aufführen. Es kann nicht sein, dass du dich wie ein Wahnsinniger benimmst …“ Das war der Moment, als Simon in Tränen ausbrach und Evi aus dem Bad zurückkam. Der Blick, mit dem sie Amalia bedachte, ließ dieser die Röte in die Wangen steigen.

„Kinder, beeilt euch, wir müssen los“, sagte Evi mit eisiger Stimme. Etwas an ihrem Tonfall schien die drei Buben zu erreichen. Keiner gab mehr einen Mucks von sich. Innerhalb von Minuten waren sie fertig und aus dem Haus. Evi warf Amalia noch einen vorwurfsvollen Blick zu und knallte dann die Haustür hinter sich zu.

Amalia blieb beschämt zurück. Wieso konnte sie nicht ruhig bleiben? Heute hatte sie Evi verletzt und es tat ihr leid. Sie würde sich nach ihrer Rückkehr vom Gardasee mehr anstrengen, nahm sie sich schuldbewusst vor. Sie begann zu packen. „Ein schönes Kleid“, hatte Lorenzo gesagt. Fünf Kleider hatten es für Verona in die engere Wahl geschafft. Krampfhaft überlegte sie, entschloss sich dann, ein „kleines Schwarzes“ mit dazu passenden High Heels mitzunehmen sowie ein gemustertes Maxikleid, das sie bei ihrem letzten Aufenthalt in Berlin erworben hatte.

Pünktlich klingelte es an ihrer Tür. Sie nahm ihren kleinen braunen Handkoffer und sperrte ab. Marchetti begrüßte sie mit zwei Wangenküssen und nahm ihr das Gepäckstück ab. Unten stand ein rostroter Fiat 500, der mindestens zwanzig Jahre auf dem Buckel hatte. Marchetti lud ihren Koffer ein, der neben seinem in dem kleinen Kofferraum kaum Platz hatte. Galant öffnete er ihr die Beifahrertür, als würde sie in einen Porsche einsteigen. Am liebsten hätte Amalia vorgeschlagen, dass sie mit ihrem Mini fahren sollten, weil sie zweifelte, dass sie es mit dem alten Ding bis nach Verona schaffen würden. Als sich Lorenzo trotz seiner großen Statur hinter das Steuer des Fiats quetschte, hätte sie fast gelacht, verbiss es sich aber gerade noch. Als sie die Pustertaler Straße Richtung Autobahn entlangfuhren, plauderten sie zwanglos über das Wetter. Kurz bevor sie die Autobahnauffahrt erreichten, bog Lorenzo auf einmal in das Industriegebiet von Vahrn ab.

„Ich muss noch erledigen was kurz. Wir müssen steigen um“, erklärte er, als er Amalias fragenden Blick sah. Lorenzo hielt vor einer Garage, die zu einem größeren Bürogebäude zu gehören schien, und stieg aus. Amalia beobachtete ihn vom Auto aus. Er trug ein weißes T-Shirt mit V-Kragen, darüber ein legeres dunkelblaues Sakko und blaue ausgewaschene Jeans. Ein attraktiver Mann, dachte sie. Dann öffnete er das Garagentor. Amalia traute ihren Augen nicht. Darin stand ein silberfarbenes Oldtimer-Mercedes-Cabrio mit roten Ledersitzen. Er fuhr den zweisitzigen Sportwagen heraus, lud ihr Gepäck um und bat Amalia „umzusteigen“. Dann parkte er den alten Fiat 500 in die Garage.

Als er ihr staunendes Gesicht sah, lachte er: „Dachtest du, wir fahren mit meine kleine Fiat? Wenn ich habe eine so Begleitung *fantastico,* wir müssen reisen mit Stil.“

„Warum versteckst du das Auto in der Garage?“, fragte sie perplex.

„Weißt du, es ist nicht gut, wenn ganz Vintl weiß, dass ich fahre teures Auto. Ein Mann muss haben seine Geheimnisse, und ein italienischer *Carabiniere* noch mehr“, antwortete er und zwinkerte ihr verschwörerisch zu.

„Ah, Understatement, verstehe.“

Er öffnete das Dach, setzte seine verspiegelte Pilotenbrille auf und fuhr los. Der Wind blies durch Amalias braune Locken und wirbelte ihre Haare wild durcheinander. Die Sonne schien warm und sie blickte hinauf in einen strahlend blauen Himmel. Bevor sie auf die Autobahn auffuhren, nahm Marchetti ein weißes Chiffontuch aus dem Handschuhfach und gab es ihr. Der Mann dachte wirklich an alles. Sie wickelte es um Kopf und Hals, um damit ihre Haare zu bändigen. Dann setzte sie noch ihre dunkle Sonnenbrille auf. Lorenzo warf ihr einen bewundernden Blick zu. Sie fühlte sich neben ihm wie die monegassische Fürstin *Grace Kelly*.

Amalia genoss die Fahrt und entspannte sich. Währenddessen unterhielten sie sich angeregt über Musik und Reisen. Amalia stellte fest, dass Lorenzo – ähnlich wie sie selbst – weit gereist war. Lachend tauschten sie den ein oder anderen exotischen Reisetipp aus, der von kleinen Strandbars bis zum Besuch einer Schlangenfarm reichte. Bei der Ausfahrt Rovereto, Lago di Garda Nord, verließen sie die Autobahn, um am See entlangzufahren.

Amalia überlegte schon einige Zeit, wie sie Marchetti fragen könnte, ob er das Techtelmechtel zwischen Emma und seinem Bruder mitbekommen hatte. Doch sie fürchtete, damit die launige Stimmung zu zerstören. Kurz vor Torbole traute sie sich dann doch: „Lorenzo, ich habe letztens ein paar Fotos vom *Kirschta* gesichtet und da war eines dabei, das Silvio zusammen mit Emma an der Bar zeigt. Die beiden haben sich leidenschaftlich geküsst …" Dann brach sie ab und wartete auf seine Reaktion.

Marchetti richtete den Blick konzentriert auf die Straße und hielt an, um einige junge Leute, die unverkennbar Surfer waren, die Straßenseite wechseln zu lassen.

Hatte er schon davon gewusst, dass Silvio am Mordabend etwas mit Emma gehabt hatte, oder hatte sie ihn mit ihrer Information kalt erwischt? Von seiner Miene ließ sich nichts ablesen. Sie konnte nicht einschätzen, wie nah sich die beiden Brüder standen. Hatte Silvio es Lorenzo erzählt? Sie hielt Lorenzos Bruder für einen Spieler, einen, der alles an sich abprallen ließ und erst, wenn er gar keinen Ausweg mehr sah, etwas zugab. Doch galt das auch innerhalb der Familie? Oder wusste Marchetti davon, sträubte sich aber dagegen, seinen Bruder zu verdächtigen? Oder noch schlimmer: Versuchte er etwas zu vertuschen?

Gerade als sie noch einmal nachhaken wollte, antwortete Marchetti. „Ich weiß davon", gab er kurz angebunden zurück.

„Ja, und? Was hat er dir erzählt?"

Er schaute Amalia von der Seite her an. Sein Blick wurde undurchdringlich, die zwanglose Stimmung von vorhin schien dahin. „Ich wusste, dass die beiden sich gekommen waren näher. Meine Bruder hat geschworen mir, dass sie den Sex genauso wollte wie er. Er nix hat getan." Lorenzo schaute demonstrativ auf seine Uhr. „Wir sind noch etwas zu früh, um zu den Contis zu fahren. Lass uns zur *Punta San Vigilio* fahren, genießen den See und dort nehmen einen Kaffee", schlug er vor.

Amalia nickte und beobachtete einen Kitesurfer, dessen roter Schirm gerade im Wasser gelandet war. Mit seinem Themenwechsel signalisierte er, dass Lorenzo nichts mehr zu der Angelegenheit mit seinem Bruder sagen würde, entweder aus ermittlungstechnischen oder aus familiären Gründen.

Sie fuhren die *Gardesana Orientale* am Ostufer des Gardasees entlang, die links und rechts abwechselnd von Hotels, Restaurants, Läden und altehrwürdigen Villen gesäumt war. Die Gärten der Anlagen zierten Olivenbäume, Zypressen, pink blühender Oleander und Palmen. Der Frühling war hier im Gegensatz zur alpinen Flora des höher gelegenen Pfunders in vollem Gange. Immer wieder kamen sie an schmalen Kiesstränden vorbei, an denen sich erste Sonnenhungrige rekelten. Einige Mutige versuchten sogar schon zu baden, doch weiter als bis zu den Knöcheln stand keiner im kalten Wasser. Noch herrschte Vorsaison am Gardasee und die im Sommer üblichen Staus und Touristenmassen waren noch in weiter Ferne. Ihre Fahrt führte sie durch Malcesine, wo gerade eine Wandergruppe das schöne Wetter nutzte und unterwegs zur Seilbahn war, die sie auf den *Passo Tratto Spino* im *Monte-Baldo-Massiv* brachte.

Ein Stück nach der Ortschaft Torri del Benaco erreichten sie die Halbinsel *Punta San Vigilio*. Kurz konnte Amalia vom Autofenster aus einen Blick auf die Badebucht *Baia della Sirene* mit ihrem türkisgrünen Wasser erhaschen, die die nördliche Seite der Landzunge säumte. Noch schien der Strand geschlossen zu sein, da die Bucht menschenleer war. Sie parkten das Cabrio im dafür vorgesehenen Bereich und schlenderten die schmale, von uralten Zypressen gesäumte Allee hinunter. An deren Ende befand sich hinter einem mit Gold verzierten schmiedeeisernen Gitter eine Villa aus dem

16. Jahrhundert. Sie gingen über das Kopfsteinpflaster, an einem mit grünem Efeu bewachsenen grauen Steingebäude vorbei, in Richtung des kleinen Hafens. Ein Ort, wie er malerischer nicht hätte sein können. Ihr Fotografenherz schlug schneller.

„Lorenzo, entschuldige, ich … ich muss einfach ein paar Bilder machen. Das ist so fantastisch hier", sagte sie und zog dabei eine kleine Kamera aus ihrer Handtasche. „Das hat Charme", rief Amalia begeistert. Sie fotografierte den kleinen Steinrundbogen, der sich zwischen zwei urigen grauen Steinmauern spannte, den alten knorrigen Baum, dessen Stamm auf einer Seite hohl war und mit seinen Ästen und Blättern ein Schatten spendendes Dach bildete. Den Rundbogen, der von einem Innenhof, den sich eine Taverne und ein historisches Hotel teilten, zum Hafen hinausführte. Die aus grobem Fels errichteten Kaimauern, die zwar eine schmale Durchfahrtsmöglichkeit hatten, den davor liegenden Booten aber Schutz boten.

Lorenzo schüttelte lachend den Kopf und beobachtete sie, wie sie umtriebig von einer Seite zur anderen lief. Sie schoss unzählige Fotos. Ihre letzte Aufnahme war ein Schnappschuss von Lorenzo, wie er lässig an einer der Steinmauern lehnte, Sonnenbrille in der Hand und den Blick gedankenverloren auf den Gardasee gerichtet.

Sie ergatterten einen der begehrten Bistrotische direkt auf der Kaimauer und bestellten Kaffee und Kuchen. Amalia genoss die warme Mittagssonne nach dem langen harten Südtiroler Winter, die schon kräftig schien und das Wasser des Sees magisch glitzern ließ. Anders als im Norden war der Gardasee hier breiter und die sanften Hügel des südlichen Ufers in weiter Ferne.

„Was musst du eigentlich in Verona machen?", fragte sie Lorenzo, während sie sich das letzte Stück Kuchen auf die Gabel schob.

„Ich habe dir erzählt bereits, dass auf unserer Baustelle ist gegangen etwas schief. Es gab Probleme mit die Qualität von die Beton. Meine Vater hätte gerne, dass ich – also jemand von der Familie selbst – gehe nach Verona und regeln die Angelegenheit dort im Sinne der *famiglia* und bringen das Projekt zu eine gute Ende. Deshalb war auch Silvio da. Er sollte mich überzeugen."

„Warum geht Silvio nicht?"

„Mmmh. Er nicht geeignet." Als er ihren neugierigen Blick sah, fügte Lorenzo schnell hinzu: „Er betreut gerade mehrere Projekte in Kalabrien. Da kann er sich nicht auch noch um Verona kümmern."

„Und machst du es? Hörst du tatsächlich als *Maresciallo* auf?"

„Ich weiß es nicht, aber ich habe versprochen, mich morgen zu treffen dort mit einige Leute, und dann werde ich treffen eine Entscheidung. So oder so."

„Ich würde dich als *Maresciallo* in Pfunders vermissen", sagte sie und zwinkerte ihm dabei verführerisch zu. Amalia war erleichtert, dass der *Maresciallo* diesmal offen geantwortet hatte. Normalerweise hielt er sich bedeckt. Sie spürte, wie sich eine innere Zufriedenheit in ihr ausbreitete. Am liebsten hätte sie ihren Stuhl neben den von Lorenzo gestellt, um ihren Kopf auf seine Schulter zu legen und den Zauber dieses Ortes und des Momentes in seinen Armen zu genießen. Wie schön mussten hier die Sonnenuntergänge sein.

„Es ist wirklich ein traumhafter Ort hier, aber wir müssen leider brechen auf. Wenn wir möchten sein pünktlich bei die Contis in San Zeno di Montagna", mahnte Marchetti.

Stimmt. Fast hätte sie ihr eigentliches Anliegen, nämlich mit den Contis zu sprechen, vergessen, obwohl ihr gestern nichts wichtiger erschienen war. „Du hast recht. Lass uns zahlen“, sagte Amalia und zog ihren Geldbeutel aus der Tasche.

„Du bist eingeladen, naturalmente.“

„Nein, nein, das musst du nicht, Lorenzo, ich kann schon selbst zahlen“, hielt sie dagegen.

„Meinst du, ich lasse zahlen eine Signora, wenn ich bin unterwegs mit ihr. Niemals. Keine Diskussion. *Il conto per favore.*“ Er zahlte und stand auf.

Amalia steckte währenddessen ihren Geldbeutel zurück. Sie hätte gerne etwas übernommen, aber Lorenzo ließ keinen Zweifel daran, dass das mit seinem männlichen Stolz nicht zu vereinbaren war. Sie konnte nur hoffen, dass er sich von dieser Nacht nicht zu viel erwartete. Als sie zurück zum Auto gingen, nahm er wie selbstverständlich ihre Hand in seine.

Lorenzo lenkte den Wagen zurück nach Torri del Benaco und von dort nahmen sie die kurvenreiche Straße hinauf nach Albisano. Mit jeder Kurve gewannen sie an Höhe, sodass der See bald weit unter ihnen lag. Als sie San Zeno di Montagna fast erreicht hatten, hielten sie kurz an einem Aussichtspunkt an. Staunend stiegen sie aus und lehnten sich an das Metallgeländer. 500 Höhenmeter unter ihnen lag der See mit seinem tiefblauen Wasser, eingesäumt von Bergen. Obwohl sie so weit oben waren, konnten sie unten die Segelboote erkennen, die auf dem See unterwegs waren. Schnell zog sie ihre Kamera heraus und fotografierte. Sie hatte heute schon einige tolle Motive vor der Linse gehabt und bedauerte, nicht ihre große Kamera dabei zu haben. Aber vielleicht war die ein oder andere Aufnahme gelungen und sie konnte sie einem Magazin anbieten. Das würde vor allem ihrem Konto guttun.

Lorenzo stellte das Auto auf dem großen Parkplatz nahe der Kirche ab. Sie gingen zu Fuß zu den Contis, die in der Nähe wohnten. Und zwar in einem zweistöckigen ockerfarbenen Haus mit Flachdach und umlaufenden rostbraunen Balkonen. Neben der Tür blätterte bereits die Farbe ab. Amalia schätzte, dass es aus den Siebzigern sein musste, wie vieles hier im Ort. Laura Conti erwartete sie bereits und bat sie, im Wohnzimmer Platz zu nehmen. Ihr Mann ließ sich entschuldigen, da er spontan für einen Arbeitskollegen hatte einspringen müssen. Marchetti stellte sich und Amalia vor und erklärte ihr den Grund, warum sie mit ihrem Mann und ihr sprechen wollten.

„Emma ... sie ist wirklich ermordet worden? Warum macht denn einer so was?", sagte Laura in akzentfreiem Deutsch, obwohl Marchetti mit ihr Italienisch gesprochen hatte.

„Du sprichst gut Deutsch", stellte Amalia fest und duzte – wie in Südtirol üblich – Frau Conti sofort. Amalia hatte sich schon darauf eingestellt, dass die Befragung auf Italienisch stattfinden würde. Sie beherrschte die zweite Landessprache zwar seit der Schule, und ihre Oma hatte im Gegensatz zu manch anderen älteren Südtirolern immer Wert darauf gelegt, dass Amalia sie nicht vernachlässigte. Doch durch ihre Zeit in Deutschland und die mangelnde Gelegenheit, das Italienische zu sprechen, waren ihre Sprachkenntnisse merklich eingerostet.

„Ich bin in München aufgewachsen. Meine Eltern haben da eine Pizzeria. Francesco hat dort gekellnert und wir haben uns sofort ineinander verliebt. Mein Mann stammt hier aus San Zeno di Montagna. Solange meine Eltern die Pizzeria in Deutschland noch selbst führen, wollten wir Zeit an verschiedenen Orten in Italien verbringen – im Winter in den Skigebieten Südtirols und im Sommer an der Adria. Er hatte eine Stellenanzeige vom *Lodenwirt* gelesen, sich beworben und die Stelle bekommen. Spontan sind wir mit Sack und Pack ins *Pustertal* gezogen. Als wir dann aber früher als erwartet wieder aus Pfunders weg sind, haben wir beschlossen, erst mal hierher an den Gardasee zu Francescos Mutter zu kommen. Langfristig werden wir wahrscheinlich nach München zurückkehren, um die Pizzeria zu übernehmen."

„Was uns interessiert, warum sie so schnell sind weg aus Pfunders?" Wie selbstverständlich fiel auch Marchetti ins Deutsche.

„Francesco und ich haben einige Wochen lang nach einer Wohnung gesucht, aber ich muss euch nicht sagen, wie schwierig das in Südtirol ist. Wir haben in einem Zimmer in einer Pension gewohnt, zu dritt. Francesco hat irgendwann Emma kennengelernt und die hat uns angeboten, im Hexenhaus zu wohnen. Allerdings hatten sie und ihre Brüder keine Zeit, es leer zu räumen. Nachdem wir unbedingt aus diesem Pensionszimmer rauswollten, haben wir zugestimmt und uns selbst darum gekümmert. Francesco hat im *Lodenwirt* gearbeitet und ich habe, nachdem ich unsere Kleine zu Bett gebracht habe, sämtliche Sachen ins *Fuitahaus* gebracht. Dort stand überall seltsames Zeug herum, Gläser mit getrockneten Kräutern, medizinische Fachbücher, seitenweise handgeschriebene Rezepte für Mixturen, Zeichnungen von Pflanzen und Fotos. Die Dorfbewohner haben mich immer gewarnt, dass das Haus verflucht sei, aber ich habe das als Unsinn abgetan. Im Gegenteil, das Haus und seine Geschichte haben mich neugierig gemacht und mich regelrecht in ihren Bann gezogen."

„Aber warum seid ihr dann so plötzlich ausgezogen?“, fragte Amalia.

Laura presste die Lippen für einen Moment aufeinander und sprach dann weiter: „Nach ein paar Wochen – ich hatte schon beinahe alles ausgeräumt – hatte ich auf einmal das Gefühl, beobachtet zu werden. Anfangs dachte ich, ich bilde mir das alles nur ein. Es war ... als hätte sich die Atmosphäre im Haus verändert. Als Emma mal bei mir zu Besuch war, habe ich sie darauf angesprochen. Ich wollte wissen, ob in dem Haus jemals ungewöhnliche Dinge geschehen sind. Sie verneinte und erzählte mir, dass Mara sich immer gut um ihre Pflegekinder gekümmert habe und eine liebevolle Mutter gewesen sei. Sie hatte es laut Emma geschafft, den Kindern ein Zuhause zu geben, das sie ansonsten nicht gehabt hätten.“ Sie hielt inne und seufzte. „So ein nettes Mädchen, die Emma. Und jetzt ist sie tot. Ach, hätte ich ihr nur früher gesagt, was ich wusste. Sie hat mir einmal erzählt, dass sie immer wissen wollte, wer ihre leiblichen Eltern waren. Die beiden anderen Ziehkinder kannten ja ihre Eltern. Und ich, ich habe es ihr nicht gesagt ... und jetzt ist sie tot und wird nie mehr davon erfahren“, endete Laura und wirkte sichtlich geknickt.

„Woher weißt du, wer Emmas leibliche Eltern waren?“, fragte Amalia überrascht nach.

Laura überlegte kurz: „Ich habe bei den Unterlagen einen Brief an Mara gefunden, den ich zufällig gelesen habe. Daraus ging hervor, dass Emmas Mutter auch nach all den Jahren keinerlei Kontakt zu ihr haben wollte. Sie ermahnte Mara, ihr Schweigen gegenüber Emma beizubehalten, weil sich an ihrer Lage nichts geändert hätte. Man konnte aus dem Brief herauslesen, dass Emma ein ungewolltes Kind nach einem One-Night-Stand war, Vater unbekannt. Die junge Mutter hatte zu spät gemerkt, dass sie schwanger war, sodass eine Abtreibung nicht mehr infrage kam. Sie hat das Kind im Hexenhaus zur Welt gebracht und es dort gelassen. Die junge Frau, die ehrgeizige Ziele hatte, konnte kein Baby gebrauchen. Sie hatte in ihrem Brief an Mara geschildert, dass sie jetzt in einer exponierten politischen Position mit eigener Familie erst recht nicht gewillt war, zu dem Kind zu stehen, und es der größte Fehler ihres Lebens gewesen sei."

„Gut, dass Emma den Brief nicht selbst gefunden hat. Wer möchte schon Kind einer Mutter sein, die einen der Karriere wegen abgibt und als größten Fehler ihres Lebens bezeichnet", empörte sich Amalia.

„Ehrlich gesagt war das auch der Grund, warum ich gegenüber Emma geschwiegen habe. Wenn ich was gesagt hätte, dann hätte ich ihr auch den Brief zeigen müssen. Allerdings hat sie so nie erfahren, dass die Ladurner ihre Mutter war."

Amalia blieb der Mund offen stehen. Als sie sich gefasst hatte, hakte sie überrascht nach: „Die Ladurner? Die Landesrätin für Familie und Soziales? Die Frau, die nie aufhört, die Wichtigkeit der heilen Familie zu predigen?" Amalia fiel es schwer, die Beherrschung zu wahren. Sie blickte Marchetti an, der allerdings mit ausdrucksloser Miene neben ihr stand.

Nun wandte er sich an Signora Conti: „Sie brauchen sich keine Vorwürfe machen. Emma wusste, wer ihre leibliche Mutter war. Mara hatte ihr hinterlassen eine Brief, den Emma bei der Eröffnung des Testaments von die Notar erhalten hat."

„Du wusstest davon? Du wusstest, dass die Ladurner Emmas Mutter war? Warum hast du nichts gesagt?" Amalia schaute Lorenzo entgeistert an.

Der hob entschuldigend die Schultern. „Laufende Ermittlungen."

„Aber", begann Laura erneut und unterbrach das Geplänkel der beiden, „ausgezogen sind wir, weil mir das Haus mit jedem Tag unheimlicher wurde. Ich war mir sicher, dass manchmal jemand im Haus war. Untertags und auch nachts, wenn wir geschlafen haben. Es war nicht eingebrochen worden oder so. Aber manchmal hatte ich das Gefühl, dass etwas nicht dort lag, wo ich es abgelegt hatte, aber gefehlt hat nie etwas. Beweisen hätte ich es auch nicht können. Trotzdem konnte ich seine Anwesenheit spüren. Erst als wir eines Tages einen Brief fanden, in dem sinngemäß stand, dass wir das Haus verlassen sollten, weil es uns nicht gehöre ... Sonst würde etwas Schreckliches passieren. Diese Nachricht war der Tropfen, der das Fass zum Überlaufen gebracht hat. Ich wollte keine Sekunde länger in dem Haus bleiben. Ich habe sofort begonnen, unsere Sachen zu packen, und bin mit unserer Tochter hierher. Francesco hat die Stelle im *Lodenwirt* vorzeitig gekündigt und ist dann, so schnell es ging, nachgekommen. Emma haben wir damals den Brief gezeigt, aber sie hat ihn nicht ernst genommen. Sie hat ihn als üblen Scherz abgetan. Uns gegenüber hat sie nichts gesagt, aber ich konnte ihr ansehen, dass sie unseren plötzlichen Auszug völlig übertrieben fand."

„Du sagtest: ‚seine Anwesenheit'. War der Brief unterschrieben mit ‚Der Hüter des Hauses'?", fragte Lorenzo nach.

Laura nickte.

Amalia erzählte Laura von den Erlebnissen, die Evi im Hexenhaus gehabt hatte. Lauras Augen weiteten sich vor Schreck und sie bekräftigte noch einmal, dass keine zehn Pferde sie jemals dorthin zurückbringen würden.

Bevor sie sich verabschiedeten, nahm Laura Marchetti ein Versprechen ab. Sobald der Fall gelöst war, solle er ihr mitteilen, wer für den Tod von Emma verantwortlich war. Danach verabschiedeten sich Amalia und Lorenzo herzlich von ihr.

Durch den Besuch bei Laura Conti hatten sie mehr erfahren als gedacht. Laura hatte die unheimliche Atmosphäre des Hauses ähnlich wie Evi erlebt und war ebenfalls wegen des Hüters ausgezogen. Aber die Neuigkeit, die Amalia am meisten irritierte, war, dass die Ladurner Emmas Mutter war. Sie musste die Landesrätin unbedingt auf ihre „TNT"-Liste setzen. Vielleicht wollte Emma alles auffliegen lassen und war der Landesrätin so gefährlich geworden.

15.

Nach einer knappen Stunde erreichten sie Verona. Amalia war die Fahrt über schweigsam gewesen, denn das, was sie von Laura Conti erfahren hatte, beschäftigte sie sehr. Die Landesrätin für Familie und Soziales war Emmas leibliche Mutter gewesen, dieselbe Frau, die bei jeder sich bietenden Gelegenheit die Unantastbarkeit der klassischen Familie predigte und ständig den Stellenwert der Mutterrolle betonte. Diese Frau hatte ein Kind gleich nach der Geburt aufgegeben, weil es nicht in ihre Lebensplanung passte. Diese Scheinheiligkeit! Amalia spürte Zorn in sich aufsteigen. Frauen wie diese Ladurner waren die Schlimmsten. Sie präsentierten der Öffentlichkeit ein Bild der unbegrenzten Möglichkeiten. Familie und Karriere – sogar in der Landespolitik – seien spielend miteinander zu vereinbaren, es brauche nur ein bisschen Organisation und Disziplin. Dass im Hintergrund Putzfrauen und Kindermädchen werkelten, die einen Großteil der Hausarbeit und Kinderbetreuung übernahmen, verschwieg man geflissentlich. Normale Frauen wie Evi, die nach einem harten Arbeitstag zu Hause Chaos und schmutziges Geschirr vorfanden, fühlten sich im Vergleich dazu wie Versagerinnen. Amalia hatte in Berlin viele Frauen wie die Landesrätin kennengelernt. Nach außen bewahrten sie den Schein der perfekten Familie, aber wenn man nachrechnete, konnten sie nicht mehr als ein paar Stunden die Woche mit den Kindern verbringen. Aber die Ladurner war noch eine Nummer schlimmer, ärgerte sich Amalia. Die hatte ihrem eigenen Kind jeden Kontakt verwehrt, weil eine ledige Tochter nicht zu ihrem Image gepasst hatte. Arme Emma. Permanent war die Ladurner in den Medien – zusammen mit ihren beiden heiß geliebten perfekten Kindern, „die für mich Zentrum und Sinn meines Lebens sind". Wie musste Emma sich gefühlt haben, als sie herausfand, dass sie im Leben ihrer leiblichen Mutter keine Rolle spielte, während sie ihre anderen Kinder als ihr ganzes Glück bezeichnete.

Marchetti legte ihr die Hand auf den Oberschenkel und kreiste sanft mit dem Daumen über die bloße Haut. Jeglicher Gedanke an die Ladurner war plötzlich ganz weit weg. Ein wohliges Kribbeln breitete sich in ihr aus und sie spürte Vorfreude auf die Zeit zu zweit.

„Wir sind gleich da", sagte er leise.

Kurz darauf fuhren sie die Etsch entlang, vorbei am Gebäude der Quästur, bis sie schließlich über die *Ponte delle Navi* in die Altstadt hinüberfuhren. Amalia sah sich neugierig um. Die Straßen wurden enger und verwinkelter, schließlich fuhren sie auf Kopfsteinpflaster. Sie atmete tief ein und genoss die Wärme. Palazzi und Bürgerhäuser links und rechts erzählten von der reichen Geschichte Veronas. Aber auch abgeplatzte Farbe, bröckelnder Stuck, Patina und der Hauch von Verfall erzeugten den einzigartigen italienischen Flair. Nichts wirkte neu oder frisch renoviert, überall spürte man die Vergangenheit.

Nun hielt Marchetti an. Er drückte auf eine Fernbedienung und ein schmiedeeisernes Tor öffnete sich. Er musste zweimal vor- und zurückfahren, bis er in die enge Einfahrt einbiegen konnte, wo er unter einer Überdachung parkte.

Amalia stieg aus. Während Marchetti das Gepäck aus dem Auto lud, sah sie sich um und stieß einen entzückten Schrei aus. Es war, als wären sie direkt in die Vergangenheit gereist. An drei Seiten war der Innenhof von Mauern mit

Steinbalkonen umgeben, an denen sich Efeu in die Höhe rankte. Auf der vierten Seite befand sich ein Säulengang, in dem mehrere Tische zum Verweilen einluden. In der Mitte stand ein steinerner Brunnen mit mehreren Nymphen, aus deren Mündern Wasser plätscherte. Die letzten Sonnenstrahlen des Tages warfen ein warmes Licht auf das Kopfsteinpflaster. Die dicken Mauern schienen den ganzen Lärm der quirligen Stadt um sie herum zu schlucken. Über allem lag nur Vogelgezwitscher und das Sprudeln des Wassers. „Herrlich ist es hier", sagte sie begeistert.

Marchetti lächelte nur, nahm ihre Hand und führte sie zu einer schweren doppelflügeligen Holztür. Dafür brauchte er allerdings keinen großen Eisenschlüssel, wie Amalia sich das vorgestellt hatte, sondern musste nur seinen Finger auf einen Scanner neben der Tür legen. Durch eine Halle mit Steinboden, dem man die Jahrhunderte ansah, betraten sie das Haus. Die Räume waren sehr hoch, die Steinfliesen mit dicken Perserteppichen bedeckt und an den Wänden hingen Renaissancegemälde in Öl, wie Amalia sie nur aus Museen kannte. Bewundernd sah sie sich um. Eine weitere riesige Tür gab den Blick ins Wohnzimmer frei. Auf den großzügigen Raum verteilten sich mehrere Couchen mit Beistelltischen. Eine Seite nahm ein deckenhohes Bücherregal ein. Gegenüber gab es einen offenen Kamin, der so hoch war, dass ein Kind darin aufrecht hätte stehen können.

„Ich zeig dir deine Zimmer. Dann du kannst dir frisch machen und wir treffen uns in einer halben Stunde auf eine Aperitif. Später wir gehen etwas essen in die Altstadt."

„Klingt gut", sagte Amalia fast ein wenig überwältigt.

Er führte sie über eine breite Treppe hinauf. Schwungvoll öffnete er eine Tür und sagte mit einem Augenzwinkern:

„Deine eigene Schlafzimmer. Wie die *signorina* hat gewünscht." Er stellte ihren kleinen Koffer auf eine Bank am Fußende des Bettes und ging.

Das Schlafzimmer war geräumig und mit Antiquitäten eingerichtet. Das Kopfteil des Bettes war mit aufwendigen Schnitzereien verziert. Durch eine Glastür gelangte sie auf eine kleine Terrasse, auf der ein verschnörkeltes schmiedeeisernes Tischchen mit dazu passenden Stühlen stand. Sie trat hinaus und blickte über die Altstadt von Verona. Eng zusammengebaute Häuser, bunte Dächer, Wäscheleinen und darüber der zartblaue Himmel, der einen wunderschönen Sonnenuntergang versprach.

Vorsichtig packte sie ihr Kleid von *Dolce & Gabbana* aus. Bisher hatte sich keine Gelegenheit ergeben, das extravagante tiefschwarze Kleid mit einem weit schwingenden Rock anzuziehen. Es war ärmellos und das Bustier war mit schimmerndem Satin unterfüttert. Die Haken und Ösen am Rücken bereiteten ihr allerdings Schwierigkeiten. Sie steckte ihre Haare zu einer Frisur auf, legte Chandelier-Ohrringe an, trug Make-up auf und griff dabei zu einem dunkelroten Lippenstift, der in Pfunders nie passte, aber wie gemacht für dieses Kleid schien. Sie betrachtete sich prüfend in dem hohen Mahagonispiegel. Das Kleid betonte schmeichelnd ihre Figur. Ihre Arme waren dank Barbados zum Glück schon zart gebräunt und – aufgrund des regelmäßigen Schleppens von schwerem Fotoequipment – gut trainiert.

Sie schritt die geschwungene Treppe hinunter. Unten wartete Marchetti in einem schmal geschnittenen Anzug, zu dem er ein weißes Hemd ohne Krawatte trug. Seine kurzen schwarzen Haare glänzten im Licht des Kronleuchters.

Er sah bewundernd zu ihr auf. Sie konnte seine Blicke auf ihrer Haut direkt körperlich spüren. Auf einmal fühlte sie sich weiblich und sexy. Ganz langsam schritt sie die letzten Stufen hinunter und wandte keinen Moment ihren Blick von Marchetti ab.

„Amalia, *squisita*", sagte er mit rauchiger Stimme.

Amalia lächelte. Er wies ihr den Weg durch das Wohnzimmer auf die Terrasse im Säulengang, die sie schon beim Ankommen bemerkt hatte. Nun war dort ein kleiner Tisch mit weißem Tischtuch gedeckt. Darauf stand Prosecco in einem Eiskübel, zwei Gläser und eine Platte mit kunstvoll angerichteten Antipasti. Hatte Marchetti das selbst vorbereitet? Oder gab es hier Bedienstete?

Die ersten Minuten ihrer Unterhaltung waren ein wenig verkrampft. Amalia fühlte sich unsicher. Es gab anscheinend einiges über den Mann zu erfahren, das sie nicht wusste. Sie versuchte mit ihm über seine Familie zu sprechen, aber er wich ihr aus. Erst als sie ihn nach der Geschichte des Hauses fragte, wurde er offener. Begeistert und mit großem Wissen erzählte er von seinen Vorfahren, die es zu der Zeit, als Verona von Venedig beherrscht worden war, als Wollhändler zu Wohlstand gebracht hatten.

„Aber mit Wolle habt ihr jetzt nichts mehr zu tun?", fragte Amalia interessiert nach.

„*No*. Meine Großvater hat die Manufaktur verkauft und alles auf die Hoch- und Tiefbau gesetzt. Das war nach die Krieg und er hat den Bauboom kommen sehen. Mein Vater leitet inzwischen die Baufirma und hat verlegt die Hauptsitz nach Rom."

Amalia nahm ein winziges Brötchen, das mit getrockneten Tomaten und Pecorino belegt war. „Warum Rom?"

„Weil die großen Entscheidungen über Bauen in Regierung dort gemacht werden. Mein Vater gern dort, wo Dinge geschehen."

„Bist du dann oft in Rom, um deine Eltern zu besuchen?"

„No."

„Aber dein Vater hätte dich gern in der Firma?"

Lorenzo blickte auf die Uhr und sagte: „Wir müssen gehen. Haben *prenotazione alle otto*."

Das war jetzt aber abrupt, dachte Amalia und trank den letzten Schluck Prosecco aus.

Auf der Straße nahm Lorenzo wieder ihre Hand. Zart strich er über ihre Handinnenfläche. Sie betrachtete ihn von der Seite. Er wirkte wieder entspannt und souverän wie immer. Was hatte es nur mit seiner Familie auf sich? Oder war es nur der Vater? Sobald sie dieses Thema anschnitt, war er verschlossen wie eine Auster.

Zuvor waren ihr die schwarzen High Heels als eine gute Idee erschienen. Marchetti war so groß, dass sie sie getrost tragen konnte, ohne ihn zu überragen. Aber auf dem Kopfsteinpflaster erwiesen sie sich als tückisch. Immer wieder blieb sie in den Spalten zwischen den Steinen hängen. Lorenzo lachte und legte ihr den Arm um die Schulter. Sie fühlte sich richtig wohl.

Zu Amalias Freude bekamen sie im Restaurant einen Platz auf der Terrasse, sodass sie den warmen Frühlingsabend genießen konnten. Immer wieder traten elegant gekleidete Leute an ihren Tisch, die Lorenzo überschwänglich begrüßten.

„Ich bin überrascht, dass du noch so viele Bekannte in Verona hast, nachdem du so lange weg warst", sagte sie und nippte an ihrem *Brunello di Montalcino*.

„Ich bin hier gewachsen auf. Meine Großvater und meine Vater waren wichtige Männer in Verona. Das haben viele nicht vergessen."

„Und jetzt willst du ein wichtiger Mann in Verona werden?", neckte sie ihn.

„Nein. Ich bin *Maresciallo* geworden, weil ich mit allem nix zu tun haben wollen", sagte er scharf.

Es war, als hätte plötzlich ein eisiger Wind über ihren Tisch geweht. Die Leichtigkeit, das heitere Dahinplätschern des Gespräches, war wie weggeblasen. Lorenzo wirkte auf einmal hart und abweisend. „Was würdest du dir denn gerne in Verona ansehen?", fragte er dann.

Amalia konnte ihm das Bemühen direkt ansehen, den Abend wieder zu der angenehmen Stimmung von zuvor zurückzubringen. Sie ging darauf ein, aber ein leichtes Unbehagen blieb. Es war ganz klar, dass Lorenzo und seine Familie ein kompliziertes Verhältnis zueinander hatten, aber es gab nicht genug Vertrautheit zwischen ihnen, um offen darüber zu sprechen. Erst beim Nachtisch – einer köstlichen Cassata – wurde ihr Gespräch wieder lockerer und sie musste lauthals lachen, als Marchetti von seinen Erlebnissen mit deutschen Touristen in Verona erzählte. Auf dem Heimweg fühlte sich Amalia beschwingt und leicht. Dieser Abend war, mit wenigen Ausnahmen, wie aus dem Märchenbuch. Alltagssorgen, Evis Kinder und der Mord an Emma schienen ganz weit weg. Der Zauber der Veroneser Altstadt tat ihr Übriges.

Im Innenhof war inzwischen die Beleuchtung angegangen und alles war in ein warmes Licht getaucht. Lorenzo wandte sich ihr zu und sah ihr tief in die Augen: „Ich habe sehr genossen diese Abend mit dir."

Amalia lächelte glücklich. „Ich auch", sagte sie leise.

Er beugte sich hinunter, sah sie aus seinen dunklen Augen intensiv an und wartete einen Moment, bevor er sie küsste. Zuerst zart, fast fragend und dann immer leidenschaftlicher.

Amalia fühlte sich sinnlich und lebendig. Der ganze Abend erschien ihr wie aus der Zeit gefallen. Sie war im Abendkleid im Innenhof eines Palazzos und wurde von einem attraktiven Mann geküsst. Das Geheimnisvolle, dass Lorenzo immer mit verdeckten Karten spielte – was sie beim Abendessen noch beunruhigend gefunden hatte –, war plötzlich reizvoll. Alles konnte passieren, heute gab es keine Regeln, sie konnte nicht vorhersehen, wohin der Abend führte. Sie gab sich dem Augenblick hin und genoss den immer leidenschaftlicher werdenden Kuss. Als Lorenzos Hände begannen, über ihren Körper zu wandern, stöhnte sie sanft.

„Komm", sagte er bestimmt.

Er führte sie in ein Schlafzimmer im ersten Stock. Vor Ungeduld rannten sie den langen Korridor fast hinunter. Kaum waren sie im Zimmer, küssten sie sich wieder. Amalia spürte, wie Lorenzo die kleinen Haken an der Rückseite ihres Kleides geschickt öffnete. Sie hob die Schultern und das Kleid glitt zu Boden. So stand sie nur in ihrem schwarzen Spitzen-Body und in High Heels vor ihm.

Lorenzo hielt inne und betrachtete sie. *„Bellissima"*, sagte er und fuhr mit einem Finger von ihrem Schlüsselbein hinunter zum Ansatz ihres BHs. Der Blick, mit dem er sie bedachte, brachte etwas in Amalias Innerem zum Schmelzen. Nie hatte sie sich schöner und begehrenswerter gefühlt. Dieses Gefühl machte sie frei und wild. Sie ließ sich nur noch von ihren Sinnen und Emotionen leiten. Ungeduldig half sie Lorenzo, das Hemd abzustreifen.

Bevor sie einige Zeit später erschöpft, aber völlig entspannt in Lorenzos Armen einschlief, dachte sie träge, dass sie in diesem Moment glücklich war. Sie würde nicht – wie so oft – erst im Rückblick erkennen müssen, ob sie glücklich gewesen war, sondern war im Hier und Jetzt durch und durch zufrieden.

Es war nach zehn, als sie am nächsten Morgen an der Frühstückstheke in der großen lichtdurchfluteten Küche saßen. Amalia räkelte sich wie eine Katze und biss genussvoll in eine saftige Erdbeere. Sie fühlte Lorenzos Blick auf sich und spürte, wie ihr warm wurde. Dieser Mann war heiß. Heute Morgen war er zu ihr unter die Dusche gekommen. Sie lächelte bei der Erinnerung.

Lorenzo trank seinen Espresso aus und sah auf die Uhr. „Ich habe heute Mittag ein Geschäftsessen mit zwei Architekten und jemandem aus der Baukommission. Möchtest du inzwischen shoppen gehen?"

Einen Moment lang sah sich Amalia durch die teuren Geschäfte in der Via Mazzini bummeln. Gucci, Tiffany, Louis Vuitton, Michael Kors ... doch dann dachte sie an den traurigen Stand ihres Bankkontos und schüttelte den Kopf. „Wenn du nichts dagegen hast, würde ich gerne hier warten. Ich habe meinen Laptop dabei und hab noch was zu tun", schwindelte sie.

Er schaute sie überrascht an, dann nickte er. „Was immer du möchtest." Sein Lächeln wurde breiter. „Aber vielleicht sollten wir gut nutzen die Zeit, bevor ich gehe. Fast noch eine Stunde."

Er trat auf sie zu. Amalia schlang ihre Arme um seinen Hals und presste sich an ihn. Sie konnte nicht genug von ihm bekommen.

Als er ihr gegen Mittag eine Kusshand zuwarf und eilig das Schlafzimmer verließ, weil er für sein Geschäftsessen zu spät dran war, ließ sich Amalia zufrieden in die Kissen sinken. Sie wunderte sich fast über sich selbst, wie sehr sie die Zeit mit diesem Mann genoss, der eigentlich so gar nicht in ihr Leben passte. So wie es aussah, würde er Südtirol bald verlassen, die Pfundrer mochten ihn nicht, und sein ganzes Leben hier – wenn auch sehr luxuriös – war für sie fremd. Doch vielleicht war es genau das, was sie so erregend fand. Es gab keine gemeinsame Vergangenheit und über die Zukunft sprachen sie nicht. Nach den ganzen Dramen mit Felix tat das richtig gut. Felix ... Wie es dem wohl in Slowenien erging? Wie auch immer, es ging sie nichts mehr an, schalt sie sich selbst.

Entschlossen schwang sie die Beine aus dem Bett. Sie schnappte sich das Hemd, das Lorenzo am Vorabend getragen hatte, und streifte es über. Es reichte bis zu ihren Oberschenkeln und roch schwach nach seinem Aftershave. Ein Blick in den großen Spiegel verriet ihr, dass man die leidenschaftliche Nacht auch ihren Haaren ansah. Ihre wilden, wirren Locken hätten einen Kamm bitter nötig gehabt. Sie zuckte mit den Schultern. So what? Sie fühlte sich so wohl in ihrer Haut wie schon lange nicht mehr. Lorenzo hatte ihr gestern beim Abendessen erzählt, dass er dem Personal das Wochenende über freigegeben hatte, um ungestört mit ihr sein zu können. Sie war allein, also bestand kein Grund, sich schon anzuziehen, und bis Lorenzo zurückkam, würde es noch dauern. Sie trat auf den Balkon und genoss den Blick über die Altstadt. Herrlich, dieses bunte Gewirr aus unterschiedlichsten Dachflächen. Unten in der schmalen Gasse, an der der Palazzo der Marchettis lag, hielt gerade eine schwarze

Limousine. Neugierig beugte Amalia sich weiter vor. Vielleicht stieg ein Promi aus? Überrascht sah sie, dass niemand ausstieg, aber Lorenzo im dunkelgrauen Anzug mit Sonnenbrille und Lederaktentasche hinten einstieg. Dort saß anscheinend schon wer, denn er sprach mit jemandem. Wieder wurde ihr bewusst, wie wenig sie über ihn wusste. Wie er da in diese luxuriöse Limousine mit den abgedunkelten Scheiben einstieg, erinnerte er sie eher an einen einflussreichen Mafiaboss als an den soliden *Maresciallo* von Vintl, dachte sie belustigt.

Immer noch barfuß tapste sie nun in die Küche und schenkte sich ein Glas Wasser ein. Damit trat sie auf die Terrasse, setzte sich auf einen Stuhl und legte den Kopf zurück. Sie genoss es, die Sonne auf ihrer Haut zu spüren, nichts zu tun zu haben und nirgendwo hinzumüssen. Zufrieden seufzte sie auf.

„Das ist einmal eine schöne Anblick, wenn man kommt nach Hause", hörte sie plötzlich eine Stimme.

Sie schreckte hoch und riss die Augen auf. War Lorenzo zurückgekommen? Nein! Verdammt! Vor ihr stand mit einem breiten Grinsen sein Bruder Silvio und beäugte sie von oben bis unten.

Plötzlich kam sie sich, nur mit dem Hemd bekleidet, nackt vor. Sie zog nervös am Saum, damit es ein wenig mehr von ihren Oberschenkeln bedeckte. Sein anzügliches Grinsen gab ihr das Gefühl, dass er ganz genau wusste, dass sie unter dem Hemd splitterfasernackt war. „Hallo, Silvio", sagte sie belegt.

„*Ciao*", er machte eine kaum merkliche Pause, „*bella*. Ich hätte nie gedacht, dass meine Bruder hat so viel Geschmack."

Ihren Namen hatte er anscheinend vergessen, dachte sich Amalia.

„Ähm … ich gehe mich schnell anziehen“, sagte sie schließlich, weil sie sich in diesem Aufzug in seiner Gegenwart nicht wohlfühlte. Sie spürte, wie sie knallrot wurde, als sie an ihm vorbeigehen musste. Sein Grinsen wurde noch breiter. Sie rannte fast die Treppe hinauf und war heilfroh, als sie in ihrem Zimmer war. Aus ihrem Koffer nahm sie ein Sommerkleid und flache Sandalen, duschte und band ihre Haare danach zu einem strengen Knoten zusammen. Sie ließ sich absichtlich Zeit, in der Hoffnung, dass Silvio nicht mehr da sein würde, wenn sie zurückkäme.

Aber Pech gehabt. Breitbeinig saß er auf dem Stuhl, auf dem sie zuvor gesessen hatte, vor ihm stand ein Macchiato. Er strahlte diese unangestrengte Selbstsicherheit aus, wie sie nur Menschen hatten, die mit Wohlstand und gutem Aussehen gesegnet waren. „Magst du auch *un caffè?*“

„Nein, danke.“ Sie setzte sich ihm gegenüber und trank von ihrem Wasser.

„Wo ist denn Lorenzo?“

„Er hat ein Geschäftsessen.“

„Mit wem?“

„Mit einem Architekten, glaub ich.“

Silvios Miene verfinsterte sich schlagartig.

„Typisch. Er mischt sich wieder ein in alles.“

„Ich dachte, du willst, dass er in die Firma zurückkehrt.“

„Papa will. Das ist das Einzige, das in unsere *famiglia* zählt. Lorenzo war immer sein Liebling.“

Amalia schwieg. Das Letzte, was sie wollte, war, in einen Konflikt zwischen den Brüdern hineinzugeraten.

„War lustig eure *Festa a*uf die Dorf", wechselte Silvio schließlich selbst das Thema.

„Ja, der *Kirschta* ist schon immer eine Liga für sich", gab ihm Amalia recht. Sollte sie ihn nach Emma fragen? Jetzt oder nie. „Du, Silvio, ich habe jetzt die Fotos vom *Kirschta* durchgeschaut und gesehen, dass du und Emma euch nähergekommen seid." Sehr elegant hatte sie das wilde Geknutsche umschrieben, dachte Amalia selbstzufrieden.

„Ja, Emma eine tolle Frau. Viele schöne Frauen in Pfunders", sagte er mit einem Lächeln und einem sehr direkten Blick auf ihr Dekolleté. Dann wurde er ernst. „Es hat mir sehr leidgetan, wie ich gehört, dass Emma ermordet worden ist. Sie ist mir sehr gut in Erinnerung geblieben."

„Ja, das hat uns alle sehr getroffen. Es heißt, dass sie vor ihrem Tod Sex hatte", kam Amalia direkt zum Punkt und sah Silvio durchdringend an. Was gar nicht so einfach war, weil er den Blick sehr direkt erwiderte. Aber sie würde einen Teufel tun, zuerst wegzuschauen.

Endlich senkte er den Blick und antwortete: „Ja, ich hatte Sex mit Emma in die Wald hinter die Zelt. Aber sie hat es gewollt. Ich weiß, was die Frauen mögen. Ich habe nicht nötig, sie zu zwingen. Gibt genug Frauen, die mich wollen." Wieder dieses selbstsichere Grinsen.

Amalia spürte Zorn in sich aufsteigen. Da war ein Mädchen umgebracht worden und dieser Schnösel nahm dies zum Anlass, über seine Männlichkeit zu prahlen. Gott sei Dank war Lorenzo anders als sein Bruder. Dieser Typ war ihr einfach nur unsympathisch. Aber ... ob er ein Vergewaltiger war? Ob Marchetti ihn verdächtigte? Ließ er ihn außen vor, weil er sein Bruder war? Sie schwieg und schaute finster vor sich hin, was Silvio nicht aufzufallen schien. Als sie sich unter seinen Blicken wie eine Fliege unter dem Brennglas fühlte, stand sie auf, um sich ein Buch aus ihrem Koffer zu holen.

Dann setzte sie sich demonstrativ mit dem größtmöglichen Abstand zu Silvio hin. Dies schien ihm allerdings nicht aufzufallen, denn er schenkte ihr ein strahlendes Lächeln. Sie ignorierte ihn und begann, ihren Thriller zu lesen. Trotzdem verging die Zeit sehr langsam. Immer wieder sah sie auf die Uhr.

Endlich trat Marchetti auf die Terrasse. Als er seinen Bruder erblickte, erlosch sein freundliches Lächeln. „*Ciao,* Amalia. *Tutto bene?*"

„Jaja, alles okay", sagte sie lustlos.

Lorenzo schaute zwischen Amalia und seinem Bruder hin und her. Ihm schien die angespannte Stimmung aufzufallen.

„Wollen wir alle gehen gemeinsam essen diesen Abend?", fragte Silvio. „Ich würde noch gerne einige Dinge besprechen mit dir", fügte er dann mit einem bedeutungsvollen Blick auf Lorenzo hinzu. Amalia fiel auf, dass er nun aufrecht saß, ernsthaft dreinblickte und keine Spur von dem sorgenfreien Verführer mehr zu sehen war.

„Ich und Amalia haben geplant, Richtung Südtirol aufzubrechen", sagte Marchetti und warf Amalia einen fragenden Blick zu.

Diese nickte. Es wäre sicher netter, unterwegs irgendwo zu halten und etwas zu essen, anstatt den Abend mit dem eingebildeten Bruder zu verbringen.

„Aber wir müssten noch reden über ein paar Dinge", sagte Silvio fast beschwörend.

„*No,* wir brechen auf", ließ Lorenzo seinen Bruder kompromisslos abblitzen.

„Ich gehe packen", bot Amalia an, die froh war, der Situation zu entkommen. Schnell und ohne Sorgfalt tat sie alles in ihren Koffer, nur ihr Abendkleid strich sie fast zärtlich glatt und dachte dabei mit einem wehmütigen Lächeln an den gestrigen perfekten Abend. Hoffentlich würden sie und Lorenzo, wenn sie wieder zu zweit waren, in die gelöste Stimmung vom Morgen zurückfinden.

Als sie die Treppe hinunterging, hörte sie aus dem Wohnzimmer gedämpfte Stimmen. Die beiden Brüder sprachen in rasend schnellem Italienisch miteinander. Man konnte Lorenzo anhören, dass er zornig war, sich aber bemühte, nicht zu laut zu sprechen. Silvio schien seinen Bruder beschwichtigen zu wollen. Amalia stellte den Koffer ab und trat leise näher an die angelehnte Tür. Durch den Spalt erhaschte sie einen Blick ins Wohnzimmer. Silvio redete mit großen Gesten auf seinen Bruder ein. Anscheinend ging es um Lorenzos Treffen beim Mittagessen. Sie konnte einige Wörter aufschnappen, musste aber sofort wieder eilig zurücktreten, weil Lorenzo aus dem Wohnzimmer gestürmt kam. Als er sie sah, blieb er abrupt vor ihr stehen. Hatte er bemerkt, dass sie lauschen wollte?

Aber er sagte nur: „*Bene.* Du bist schon fertig. Lass uns fahren gleich." Er nahm ihr Gepäck.

Amalia nickte ein wenig bedröppelt. Lorenzos Mund war eine schmale Linie und zwischen seinen Augen war eine steile Falte. Er schien ihr fremd und unnahbar. Ein wenig niedergeschlagen über die schnelle Rückkehr in den Alltag nach der Euphorie der letzten Nacht folgte sie ihm zum Cabrio.

16.

Verwirrt saß Amalia im Wagen neben Lorenzo, der, seit sie Verona verlassen hatten, kaum ein Wort gesprochen hatte und in Gedanken versunken war. Der Streit mit seinem Bruder schien ihn immer noch zu beschäftigen. Amalia hätte am liebsten nachgefragt, worüber die beiden Brüder uneins waren. Hatte es mit Lorenzos Geschäftsessen zu tun, von dem Silvio wohl nichts gewusst hatte und das er anscheinend als eine Einmischung in seine Angelegenheiten empfand?

Amalia versuchte, ihre Gedanken und Gefühle zu sortieren. Ihre morgendliche Hochstimmung, die sie nach der leidenschaftlichen Nacht und dem fantastischen Sex empfunden hatte, war durch den schnellen Aufbruch aus Verona verschwunden. Schade, dass Silvio aufgetaucht war, dachte sie. Wer weiß, was sonst noch alles zwischen Lorenzo und ihr gewesen wäre? Sie blickte ihn lächelnd von der Seite an. Lorenzo hatte ihren Blick bemerkt, nahm ihre Hand und küsste zärtlich ihre Finger. Dann legte er seine Hand auf ihren Oberschenkel. Vielleicht kehrte der Zauber des Morgens ja zurück, dachte sie, kuschelte sich an seine Schulter und genoss den kühlen Fahrtwind.

Anders als bei der Herfahrt nahmen sie auf dem Rückweg den direkten Weg über die Autobahn und nicht die Straße am See entlang. Lorenzo schlug vor, die Ausfahrt Bozen zu nehmen und in der Altstadt noch eine Kleinigkeit zu essen. Amalia stimmte dem kleinen Abstecher zu. Im Restaurant fanden sie in ihren Gesprächen wieder zu der Ungezwungenheit des Vortags zurück. Immer wieder lachten sie und küssten sich, während sie durch die prachtvolle Laubengasse mit ihren schönen Häusern und Erkern schlenderten. In den Arkaden der Gasse befanden sich die unterschiedlichsten Geschäfte. Amalia war von den eleganten Auslagen in den Schaufenstern beeindruckt und nahm sich vor, demnächst mal wieder nach Bozen zu kommen, um sich in Ruhe die Modeboutiquen und Inneneinrichtungsläden anzuschauen und das Flair der Altstadt zu genießen. Nach ihrem kurzen Bummel machten sie sich auf den Weg nach Hause.

Sie tauschten in Vahrn das Auto und Lorenzo fuhr sie mit dem rostroten Fiat 500 nach Hause. Er parkte und sie stiegen aus. Danach öffnete er den Kofferraum und reichte ihr ihr Gepäck.

Amalia dachte, sie hätte einen Schatten von ihrem Fenster im ersten Stock davonhuschen sehen. Erwartete Evi sie bereits oder hatte sich nur etwas in der Scheibe gespiegelt?

„Wir werden beobachtet", sagte Lorenzo, „willkommen zurück in die Dorf." Dabei blickte er allerdings nicht nach oben, sondern hinüber zu ihrer Nachbarin Nanne, bei der sich der Vorhang bewegte.

Amalia schmunzelte.

Marchetti schaute sie an: „*Scusi* für meine schlechte Laune vorher. Es mir tun leid. Es war eine Nacht *fantastico,* zerstört von dem Auftauchen von meine Bruder."

Amalia sah, dass er kurz überlegte, ob es klug war, sie sozusagen vor aller Augen zu küssen. Doch dann nahm er sie in die Arme und beugte sich zu ihr hinunter. Im Nachbarhaus ging die Haustüre auf. Amalia drehte ihren Kopf zur Seite, sodass sein Kuss auf ihrer Wange anstatt auf ihrem Mund landete. Nun wanderte auch sein Blick zu Nannes Haus, wo diese gerade einen pinken Staubwedel vor ihrer

Haustüre abklopfte und ihre gesamte Aufmerksamkeit auf das Paar richtete.

„Verstehe", sagte er, strich Amalia zärtlich über ihre Wange und zwinkerte ihr verschwörerisch zu. „Ich dich rufen an, *mia bellissima principessa.*"

Amalia winkte und schaute ihm nach. Sie atmete tief durch. Normalerweise freute sie sich immer darauf, wenn sie von ihren Reisen oder kurzen Jobs nach Hause in ihre Wohnung kam. Doch wahrscheinlich empfing sie oben das Chaos pur. Gerade als sie die Treppe raufwollte, hörte sie ihr Gartentor quietschen. Amalia drehte sich um.

Nanne kam wutschnaubend hinter ihr her. Den Staubwedel hielt sie wie ein Florett in der Hand und ihre Miene war kampfeslustig. „Ich hab *schun* gedacht, du küsst den jetzt auch noch, diesen Marchetti. Gut, dass ich das verhindert hab. Man muss dich ja vor dir selber schützen. Wenn deine Oma das wüsste. Der Felix ist grad einmal drei Tag weg und da sagt mir die Evi, dass du mit dem Kerl unterwegs bist und auch noch über Nacht. *Schamst* dich gar nicht?", warf ihre Nachbarin ihr vor und schwang dabei unkontrolliert den Staubwedel vor sich her.

Am liebsten hätte Amalia Nanne die Meinung gesagt. Zumal es Nanne gar nichts anging, mit wem sie ihre Nächte verbrachte oder wohin sie fuhr. Schließlich war sie mit Felix nicht zusammen, sondern Single. Aber Nanne hatte die Hoffnung, dass aus ihr und Felix wieder ein Paar werden könnte, nie aufgegeben. Natürlich hätte sie ihr jetzt sagen können, dass auch Marchetti ein toller Mann und die gemeinsame Nacht in Verona einzigartig gewesen war. Aber das traute sie sich dann doch nicht. Außerdem legte Amalia keinen Wert darauf, dass das ganze Dorf bald davon wusste. Sie kannte

Nanne gut genug, um zu wissen, wie sie ihr am besten den Wind aus den Segeln nehmen konnte. Indem sie nämlich ihre Neugier auf etwas anderes lenkte. Sie atmete tief durch, zählte innerlich bis drei und sagte dann im ruhigen Ton: „Nanne, jetzt beruhige dich. Ich war mit Lorenzo unterwegs, da hast du recht. Wir sind an den Gardasee gefahren, um die Contis zu befragen, und natürlich hatten wir getrennte Zimmer. Hat Evi dir das nicht gesagt?" Amalia hoffte, dass Nanne den Köder schluckte. Mit den getrennten Zimmern hatte sie noch nicht mal gelogen – auch wenn sie die Nacht dann doch in einem Zimmer verbrachten, aber das ging ihre Nachbarin nichts an.

„Du warst also gar nicht privat mit ihm unterwegs, sondern aus ermittlungstechnischen Gründen? Das hätte mir die Evi doch sagen können. Um an Informationen zu kommen, muss man manchmal ungewöhnliche Wege gehen." Nanne nickte besänftigt.

„Genau." Der letzte Satz klang, als hätte Nanne ihn aus irgendeinem ihrer unzähligen Krimis zitiert, die sie ständig las oder im Fernsehen anschaute.

Die Nachbarin entspannte sich sichtlich. Der Staubwedel, den sie immer noch in der Hand hielt, hing ermattet nach unten, als wäre alle Kraft aus ihm gewichen. „Und was hast du erfahren am Gardasee?", ließ Nannes Neugier nicht lange auf sich warten.

Amalia setzte sie kurz darüber in Kenntnis, dass die Contis das Hexenhaus verlassen hatten, weil es ihnen unheimlich gewesen war und sie einen Brief vom Hüter erhalten hatten. Die Information über Emmas leibliche Mutter hielt sie zurück. Wenn Nanne das wüsste, würde es nicht nur bei ihnen im Dorf die Runde machen, dass die Ladurner noch ein Kind hatte. Eines, das sie nie gewollt und um das sie sich nie gekümmert hatte.

Nanne stieß einen leisen Pfiff aus. „Das ist interessant. Das heißt: Der Hüter ist schon länger unter uns."

Bei diesem Satz bekam Amalia eine Gänsehaut.

„Aber ich war auch nicht untätig. Hab auch einiges in Erfahrung gebracht."

Amalia sah Nanne auffordernd an. Doch diese hielt wie immer ihre „Ich weiß mehr als du"-Pause ein, bevor sie ihre neu erworbenen Informationen teilte. Für ein Gespräch mit ihrer Nachbarin brauchte man die innere Gelassenheit eines Zen-Meisters.

„Ich hab mich in der Zwischenzeit mal ein bisschen umgehört, was es mit der Familie Marchetti auf sich hat. Die beiden Brüder sind mir nicht geheuer – auch wenn du das als Einzige in ganz Pfunders anders siehst. Aber sag nicht, ich hätte dich nicht gewarnt, meine Liebe. Ich sehe es schließlich als meine Pflicht an, ein *bisserl* auf dich aufzupassen. Jetzt, wo deine Oma tot und der Felix nicht da ist."

„Du brauchst dir keine Sorgen machen, Nanne, ich kann schon auf mich selbst aufpassen", hielt Amalia dagegen und befürchtete, dass sie demnächst unter Dauerüberwachung ihrer Nachbarin stehen würde.

„Dann hör erst mal zu, *Gitsche,* was ich zu sagen habe. Der Ludwig hat mir erzählt, dass die Marchettis eine riesige Baufirma mit Sitz in Rom haben. Dort sind sie eine richtig große Nummer, hat der Ludwig gesagt. Machen sogar Projekte für die EU. Sie haben allerdings einen extrem schlechten Ruf und trotzdem gewinnen sie seit Jahren eine Ausschreibung nach der anderen. Immer wieder bekommen sie lukrative Staatsaufträge und bauen Schulen, Autobahnen, Brücken,

Krankenhäuser. Die Familie hat richtig viel Geld gemacht. Und mit dem *Maresciallo* haben die Marchettis einen bei der Polizei eingeschleust, der alles vertuschen kann. Hier wirkt er bescheiden und gesetzestreu, aber ich sag dir, das ist alles nur Tarnung. Das schmutzige Geld von der Familie nimmt der sicherlich auch, ohne mit der Wimper zu zucken.

Amalia dachte an den teuren Oldtimer, den sich ein *Maresciallo* ganz bestimmt nicht von seinem Gehalt leisten konnte. „Das mag ja alles sein, Nanne. Aber was soll Lorenzo denn als *Maresciallo* in Vintl vertuschen?“, fragte sie wenig überzeugt.

„Mit dem Oberhollenzer hab ich auch gesprochen. Der hat mir verraten, dass Marchetti früher bei einer Spezialeinheit in Kalabrien war. Es war nicht geplant, dass er hierher nach Vintl kommt. Vielleicht hat er was angestellt oder zu viel für die Familie vertuscht, sodass es ihm zu heiß geworden und er in Vintl abgetaucht ist. Oder es wollte ihn jemand weghaben. Ich sag dir nur eins, das sind ganz sicher Mafiosi. *Calabria – famiglia – capisci*“, sprach Nanne die Worte langsam und deutlich aus, als wollte sie damit die vermeintliche Gefahr, die von dieser Familie ausging, direkt bis in Amalias Bewusstsein transportieren. Während sie die Worte aussprach, war der Staubwedel – wie ein verlängerter Zeigefinger – drohend gen Himmel gerichtet.

Amalia winkte ab. „Ach, *Schmorre,* Mafia.“ Doch weiter kam sie mit ihrem Einwand nicht, da fuhr Nanne mit ihrer Theorie über die Marchettis fort und riss sie damit aus ihren Gedanken.

„Der ist es gewohnt, für seine Familie alles unter den Teppich zu kehren. Die Gerda hat mir nämlich erzählt, dass sie gleich nach dem Mord bei Marchetti war und bei ihm einige sachdienliche Hinweise zu Protokoll geben wollte. Sie hat ausgesagt, dass sie die Emma am Abend mit seinem Bruder hinter dem Zelt verschwinden hat sehen. Die Gerda hat gesagt, dass der Marchetti nicht mal etwas aufgeschrieben hat, und sie musste auch kein Protokoll oder so unterschreiben. Er hat ihr zwar versichert, dass er der Sache nachgeht, aber passiert ist nichts, rein gar nichts. Als sie jetzt von mir erfahren hat, dass er am Freitag mit dir weggefahren ist, hat sie gleich die Gelegenheit genutzt und ist auf die *Carabinieri*-Station gegangen, um dem Oberhollenzer noch einmal alles bis ins Detail zu berichten, damit es nicht untergeht. Der hat – im Gegensatz zu seinem Chef – sofort alles protokolliert und die Gerda hat es ordnungsgemäß unterschrieben."

Amalia wusste nicht, was sie dazu sagen sollte.

Aber Nanne war auch noch nicht fertig. „Verstehst du, der Typ ist mit Emma im Wald verschwunden und kurz darauf war sie tot, mausetot. Der *Maresciallo* will sicher seinen Bruder schützen, doch dass ein Mord hier in Pfunders ungesühnt bleibt, das lassen Gerda und ich nicht zu. Nicht mit uns. Dem schauen wir genau auf die Finger, damit der seine Arbeit ordentlich macht, dieser Marchetti."

Mafia, vertuschter Mord – das klang in Amalias Ohren schon sehr abwegig. Doch wenn sie darüber nachdachte, inwieweit fühlte sich Lorenzo für seinen Bruder verantwortlich? Wenn Silvio tatsächlich der Mörder war, würde Lorenzo die Mordermittlungen so beeinflussen, dass Silvio damit davonkam? Die beiden Brüder hatten in Verona heftig gestritten, war es dabei gar nicht um Silvios Geschäfte gegangen, sondern um den Mord? Wie sehr fühlte sich Lorenzo seiner Familie gegenüber verpflichtet? Half er Silvio, weil seine Eltern es verlangten? Hatte Nanne recht mit dem, was sie sagte? Sie übertrieb immer maßlos, aber ein Fünkchen Wahrheit steckte meist in jedem Gerücht. Hatte sie Lorenzo zu schnell vertraut?

An Nanne gerichtet, sagte Amalia entschieden: „Die Gerda hat das schon richtig gemacht, Nanne. Wenn etwas schriftlich vorliegt, kann das keiner so einfach unberücksichtigt lassen, und ich finde es auch gut, dass Oberhollenzer Bescheid weiß."

Nanne nickte bestärkt und verabschiedete sich, weil sie ihre Wäsche noch fertig bügeln wollte. Als sie in flottem Schritt zurückging, hielt sie ihren Staubwedel wie einen Tambourstab und bewegte ihn zu einer imaginären Marschmusik.

Amalia kramte nach ihrem Schlüssel und sperrte die Tür auf. Sie wunderte sich, dass das Schloss zweimal abgesperrt war. War Evi mit den Kindern nicht zu Hause? Sie schleppte ihren Koffer rein und bemerkte, dass es in ihrer Wohnung totenstill war. Alles war blitzblank geputzt. Evis Sachen und die der Kinder waren alle verschwunden. Amalia schaute auf den Tischen in der Küche und im Wohnzimmer nach. Nirgends eine Nachricht von ihrer Freundin. Wo war sie mit den Kindern hin?

Wenn jemand wusste, wo Evi steckte, dann war es Michl. Sie wählte seine Nummer und erfuhr von ihm, dass die mit den Kindern zurück in das Hexenhaus gezogen war. Sobald sie aufgelegt hatte, beschlich Amalia ein ungutes Gefühl. Sicher war der heftige Streit, den sie mit Evi wegen des Verhaltens der Kinder gehabt hatte, schuld daran, dass ihre Freundin in das unheimliche Haus zurückgekehrt war. Amalia bekam ein schlechtes Gewissen. Sogar Marchetti hatte Evi geraten, woanders hinzuziehen, bis geklärt sei, wer der Hüter sei. Amalia würde es sich nie verzeihen, wenn ihnen etwas passierte. Sofort entschloss sie sich, zum Hexenhaus zu fahren, sich bei Evi zu entschuldigen und sie zu fragen, ob sie nicht wieder zu ihr ziehen wolle.

Evi öffnete die Tür und der Duft von selbst gemachter Pizza strömte Amalia entgegen.

„Ich bin gerade nach Hause gekommen und war ganz überrascht, dass ihr weg wart. Michl hat gesagt, dass du wieder ins Hexenhaus gezogen bist."

„Ja, ich bin hierher zurück. Bei dir waren wir nicht willkommen und zu Michl zurück will ich auch nicht", sagte Evi bissig.

Doch Amalia hörte neben der Bissigkeit in ihrer Stimme auch eine tiefe Verletzung heraus, die sie ihrer Freundin durch die Kritik an deren Kinder zugefügt hatte. Natürlich verteidigte sie ihren Nachwuchs wie eine Löwin ihre Jungen. Deshalb fiel es Amalia auch nicht schwer, Evi um Entschuldigung zu bitten: „Es tut mir ehrlich leid, Evi. Das stimmt nicht, dass ihr nicht willkommen wart. Aber ich lebe sonst alleine und bin es nicht gewohnt, mit so vielen Leuten eine Wohnung zu teilen. Kommt doch wieder zurück. Du hast doch Angst hier im Haus."

„Komm schon rein. Ich mache gerade Pizza. Kannst mitessen", bot Evi an, ohne auf Amalias Worte einzugehen, doch ihre Stimme klang schon ein wenig freundlicher.

Amalia nahm die Einladung dankend an. Die drei Kinder saßen bereits brav am Tisch und warteten geduldig auf die Pizza, die Evi gerade aus dem Ofen holte. Sie aßen gemeinsam und während Evi die Kinder ins Bett brachte, spülte Amalia das Geschirr und räumte alles in die Schränke.

Sie öffneten eine Flasche Lugana und setzten sich an den Esstisch.

„Willst du wirklich nicht wieder mit zu mir kommen?", fragte Amalia noch mal nach, weil sie immer noch das schlechte Gewissen plagte.

„Nein. Ich bleibe hier. Ehrlich gesagt war es eine spontane Entscheidung nach unserem Streit. Hätte ich länger darüber nachgedacht, wäre ich wahrscheinlich nicht zurückgezogen. Den Kindern hat es trotzdem gutgetan, wieder hierher zurückzukommen. Hier haben sie alle ihre Spielsachen und man muss nicht ständig schimpfen, dass sie aufpassen sollen. Sogar Simon ist ruhiger. Thomas Gruber, sein netter Lehrer, hat mich nochmals angerufen und mir mitgeteilt, dass er sich Simon am Freitagmittag zur Brust genommen hat. Er hat ihm erklärt, dass sein Verhalten so nicht in Ordnung ist, weder mir noch seinen Klassenkameraden gegenüber. Anscheinend hat er die richtigen Worte gefunden, denn Simon ist wie ausgewechselt. Aber ihn nochmals hier herauszureißen, wäre meiner Meinung nach das Letzte, was ich tun sollte. Jetzt bin ich wieder im Hexenhaus und da bleib ich auch. Bis jetzt keine Briefe, nichts", sagte Evi hoffnungsvoll.

Amalia wollte erwidern, dass Simons Veränderung gerade mal einen Tag anhielt und dass sich das Ausbleiben der Briefe vom Hüter ebenso durch die kurze Zeit erklären ließ, aber sie entschloss sich, lieber nichts dazu zu sagen. Doch sie beschlich das mulmige Gefühl, dass diese Ruhe nicht lange anhalten würde.

„Jetzt erzähl schon", forderte Evi sie auf, „wie war Verona?"

Amalia berichtete ihr von der *Punta San Vigilio* und zeigte ihrer Freundin die malerischen Fotos, die sie dort geschossen hatte. Dann erzählte sie von ihrem Besuch bei Laura Conti. Sie wollte Evi nicht anlügen und schilderte ihr offen, dass die Contis wegen des Hüters ausgezogen waren. Schon Laura hatte sich in diesem Haus nicht wohlgefühlt.

„Das kann doch nicht sein. Dass hier jeder auszieht, weil die unheimliche Stimmung im Haus immer die Oberhand gewinnt. Ich lass mich doch von diesem Kasten nicht kleinkriegen. Irgendjemand muss sich doch mal wehren. Den Hüter – das habe ich mir vorgenommen – werde ich fortan ignorieren und bis jetzt ist es auch ruhig", sagte sie kämpferisch und schenkte sich demonstrativ ein weiteres Glas Wein ein.

Dann wechselte Amalia das Thema und teilte Evi mit, was sie über die Ladurner erfahren hatte.

Evi war verblüfft und wollte es zuerst gar nicht glauben, aber dann echauffierten sich beide über die Heuchelei der Politikerin.

„Und wie war es mit dem *Maresciallo?*"

Amalia erzählte ihr von Verona, auch, dass sie mit Lorenzo eine leidenschaftliche Nacht verbracht hatte. Allerdings sparte sie die Übernachtung im Palazzo der Marchettis aus. Lorenzo würde sicher nicht wollen, dass jemand im Dorf wusste, dass seine Familie Geld hatte. Dies würde sicherlich einige Neider auf den Plan rufen, und er hatte als Italiener eh schon einen schweren Stand im Tal.

„Seid ihr jetzt zusammen?", fragte Evi neugierig nach.

„Nein. Es war einfach eine schöne Nacht mit gutem Sex. Ich habe es genossen und mich so gut wie schon lange nicht mehr gefühlt", sagte sie ehrlich. Sie war gerne mit Lorenzo zusammen, sie hatten eine wilde Nacht, ja, aber wenn sie es sich genau überlegte, war sie, anders als damals bei Felix, nie davon ausgegangen, dass sie deswegen zusammen waren. Sie war sich nicht im Klaren darüber, was Lorenzo und sie wollten. Sie wusste nicht, ob er eine feste Beziehung wollte.

„Gott sei Dank siehst du das so. Ich dachte schon, du wärst jetzt mit ihm zusammen. Ich kann immer noch nicht vergessen, wie er mich im Winter wegen des Mordes an der jungen Studentin verhört und immer wieder absichtlich verunsichert hat. Das kann ich ihm nicht verzeihen. Das wäre schon blöd, wenn ausgerechnet meine beste Freundin mit dem zusammen wäre", sagte Evi.

Amalia war kurz davor, Lorenzo zu verteidigen, ließ es dann aber bleiben. Der Wein ließ ihre Freundin anscheinend redseliger werden. Sie hatte zwar gewusst, dass Evi Lorenzo nicht ausstehen konnte, aber so direkt hatte diese es noch nie ausgesprochen.

Nachdem sie die Flasche geleert hatten, verabschiedete sich Amalia mit einer Umarmung. Zwischen ihnen schien wieder alles in Ordnung zu sein.

Als sie ihre leere Wohnung betrat, war sie glückselig, endlich wieder allein zu Hause zu sein. So schön es auch sein konnte, wenn einen jemand daheim erwartete, war sie doch insgeheim froh, wieder ihre Ruhe zu haben. In dem Augenblick, als ihr diese Gedanken bewusst wurden, kamen zugleich Gewissensbisse: Evi musste deswegen in diesem unheimlichen Haus leben ...

Sie legte ihr Handy auf den Nachttisch und stellte es auf laut. Sie hatte Evi versprochen, Tag und Nacht erreichbar zu sein, falls etwas Ungewöhnliches passierte und sie ihre Hilfe brauchte. Als sie das Telefon hinlegte, fiel ihr Blick auf ihre „TNT"-Liste. Sie nahm einen Stift und strich Lois von der Liste, der zur Mordzeit dazu eingeteilt gewesen war, den *Kirschta-Michl* zu bewachen. Sie überlegte. Für den Tondl, den Buben, der die Lawine überlebt hatte, bedeutete das Hexenhaus Heimat. Doch mit seinem amputierten Bein kam er als Mörder nicht mehr infrage. Der arme Mann schlich nicht nachts um Häuser und brachte Menschen um. Ihn konnte sie ebenfalls von ihrer Liste streichen. Dafür setzte sie die Ladurner drauf. Die Politikerin hatte auf jeden Fall ein Motiv, im Falle, dass Emma mit ihrer Geschichte an die Öffentlichkeit hätte gehen wollen. In Pfunders war sie auch gewesen, zwar nicht nachweislich am Tag des Mordes, aber vielleicht hatte während ihres Aufenthalts tags zuvor ein Treffen zwischen Mutter und Tochter stattgefunden. Hatte Emma ihre leibliche Mutter unter Druck gesetzt? Müde dachte sie, dass die Ladurner viel zu verlieren hatte. Dann fielen ihr die Augen zu und sie schlief erschöpft ein.

17.

Nach einer unruhigen Nacht schenkte Amalia sich eine zweite Tasse Kaffee ein. Das schlechte Gewissen nagte an ihr. Auch wenn Evi gestern versöhnlich gewesen war und sie im Guten auseinandergegangen waren, fühlte sie sich mies. Ihretwegen war ihre Freundin ausgezogen. Nur weil sie sich in ihrer gewohnten Singleruhe gestört gefühlt hatte. Sie war eine lausige Freundin und eine Egoistin, ging sie hart mit sich ins Gericht. Wenn im Hexenhaus etwas Schlimmes geschah, würde sie sich das nie verzeihen können. Als sie an den an sie gerichteten Brief dachte, kehrte dieses unheimliche Gefühl zurück. Sie hatte die reale Bedrohung gespürt. Wie viel stärker musste dieses Gefühl in diesem fürchterlichen Haus sein? Dass Emma auch so einen Brief bekommen hatte, verstärkte ihre Besorgnis noch.

Und war sie als Partnerin, Liebhaberin, Freundin besser? Keine Ahnung, welches Wort ihre Beziehung zu Marchetti am besten beschrieb. Er hatte Himmel und Hölle in Bewegung gesetzt, um ihr einen unvergesslichen Aufenthalt in Verona zu bereiten, und sie hatte ihn beim Abschied gestern abblitzen lassen, nur weil sie das Gerede im Dorf fürchtete. Kein Wunder, dass er sich seitdem nicht mehr gemeldet hatte. Sie hatten eine wunderbare Nacht miteinander verbracht, doch kaum in Pfunders zurück, hatte sie ihn behandelt wie einen flüchtigen Bekannten. Außerdem hatte sie – was er zum Glück nicht wusste – Nannes Gerede verunsichert. Sie hätte viel deutlicher für ihn einstehen sollen. Stattdessen war ihr bewusst geworden, wie wenig sie ihn kannte. Der Reichtum seiner Familie, sein schmieriger Bruder, die großen

Lücken in seiner Lebensgeschichte und sein ausweichendes Verhalten bei Gesprächen hatten sie an ihm zweifeln lassen, obwohl er sich ihr gegenüber immer korrekt und anständig verhalten hatte.

Evis Worte, die ihr diese einmal im Streit hingeknallt hatte, kamen ihr in den Sinn: „Amalia, immer wenn es schwierig wird, läufst du weg. Kein Wunder, dass du noch Single bist."

War sie schon wieder am Weglaufen? Wäre es nicht reifer, das Gespräch mit ihm zu suchen als Gründe, die gegen Marchetti sprachen? Um ihre Gedanken zu übertönen, die sich wie ein altes Mühlrad in ihrem Kopf drehten, schaltete sie das Radio an. Obwohl ihre Oma schon vor fast einem Jahr gestorben war, hatte es Amalia nie übers Herz gebracht, den Sender zu wechseln, der ihre ganze Kindheit über die Küche beschallt hatte: RAI Südtirol. Gerade lief das „Morgengespräch".

Eine kultivierte Frauenstimme erzählte gerade: „Familien können nur funktionieren, wenn wir Rahmenbedingungen schaffen, die Frauen mit Kindern erlauben, arbeiten zu gehen. Die Vereinbarkeit von Familie und Beruf ist eine der wichtigsten Säulen der Familienpolitik. Unsere Gesellschaft braucht Frauen, die ..."

Genervt schaltete Amalia das Radio aus. Sie hatte die Stimme erkannt. Marianna Ladurner, Landesrätin für Familie und Soziales. Diese Frau war das Letzte. Predigte von Karriere und Kindern, hatte jedoch selbst ihr Kind weggegeben, damit es ihrer Karriere nicht im Weg stand. Wobei – vielleicht kämpfte die Frau genau deswegen dafür, weil sie es bereute, damals durch äußere Umstände gezwungen worden zu sein, eine Entscheidung zu treffen, die sie bis heute belastete. Dagegen sprach jedoch, dass Laura Conti einen

Brief gefunden hatte, in dem stand, dass Ladurner jeden Kontakt zu Emma verweigerte. Hätte Emma dieses Lügengebäude zum Einsturz bringen können? Hätte sie, wenn sie sich als Ladurners Tochter geoutet hätte, deren Karriere zerstören können?

Amalia schaltete das Radio wieder an. Sie spülte ab, während sie mit zusammengebissenen Zähnen Marianna Ladurner zuhörte, die die vielfältigen Herausforderungen aufzählte, mit der sich Frauen in der heutigen Gesellschaft konfrontiert sahen. Am Ende wies die Moderatorin auf die Veranstaltung „Equal Pay Day" auf dem Musterplatz in Bozen hin, an der die Landesrätin teilnehmen würde. Das kam Amalia wie gerufen. Dort könnte sie versuchen, mit ihr ins Gespräch zu kommen.

Nach dem Mittagessen brach sie nach Bozen auf. Sie hätte nicht gedacht, dass sie so schnell in die Landeshauptstadt zurückkehren würde, dachte sie amüsiert. Diesmal hatte sie Zeit, ein wenig durch die Lauben zu schlendern, aber aufgrund ihres desolaten Kontostandes erstand sie nur ein reduziertes T-Shirt.

Anschließend ging sie zum Musterplatz, der an zwei Seiten vom *Palais Pock* eingerahmt wurde. An über zwanzig Infoständen wurden Broschüren ausgeteilt und immer wieder wurde darauf hingewiesen, dass Frauen in Südtirol immer noch siebzehn Prozent weniger verdienten als Männer. Dann hörte sie sie. Diese Stimme würde sie bis in ihre Träume verfolgen, dachte sie genervt. Aus mehreren Lautsprechern ertönte die Stimme der Landesrätin, die mit viel Pathos darüber sprach, dass jede Frau hundert Prozent wert sei und es höchste Zeit werde, antiquierte Rollenbilder hinter sich zu lassen. Wenn Amalia ehrlich war, sprach ihr diese Frau aus der Seele. Wenn sie nichts von Emma gewusst hätte, die die Landesrätin für den Erfolg „geopfert“ hatte, würde sie sie aufrichtig bewundern. Aber da Amalia selbst ohne Mutter aufgewachsen war, konnte sie sich vorstellen, wie schwer es für Emma gewesen sein musste, nicht zu wissen, woher sie kam, und keine Antworten auf ihre Fragen zu bekommen. War es am *Kirschta* zu einer Konfrontation gekommen?

Nach weiteren fünfzehn Minuten beendete die Politikerin schließlich ihre Rede. Amalia bahnte sich mühsam einen Weg durch die Zuhörer. Sie schaffte es bis zu der Treppe, die vom Podium herunterführte. Als sie sich der Landesrätin in den Weg stellen wollte, wurde sie unsanft von einem Security-Mitarbeiter zur Seite geschoben.

„Landesrätin Ladurner“, rief sie laut um den bulligen Wachmann herum, „dürfte ich bitte kurz mit Ihnen sprechen. Ludwig Raffeiner hat mich geschickt“, log sie geistesgegenwärtig. Ludwig war der einzige Mensch, den sie kannte, der einen Bezug, wenn auch keinen starken, zur Südtiroler Politik hatte. Immerhin hatte er erst vor einer Woche einen ganzen Abend mit der Landespolitikerin im Pfundrer Zelt verbracht.

Die Landesrätin blieb abrupt stehen und winkte den Security-Mann wie eine lästige Fliege zur Seite. „Kommen Sie“, sagte sie freundlich, „ich habe gleich den nächsten Termin, aber Sie können mich auf dem Weg zum Landtag begleiten. Termine in der Innenstadt erledige ich immer zu Fuß.“

Amalia musste sich beeilen, um der Frau, die mit langen Schritten die Mustergasse entlangschritt, nachzukommen. Marianna Ladurner war eine große, schlanke Frau mit schulterlangen, leicht gewellten braunen Haaren. In ihrer

Jugend musste sie eine Schönheit gewesen sein und auch jetzt mit über vierzig war sie eine äußerst attraktive Erscheinung. Sie hatte eine schmale Nase, ausdrucksstarke dunkle Augen und ein einnehmendes Lächeln. Trotz ihrer Größe bewegte sie sich mit Anmut. Doch sie versuchte nicht, ihre körperlichen Vorzüge zu betonen, sondern trug einen strengen dunkelgrauen Hosenanzug mit einer schlichten cremefarbenen Bluse darunter.

„Was kann ich für Sie und Ludwig tun?“, fragte sie mit einem herzlichen Lächeln, das sich auch in ihren Augen widerspiegelte.

Das war jetzt zu schnell gegangen. Amalia wurde nervös. „Ich war lange in Deutschland und bin jetzt wieder in Pfunders zurück. Mir sind die Rechte der Frauen ein großes Anliegen, besonders die Gleichstellung am Arbeitsplatz. Da ich selbst Fotografin bin – ein immer noch von Männern dominiertes Arbeitsgebiet –, würde ich mich gerne engagieren. Ludwig hat gemeint, Sie wären die richtige Ansprechpartnerin“, improvisierte Amalia.

Die Landesrätin blickte kurz irritiert und setzte dann ein verbindliches Lächeln auf. „Ich freue mich natürlich über jeden, der uns im Kampf um die Gleichstellung von Frauen unterstützt. Aber wieso kommen Sie zu mir? Auf der Veranstaltung gerade eben waren doch viele Organisationen vertreten, in denen Sie sich engagieren könnten. Ich weiß nicht, wie ich Ihnen konkret weiterhelfen kann. Gerne kann ich Ihnen aber per E-Mail eine Liste mit geeigneten Organisationen zukommen lassen.“

Ups, das war schiefgegangen. „Nein, Sie haben mich missverstanden. Ich wollte direkt mit Ihnen sprechen, weil Sie sich besonders für Mütter einsetzen.“

„Haben Sie Kinder?", fragte Frau Ladurner und klang wieder etwas freundlicher.

„Noch nicht. Aber mich interessieren Ihre persönlichen Beweggründe."

Sofort war die Landesrätin auf der Hut. „Sind Sie Journalistin? Ich dachte, Sie hätten gesagt, Sie wären Fotografin?"

„Das bin ich auch", beeilte sich Amalia zu sagen. Inzwischen waren sie am Bahnhofspark angekommen, durch den die Landesrätin abkürzte. In wenigen Minuten hätten sie den Landtag erreicht und Amalias Chance wäre vorüber. „Es geht um Emma Mair aus Pfunders." Nun war sie sich der vollen Aufmerksamkeit der Politikerin sicher.

„Müsste ich die kennen?", frage sie scheinbar unbeteiligt, war aber stehen geblieben.

„Ich denke, wir wissen beide, dass Sie sie kennen", sagte Amalia scharf.

Die Landesrätin sah sich um, um sicherzustellen, dass sie nicht beobachtet oder belauscht wurden. „Das ist meine Privatsache – und geht Sie gar nichts an. Was wollen Sie?"

Meinte die Frau, Amalia wolle sie erpressen? „Wenn ich es richtig verstanden habe, sind Sie die leibliche Mutter von Emma und haben dem Mädchen immer jeden Kontakt verweigert." Es fühlte sich gut an, endlich ihrer Unmut Luft zu machen.

„Das sind alles Dinge, die Sie nichts angehen. Und ich warne Sie: Sollten Sie irgendwelche Gerüchte über mich in Umlauf bringen, werde ich mich sicher mit einer Verleumdungsklage zu wehren wissen." Ihr Ton blieb ruhig, aber der entschlossene Zug um ihren Mundwinkel machte klar, dass es der Landesrätin ernst war.

„Verleumdung setzt voraus, dass man die Unwahrheit spricht. Wir wissen aber beide, dass Emma Ihre Tochter ist.

Und seit Maras Tod wusste Emma es auch. Hat es einen Kontakt zwischen Ihnen gegeben?"

„Nein, das wäre für mich zu schmerzlich gewesen. Aber Emma war sehr hartnäckig. Ich wollte das Ganze einfach hinter mir lassen."

Amalia schnaubte: „‚Das Ganze', wie Sie es nennen, ist ein Mädchen, das ein Leben lang Sehnsucht nach einer Mutter hatte. Hätten Sie nicht an Emma und ihre Bedürfnisse denken müssen, statt sich nur dafür zu interessieren, ihr eigenes Image als Mutter und Ehefrau zu schützen."

„Sie machen es sich leicht. Meinen Sie wirklich, es war jemals einfach für mich? Ja, ich wollte damals das Kind nicht. Ich fühlte mich zu jung und ich hatte große Pläne. Aber das heißt nicht, dass es leicht war. Für mich war Abstand die einzige Möglichkeit, mit der Sache abzuschließen." Wieder sah sich die Politikerin besorgt um, ob jemand in der Nähe stand und etwas von dem Gespräch mitbekommen könnte.

Amalia kam die Frau kalt vor. Sie hatte anscheinend alle Gefühle für Emma – falls sie überhaupt jemals welche gehabt hatte – ganz tief in ihrem Inneren vergraben, um sich ihnen nicht stellen zu müssen. „Was ist am *Kirschta* passiert?"

„Am *Kirschta?*" Die Landesrätin wirkte aufrichtig überrascht.

„Gab es eine Begegnung mit Emma?"

Der Blick von Marianna Ladurner schweifte in die Ferne. „Ich hatte fast damit gerechnet. Vielleicht war das der wahre Grund, dass ich Ludwigs Einladung angenommen habe, vielleicht wollte ich doch wissen, was aus ihr geworden ist ..." Sie schluckte. „Auf alle Fälle hat sie mich nicht angesprochen, auch hätte ich sie nicht erkannt. Ich habe ihr nach Maras Tod einen Brief geschrieben, in dem ich ihr sehr deutlich mitgeteilt habe, dass ich keinerlei Kontakt möchte, ihr aber alles Gute für die Zukunft wünsche. Danach habe ich nie wieder von ihr gehört."

Lag Bedauern in der Stimme der Politikerin? Amalia war sich nicht sicher. „Und das soll ich Ihnen glauben? Sie waren beide zur gleichen Zeit im Pfundrer Zelt und vierundzwanzig Stunden später ist Emma tot."

Mariannas Augen weiteten sich. „Was wollen Sie mir denn da unterstellen? Das ist ja absurd. Ich bin doch keine Mörderin."

„Emma hätte Ihnen die Karriere kosten können", gab Amalia nicht nach.

„Hätte sie ... Aber ich hätte sicher andere Möglichkeiten gefunden, das Problem zu lösen. Außerdem war ich am Samstag bei einer Benefizgala für das Südtiroler Kinderdorf eingeladen. Es war nach ein Uhr nachts, als mich mein Fahrer nach Hause gebracht hat. Das habe ich übrigens der Polizei auch zu Protokoll gegeben."

Damit hatte sie Amalia erst einmal allen Wind aus den Segeln genommen. Anscheinend hatte Marchetti das schon überprüft und sie war hier auf der falschen Spur.

„Wenn das alles war? Auf Wiedersehen." Marianna Ladurner nickte ihr kühl zu und ließ sie stehen.

Amalia blickte der attraktiven Frau hinterher. Sie ging sehr aufrecht, mit erhobenem Kopf. Wie es ihr wohl ging? Bedauerte sie den Tod der Tochter, die sie nie kennengelernt hatte, oder war sie froh, dass diese ihr nicht mehr gefährlich werden konnte? Amalia würde es nie erfahren.

8.

Obwohl die Ladurner versucht hatte, ihre damalige Situation zu erklären, war sie Amalia immer noch derart unsympathisch, dass sie es fast bereute, sie von ihrer „TNT“-Liste streichen zu müssen. Trotzdem musste sie einsehen, dass ihre persönliche Abneigung gegen diese Frau sie nicht automatisch zu einer Mörderin werden ließ. Sie seufzte. Wenn die Polizei sie in Ruhe ließ, lag der Tatzeitpunkt wahrscheinlich vor ein Uhr. Mist.

Nachdem sie den gestrigen Tag vergeblich damit verbracht hatte, sich um die Lösung des Mordfalls zu kümmern, und mit der Ladurner eine Spur verfolgt hatte, die ins Nichts führte, hatte sie sich für heute vorgenommen, sich um Berufliches zu kümmern. Ihr Geschäftskonto war bereits im Minus. Es würde nicht mehr lange dauern und sie müsste ihre eiserne Reserve anbrechen, die sie von ihrer Oma Zille geerbt hatte, um ihre laufenden Kosten decken zu können. Allein mit dem Verkauf von ein paar Fotos an Magazine würde sie sich nicht über Wasser halten können.

Sie setzte sich an ihren Laptop und schrieb einige E-Mails an Kunden, um sich wieder in Erinnerung zu bringen und so Aufträge für den Herbst und Winter zu lukrieren. Sie hatte nicht damit gerechnet, dass ihr Umzug nach Pfunders ihre Berliner Kunden regelrecht wegbrechen ließ. Sie recherchierte im Internet nach neuen Adressen. Dabei schrieb sie nicht nur Firmen in Deutschland an, sondern auch solchen in Italien, denen sie ihre Dienste als Fotografin anbot. Vielleicht ergab sich ja etwas während der Mailänder Modewoche im September.

Mehr konnte sie nicht machen, dachte sie resigniert und räumte ihren Schreibtisch auf. Zwischen ihren ganzen Notizzetteln lag das von ihr auf Papier ausgedruckte Foto, auf dem die wilde Knutscherei zwischen Emma und Silvio im Hintergrund festgehalten war. Marchettis Bruder mit seiner selbstsicheren Casanova-Art war ihr genau wie die Ladurner, wenn auch aus anderen Gründen, von Grund auf unsympathisch. Ließ sich Amalia schon wieder von ihren Gefühlen fehlleiten oder könnte Silvio tatsächlich der Mörder sein? Grund dazu hätte er gehabt, wenn er auf Emma doch nicht so unwiderstehlich gewirkt und sie zum Sex gezwungen hatte. An einem feuchtfröhlichen Abend an der Bar rumzuknutschen war etwas anderes, als mit einem Mann zum Sex im Wald zu verschwinden.

Ermittelte Marchetti wirklich ordentlich gegen seinen Bruder? Oder hatte Nanne recht und Lorenzo verfolgte diese Spur nur zögerlich? Seit Verona hatte er sich nicht bei ihr gemeldet. Sollte sie den ersten Schritt machen und nochmals wegen Silvio nachhaken? Oder sollte sie abwarten, bis Lorenzo sich meldete? Amalia zögerte. Geduld war nicht ihre Stärke. Warum also nicht? Sie war schließlich eine emanzipierte Frau. Allerdings ging es hier nicht um Emanzipation, sondern um das Machtspiel in der Liebe. Normalerweise zog sie es vor, wenn der Mann sich bei ihr meldete. Egal, dachte sie, schnappte sich ihr Handy und wählte Lorenzos Nummer. Sie musste wissen, ob Nanne mit ihrem Verdacht richtiglag.

„*Pronto*“, meldete sich Lorenzo.

„*Hoila,* Lorenzo. Ich bin es, Amalia. Ich wollte fragen, ob wir uns später auf einen Kaffee treffen können. Ich möchte dir gerne etwas erzählen", sagte sie und hörte im Hintergrund aufgeregtes Stimmengewirr.

„Hier ist los einiges. Ich bin schon seit die frühen Morgen hier und komm nicht weg aus die Arbeit. Können wir verschieben?"

„Ja, kein Problem", sagte Amalia und bereute es sogleich. Schließlich wollte sie wissen, was es Neues gab. „Oder ... du machst doch sicher mal eine Pause. Ich wollte später eh nach Bruneck fahren. Wie wäre es, wenn ich bei dir in Vintl einen Zwischenstopp einlege, auf einen schnellen Espresso? Ich bringe auch Kuchen mit."

„Das sein *idea perfetta*. Ich schon am Verhungern."

„Dann bis später."

Amalia kaufte im Laden drei große Stücke Käsekuchen: eines für Lorenzo, eines für sich und eines für den jungen *Carabiniere* Oberhollenzer. Während der Fahrt dachte sie darüber nach, wie sie sich Lorenzo gegenüber verhalten sollte. Wie würde er sie nach ihrer Nacht in Verona begrüßen? Wie eine alte Bekannte, so, als wäre nichts gewesen, oder doch mit einem Kuss? Sicherlich nicht vor Oberhollenzer, dachte sie und befürchtete, dass ihr erstes Aufeinandertreffen seit Verona verkrampft werden könnte. Amalia nahm das Kuchenpäckchen vom Beifahrersitz, klingelte und wartete, bis sich die Tür der Polizeistation öffnete.

„Grüß Gott, Frau Engl", begrüßte sie der junge *Carabiniere* freundlich, „kann ich Ihnen helfen?"

„Ich möchte zu *Maresciallo* Marchetti. Ich habe gehört, dass bei euch heute die Hölle los ist und die Mittagspause daher ausgefallen ist. Wenn Sie möchten – ich habe ein Stück Kuchen für Sie mitgebracht", sagte Amalia.

„Gerne. Das Mittagessen ist heute tatsächlich ausgefallen. Wir haben nämlich einen …“ Oberhollenzer verstummte.

Amalia drehte sich um und sah, dass Marchetti ihm einen strengen Blick zuwarf, sodass dieser unwillkürlich die Augen zu Boden senkte.

„*Scusi,* Amalia. Hier gehen es seit heute Morgen rund. Ich haben leider nur Zeit eine winzige Augenblick für dich“, erklärte er ihr kurz und nahm unterdessen Teller, Kuchengabeln und Tassen aus einem Regal. Amalia verteilte den Kuchen. Oberhollenzer bedankte sich und zog sich an seinen Schreibtisch zurück, um einen Anruf anzunehmen.

„Was hast du auf die Herz?“, fragte Lorenzo liebevoll.

Amalia überlegte kurz, wie sie beginnen sollte, während er sich an der Theke des Eingangsbereichs das erste Stück Kuchen in den Mund schob. Sie beschloss ihm zu erzählen, was sie von der Ladurner in Erfahrung gebracht hatte. Schließlich konnte sie nicht gleich mit der Tür ins Haus fallen. Die Ladurner hatte erwähnt, dass sie ihr Alibi bei der Polizei zu Protokoll gegeben hatte, also wusste Marchetti schon davon. Aber es würde Amalia aufrichtig und offen wirken lassen. Als sie ihm das Treffen mit der Politikerin allerdings schilderte, verfinsterte sich sein Blick.

„Du können es nicht lassen sein. Lass uns unsere Arbeit machen, Amalia. Du bist nicht bewusst dir, wie gefährlich ist die Mörderjagd. Was, wenn sie die Mörderin wäre gewesen? Wie oft willst du bringen dich noch in Gefahr? Irgendwann die Hilfe von uns kommen zu spät und das kann ausgehen schlimm. Wir sind hier nicht bei die Fernsehen“, schimpfte er.

„Ja, aber es ist ja alles gut gegangen. Die Ladurner war auf einer Benefizgala. Sie hat ein wasserdichtes Alibi. Die Zeitungen sind voll mit Fotografien von ihr. Sie fällt also als

Mörderin aus“, sagte sie und überlegte krampfhaft, wie sie auf Silvio zu sprechen kommen könnte. „Für mich hat dein Bruder damit das stärkste Motiv, Emma ermordet zu haben. Er hat mit ihr geknutscht, und Gerda hat gesehen, wie sie zusammen im Wald verschwunden sind. Allerdings erzählt man im Dorf, dass du dieser Spur nicht nachgehen willst, obwohl sie auf der Hand liegt“, warf sie ihm ohne Umschweife vor und legte ihm das ausgedruckte Foto hin.

Marchettis Augen verengten sich und sein Gesicht nahm einen bedrohlichen Ausdruck an.

Taktvoll war etwas anderes, dachte Amalia. Aber nachdem sie einmal angefangen hatte, waren die Worte nur so aus ihr herausgesprudelt. Sie bereute es, Marchetti so angegangen zu sein. Wie sie Oberhollenzers erschrockenes Gesicht sah, der sich bis dahin bemüht hatte, so zu tun, als hörte er nicht, was Amalia mit seinem Chef besprach, wusste sie, dass sie mit ihrer Anschuldigung zu weit gegangen war.

„Du meinst also, ich würde schützen meine Bruder, wenn er dieses Mädchen umgebracht hat. Das denkst du von mir, Amalia? Du enttäuscht mir. Ich dachte wenigstens, du kennst mich besser“, sagte Marchetti scharf.

„Blut ist dicker als Wasser“, hielt sie ihm als Erklärungsversuch entgegen.

„Komm sofort mit in mein Büro“, sagte Marchetti in hartem Ton und stürmte aufgebracht voraus.

Oberhollenzer warf ihr einen mitfühlenden Blick zu.

Betont langsam folgte Amalia Lorenzo.

Er knallte ihr so heftig eine Akte auf den Tisch, dass sich zwei Blätter daraus lösten. „Hier kannst du kontrollieren meine Arbeit. Es ist protokolliert ordnungsgemäß. Hier ist die Akte Emma Mair. Hier ist alles, was Silvio betrifft.“

Amalia nahm die Akte, traute sich aber nicht, sie zu öffnen.

„In meine Beruf ich kann nicht jedem alles auf die Nase binden. Das sind Interna. Hier kannst du sehen das Protokoll von meine Bruder. Ich habe eine DNA-Probe veranlasst von Silvio und alles auf die offizielle Weg in die Labor geschickt. Staatsanwaltschaft ist darüber *naturalmente* informiert. Ergebnis kommt sicher in die nächste Tage", sagte er, nahm ihr die Akte aus der Hand und zeigte ihr die Schriftstücke. „Schau es dir an, dann kannst du es ratschen mit die ganze Dorf", fügte er wütend hinzu.

Mit seinem letzten Satz hatte er Amalia getroffen. Sie mischte sich vielleicht gerne in Morduntersuchungen ein, aber eine Dorfratsche, wie Nanne oder Gerda es waren, war sie bestimmt nicht.

„Bist du zufrieden jetzt, oder möchten du noch etwas wissen?"

Amalia überlegte. Vielleicht war jetzt der Zeitpunkt, dass sie beide die Karten auf den Tisch legten. Sie nahm ihren Mut zusammen und fragte: „Was ist mit den Geschäften deiner Familie? Hier im Dorf wird viel darüber geredet und in Verona kam mir alles so seltsam vor." Verona, dachte sie, war das wirklich erst letztes Wochenende gewesen? Sie hatte das Gefühl, die Nacht mit Lorenzo sei schon Monate her.

Oberhollenzer klopfte zaghaft an der Tür und unterbrach ihr Gespräch. „*Maresciallo,* ein Telefonat aus Bozen. Staatsanwaltschaft. Es ist wichtig."

„Sagen Sie, ich rufen zurück in *un attimo.*"

Oberhollenzer nickte und zog die Tür hinter sich zu.

Marchetti zögerte einen Moment, beantwortete aber dann doch ihre Frage: „Die Geschäfte unserer Familie sind korrekt. Allerdings hat Silvio sich in etwas reinziehen lassen, aber darüber reden wir eine andere Mal. Nicht heute."

Amalia dachte, dass er sie schon wieder vertrösten wollte, was seine Familie anging, aber Marchettis nächste Worte gaben dem Gespräch eine völlig neue Richtung: „Wir haben weiteren Mordfall."

Amalia sah ihn verblüfft an.

„Mein Bruder und die Landesrätin Ladurner sind sowieso nicht mehr verdächtig seit heute Morgen. Es gibt eine zweite Leiche, mit der weder Ladurner noch Silvio etwas zu tun haben. Es ging immer um die Haus. Das ist jetzt eindeutig", berichtete Marchetti überraschend offen.

Amalia brauchte einen Moment, um das Gehörte zu realisieren.

„Das Hexenhaus?", fragte sie entsetzt.

Marchetti nickte stumm.

„Oh mein Gott. Ist Evi heute Nacht umgebracht worden?" Amalia wich die Farbe aus dem Gesicht. Evi – nein, das konnte nicht sein. Das durfte nicht sein. Hoffentlich nicht ihre Freundin. Sie war schuld, dachte sie. Sie hatte ihre Freundin zurückgetrieben in dieses vermaledeite Haus. Diese Schuld würde für immer an ihrer Seele haften, ihr ganzes Leben lang. Amalia wurde schwindelig. Sie schwankte.

Marchetti sprang auf und hielt sie fest, bis sie sich wieder gefangen hatte. „Es ist nicht Evi, Amalia. Hör zu! Evi ist nichts passiert."

Marchettis Stimme drang wie durch einen Nebel zu ihr.

„Ruppert, Emmas Pflegebruder, ist die Opfer."

„Ruppert? Oh Gott, ich habe noch letzte Woche mit ihm geredet. Woher wisst ihr, dass es der gleiche Mörder ist wie bei Emma?"

„Er wurde auch erwürgt. Wir gehen aus davon, dass es sich handelt um ein und dieselbe Mörder. Aber wir sind noch nicht so weit mit unsere Ermittlungen. Die Sicherung der Spuren noch nicht sein beendet. Amalia, ich muss arbeiten weiter. Der Staatsanwalt wartet auf meine Rückruf."

Amalia nickte und ging zur Tür. Sie wusste, dass sie den *Maresciallo* mit ihrem Verdacht, dass er nicht gegen seinen Bruder ermittelte, tief in seiner Ehre verletzt hatte. Sie drehte sich um und blickte ihn schuldbewusst an: „Also, ich weiß nicht, was ich sagen soll … es tut mir leid, Lorenzo", sagte sie deshalb lahm.

„Ich hoffen, du haben gesehen, dass ich nicht kehre irgendwelche Sachen unter die Teppich, auch nicht für meine Bruder. Was aber er sonst macht, dafür kannst du nicht mich machen verantwortlich."

Er küsste sie auf die Wangen und verabschiedete sich. Amalia winkte Oberhollenzer kurz zu und verließ die *Carabinieri*-Station.

Amalia fuhr auf direktem Weg nach Hause. Es war nie um Emma gegangen, sondern um das Hexenhaus. Das änderte einiges, dachte sie. Sobald sie zu Hause war, setzte sie sich mit ihrer „TNT"-Liste auf die Couch. Sie strich Silvio, dann las sie sich die übrigen Namen noch einmal durch. Wer hatte jetzt noch ein Motiv?

Der Huiba Hons hatte Interesse am Kauf des Hauses. Aber dem wäre nicht geholfen, wenn Ruppert, der Einzige der drei Geschwister, der verkaufen wollte, tot wäre. Andererseits verhielt er sich verdächtig, denn sie hatte ihn schon selbst um das Haus schleichen sehen. Deshalb machte sie neben seinem Namen ein Fragezeichen und vertagte die Entscheidung.

Dann war da noch das Kind, von dem niemand wusste, wer es war. Erich hatte zwar behauptet, es sei das Kind von

Maras Schwester, aber ob das stimmte? Vielleicht war dieses Kind im richtigen Testament bedacht worden. Also blieb „Baby X“ auf der Liste.

Die Männer des Dorfes, deren Motiv die Vertuschung einer Vergewaltigung hätte sein können, konnte sie hingegen streichen. Ruppert fiel selbstverständlich auch aus. Aber was war mit Erich? Gehörte der auf die Liste? Dieser war nun, nach dem Tod der beiden Pflegegeschwister, der Alleinerbe. Jedenfalls, solange das dubiose Testament verschwunden blieb. Sie dachte an ihr Gespräch mit dem sanften, Ruhe ausstrahlenden Mann zurück. Sie hatte ihrem Schulkameraden die Trauer um seine Schwester abgenommen. Auch zu seinem Bruder hatte er augenscheinlich ein enges Verhältnis gehabt. Zudem schien er finanziell kein großes Interesse am Verkauf zu haben. Schließlich hatte er sich immer dagegengestellt. Allerdings wollte er, dass „Dinge“ geklärt würden. Welche Dinge? Konnte hier das Motiv liegen? Wollte er irgendein Geheimnis bewahren? Sie schrieb Erich auf die Liste.

Die Frage, die sie sich von Anfang an gestellt hatte, war auch noch nicht geklärt: Waren der Hüter und der Mörder ein und dieselbe Person?

Die Liste wurde nicht wirklich kürzer, dachte sie resigniert.

19.

Amalia überlegte. Wenn es immer um das Haus gegangen war, dann war das Risiko hoch, dass Evi und den Kindern etwas passierte, solange sie dort wohnten. Sie musste schnellstmöglich zu Evi und ihr von dem weiteren Mord berichten – sie warnen. Sie schnappte sich ihre Handtasche von der Garderobe, warf ihr Handy hinein und fuhr los. Auf dem Weg sah sie, dass Evis Auto vor dem Laden parkte. Amalia trat, ohne nachzudenken, auf die Bremse und fuhr, heftig einschlagend, mit quietschenden Reifen auf den freien Parkplatz daneben. Der Fahrer hinter ihr, der von ihrem Manöver überrascht war, hupte und fuchtelte wild mit den Armen, um seinen Unmut über Amalias Fahrweise auszudrücken. „Muss man sich da gleich so aufregen? Was muss der auch so dicht hinter mir herfahren?", schimpfte sie vor sich hin.

Amalia wollte gerade in den Laden gehen, als sie Nannes rotes E-Bike davor entdeckte. Sie zögerte, kehrte um und stieg wieder in ihren Mini ein. Sie beschloss, im Auto auf Evi zu warten. Nanne war wie ein Bluthund, wenn es um Neuigkeiten, Skandale oder Ähnliches ging. Der Bericht über einen weiteren Mord würde auf Nannes Skala fast nicht zu toppen sein. Wenn sie mitbekam, dass Amalia mit Evi sprechen wollte, dann nähme sie Fährte auf und ließe sich nicht mehr abschütteln. Amalia wollte jedoch in Ruhe mit ihrer Freundin besprechen, was zu tun sei. Nicht, dass Marchetti doch noch recht behielt, und sie sich von den Dorfratschen zu viele Informationen entlocken ließ und dadurch selbst zu einer wurde. Hoffentlich kamen sie nicht gleichzeitig aus dem Laden, dachte Amalia gerade, als sich die Ladentür öffnete und Evi mit einem bis zum Rand gefüllten Korb allein aus dem Laden trat.

„*Hoila,* Evi", begrüßte Amalia sie beim Aussteigen.

Evi schaute überrascht auf. „*Hoila,* gehst auch noch einkaufen?"

„Nein, ich war gerade auf dem Weg zu dir, da habe ich dein Auto hier stehen sehen. Ich wollte nur kurz mit dir sprechen. Ich war vorher bei Marchetti."

Als Amalia Marchettis Namen erwähnte, rollte Evi mit den Augen. „Und …?"

„Können wir irgendwo reden? Am besten ohne Zeugen", fragte Amalia und deutete mit dem Kopf in Richtung von Nannes E-Bike.

Evi verstand sofort. Sie schaute auf die Uhr. „Die Kinder sind noch für eine Stunde bei Freunden. Wir können im *Dorftreff* etwas trinken gehen." Dort setzten sie sich an einen Zweiertisch in einer Ecke des Raumes und bestellten je ein Glas Weißwein.

„Also schieß los, welches Geheimnis wolltest du mir nicht vor Nanne erzählen?", fragte Evi schmunzelnd.

Amalia setzte Evi ins Bild darüber, was sie von Marchetti erfahren hatte. „Verstehst du, Evi, es ging immer um das Hexenhaus. Beide Morde hängen damit zusammen. Es ist nie um Emma, eine Vergewaltigung und Vertuschungsmord gegangen."

Als Evi die Situation bewusst wurde, wirkte sie sichtlich betroffen. „Mir war gestern Abend schon klar, dass ich keine Ruhe haben würde", sagte Evi, „Thomas hat auch gesagt, ich solle ausziehen."

„Thomas, der Lehrer?", fragte Amalia nach, die ihrer Freundin gerade nicht folgen konnte.

„Ja, gestern hat er mich angerufen und gefragt, ob wir ihn ins Archäologiemuseum nach Bozen begleiten wollten. Ich habe zugesagt, mehr aus Pflichtgefühl. Ich weiß, dass meine beiden Großen damit nichts anfangen können. Wie erwartet haben Simon und Andreas nur gemosert, dass sie das langweilige Zeug nicht interessiere und dass sie lieber zu Michl auf den Hof wollten, um zusammen mit ihm Holz zu machen. Ich habe gesagt: ‚Wenn der Lehrer uns fragt, können wir nicht absagen.' Das haben sie dann auch eingesehen. Thomas hat uns abgeholt. Ich hatte schon die Befürchtung, Simon werde seine schlechte Laune an ihm auslassen. Vor seinem Lehrer hatte er dann doch Respekt. Im Auto hatte ich das Gefühl, die beiden hätten sich in ihr Schicksal ergeben. Aber was dann passiert ist, kannst du dir nicht vorstellen, Amalia. Thomas hat sich die Zeit genommen und ihnen alles kindgerecht erklärt. Er muss sich auf den Ausflug vorbereitet haben. Was der alles gewusst hat. Leander hat inzwischen im Kinderwagen geschlafen, sodass es auch für mich entspannt war. Als die beiden Buben dann den *Ötzi* gesehen haben, waren sie ganz aus dem Häuschen von der Gletschermumie. Simon hat gar nicht mehr aufgehört zu reden, und als wir wieder zu Hause waren, hat er Michl angerufen und ihm alles haarklein erzählt. Er ist ganz begeistert von Thomas."

Nicht nur die Kinder, dachte Amalia, auch Evi schien von dem Lehrer sehr angetan.

„Deswegen habe ich ihn anschließend zum Abendessen eingeladen. Als kleines Dankeschön", erklärte Evi und sie konnte nicht verhindern, dass trotz der belastenden Situation ein Lächeln über ihr Gesicht huschte. „Nachdem die Kinder oben waren, hat er mir noch geholfen abzuspülen. Es war wirklich schön. Wir haben gelacht und geredet. Er hat einen ganz feinen Humor und er ist so gebildet, dass es überhaupt nicht schwerfällt, mit ihm zu reden. Egal über welches Thema. Er ist an allem interessiert. Es war das erste Mal, dass ich mich in diesem Haus wohlgefühlt habe. Als er dann nach Hause gehen wollte, bemerkten wir, dass ein Brief vor der Tür lag. Der erste, seit ich wieder im Haus bin. Das war wirklich ein Schock. Gerade weil ich vorher das Gefühl hatte, dass alles in Ordnung sei. Thomas war meine entsetzte Reaktion auf den Brief natürlich nicht entgangen. Er hat mich in den Arm genommen, und ich habe ihm mein Herz ausgeschüttet. Ich hab ihm von den Briefen und dem seltsamen Gefühl im Haus erzählt und auch, dass mir Marchetti geraten hatte, auszuziehen. Thomas riet mir auch dazu. Aber ich habe ihm gesagt, dass ich die Kinder nicht wieder herausreißen wolle. Das hat er verstanden und er bot mir sofort an, die Nacht bei mir zu bleiben."

Amalia versuchte die Stimmung aufzulockern und sagte mit einem schiefen Grinsen: „Wie uneigennützig."

„Natürlich auf der Couch. Aber das wollte ich nicht. Was hätte ich den Kindern in der Früh sagen sollen? Dass Thomas dageblieben ist, weil er uns vor dem Hexenhaus beschützen wolle? Nein, ich möchte ihnen keine Angst machen."

Amalia legte ihre Hand auf Evis. „Und was stand dieses Mal in dem Brief?"

„So etwas wie: ‚Was machst du hier? Verschwinde!' Ich habe ihn nur geöffnet, weil Thomas dabei war. Als ich ins Hexenhaus zurückgekehrt bin, habe ich mir fest vorgenommen, dass ich den Scheiß nicht mehr lese. Ich lasse mir keine Angst mehr machen."

Amalia zog die Augenbrauen skeptisch nach oben. Ihre Freundin verdrängte die Gefahr, anstatt sich ihr zu stellen.

Wahrscheinlich war dies für sie jedoch die einzige Möglichkeit, weiterhin in dem Haus wohnen zu bleiben.

„Übrigens, als Thomas sich verabschiedet hat, da habe ich oben im Wald eine Silhouette gesehen. Es war zu dunkel, um ihn genau zu erkennen. Aber die Größe und die Statur ... Ich bin mir sicher, dass es der Huiba war. Vielleicht hat der den Brief vor meiner Tür deponiert, während ich mit Thomas und den Kindern abendgegessen habe."

„Du vermutest also den Huiba hinter den Briefen?"

Evi nickte zustimmend. „Natürlich wäre das möglich. Er möchte das Haus unbedingt kaufen."

„Das würde bedeuten, dass der Hüter und der Mörder verschiedene Personen sind", gab Amalia zu bedenken. „Denn der Huiba hat durch Rupperts Tod nur Nachteile."

„Genau", begann sich Evi für diese Theorie zu erwärmen. „Dann wäre der Huiba der Hüter, der alles dransetzt, alle Mieter zu vergraulen, um den Verkauf voranzutreiben. Er hätte versucht, Emma mit den Briefen einzuschüchtern, weil sie gegen einen Verkauf war. Dir hätte er folglich geschrieben, um den Druck auf mich zu erhöhen, weil du meine Freundin bist. Wahrscheinlich setzt er jetzt Himmel und Hölle in Bewegung, um Erich zu überzeugen, an ihn zu verkaufen."

„Das könnte sein", sagte Amalia, wenig überzeugt von dieser Theorie. Sie war der Meinung, dass die Briefe nicht zum Huiba passten. Aber wie gut kannte sie den Bauern schon? Vielleicht täuschte sie sich.

„Felix hat gestern angerufen", sagte Evi spontan und riss Amalia aus ihren Gedanken. Es war klar, dass Evi nicht mehr über das Ganze sprechen wollte. „Er hat ein paar tolle Fotos von der Baustelle auf Instagram eingestellt, die ich kommentiert habe, woraufhin er mich gestern angerufen hat. Ich glaube, dem fällt abends allein in der Wohnung die Decke auf den Kopf."

„Wie geht es ihm denn? Gefällt es ihm?", fragte Amalia in einem eindeutig zu interessierten Ton.

„Da ist jemandem der Felix doch nicht gleichgültig." Evi schmunzelte. „Er arbeitet viel. Er hat gesagt, dass er von der Gegend noch gar nichts gesehen hat außer dem Weg von der Baustelle zu seinem kleinen Appartement. Aber es geht gut voran und macht ihm riesigen Spaß, trotz der vielen Arbeit. Er war trotzdem froh, nach Feierabend mal mit jemand anderem als mit den Bauarbeitern zu sprechen. Obwohl ... mit seiner *Mamme* telefoniert er natürlich regelmäßig, und die hält ihn über die Ereignisse in Pfunders auf dem neuesten Stand. Deshalb konnte ich ihm gar nichts Aktuelles berichten", endete Evi.

Amalia hätte am liebsten gefragt, ob Felix sich nach ihr erkundigt hatte, aber sie traute sich nicht.

„Ruf ihn doch auch mal an. Er freut sich bestimmt."

„Ich weiß nicht", antwortete Amalia, „er hat sich zwar bei mir persönlich verabschiedet, aber es ist so viel passiert. Ich weiß nicht, ob das gut wäre."

„Viel passiert mit wem ... mit Marchetti?", hakte Evi nach.

„Ich bin hin und her gerissen zwischen den beiden Männern. Lorenzo zieht mich magisch an. Die Nacht mit ihm war unglaublich. Der Sex war wirklich gut, und er gibt mir dabei das Gefühl, dass er keine Frau auf der Welt begehrenswerter findet als mich. Ich habe mich bei ihm so wohlgefühlt wie schon lange nicht mehr. Aber es ist, als gäbe es auch eine dunkle Seite an ihm. Er redet nicht viel über sich, weder über die Vergangenheit noch über seine Pläne für die Zukunft. Sein Bruder Silvio ist auch nicht ganz koscher."

„Mal ehrlich, Amalia. Was willst du von dem? Ich habe verstanden, dass der Sex mit ihm fantastisch war. Aber ich dachte, du willst Familie und Kinder? Der Mann bleibt doch auf Dauer nicht in Südtirol. Der passt doch gar nicht hierher. Sobald sich die Chance ergibt, ist er weg."

Wie immer war ihre Freundin wesentlich pragmatischer als sie, dachte Amalia. „Ja, das stimmt schon. Aber das ist gar nicht der Punkt, Evi. Über so was mach ich mir keine allzu großen Gedanken. Wenn Lorenzo die große Liebe ist, dann findet sich für so was auch eine gemeinsame Lösung", sagte Amalia, obwohl sie wusste, dass das nicht immer so leicht war. Dann fuhr sie fort: „Viel mehr Probleme macht mir meine Gefühlswelt. Als Felix sich bei mir verabschiedet hat, hat er mich in den Arm genommen und das fühlte sich so richtig an. Auf einmal war es wieder da, dieses Knistern. Ich hatte nach der Sache mit der Dr. Sommer gedacht, dass meine Gefühle zu ihm endgültig erloschen seien. Aber da ist noch etwas Leidenschaftliches, was immer auftaucht, wenn ich ihn sehe. Ach, Evi, ich habe keine Ahnung. Warum muss das mit den Männern immer so schwierig sein? Bei Lorenzo ist es ähnlich intensiv. Unwiderstehlich macht ihn allerdings gerade der Umstand, dass ich ihn nicht einschätzen kann."

Evi schüttelte ratlos den Kopf. „Amalia, in Liebesdingen bist und bleibst du eine Spielerin", sagte Evi, als ihr Handy klingelte und Simons Bild darauf erschien. „Ach du meine Güte. Wir haben uns total verquatscht. Simon ruft schon an." Sie versicherte ihrem Sohn, dass sie gleich da war, um ihn abzuholen. Amalia übernahm die Rechnung, während Evi sich eilig auf den Weg machte.

20.

Obwohl sie jetzt schon über einen Monat im Hexenhaus lebte, schaute Evi gut aus, dachte Amalia und betrachtete ihre Freundin, die auf der anderen Seite bei den Bäuerinnen kniete. Sie trug die Pfundrer Tracht, ein Dirndl mit rotem Mieder – verziert mit einer grünen Paspel, geschnürt mit roten Bändern – und einer blauen Leinenschürze über einem schweren schwarzen Wollrock. Darunter hatte sie eine reich mit Spitzen verzierte Leinenbluse an, deren Ärmelbündchen von einem roten Band mit Schleife verziert wurden. Um den Hals trug sie ein über Kreuz geschlungenes schwarzes Seidentuch. Ihre Haare hatte sie geflochten und hochgesteckt. Als ihr Blick den von Amalia streifte, konnte man Lebensfreude und Übermut darin aufblitzen sehen.

Heute war Herz-Jesu-Prozession und Petrus meinte es gut mit ihnen. Die Sonne strahlte von einem wolkenlosen Himmel. Doch wirklich genießen konnte Amalia den Anblick nicht. Ihr Magen knurrte, denn sie hatte es nicht geschafft, vor dem Gottesdienst zu frühstücken. Jetzt kniete sie schon einige Minuten auf dem Asphalt vor dem Feldaltar beim *Felder* und kleine Steinchen bohrten sich schmerzhaft in ihre Knie. Sie beobachtete, wie die über vierzig Schützen unter den Befehlen des Hauptmannes ihre Gewehre luden, eine Ehrensalve abschossen und die Büchsen wieder umhängten.

Nun ging es wieder zurück Richtung Kirche. Es war ein erhabener Anblick, wie die vielen Fahnen sich scharf und bunt vom blauen Himmel abhoben. Die Schützen waren in ihrer *schneidigen* Tracht mit Lederhosen und dem roten Leibchen, über dem sie eine braune Lodenjacke trugen, gekleidet. Dazu spielte die Pfundrer Musikkappelle. Fast alle Teilnehmer der Prozession waren in Tracht und es gab viele Statuen, die von Kindern, Frauen und Männern der verschiedenen Vereine getragen wurden. Amalia juckte es in den Fingern, als sie der beeindruckenden Prozession den Kirchbichl hinauf folgte. Zu gern hätte sie dieses stimmige Bild festgehalten, das das Traditionsbewusstsein der Pfundrer widerspiegelte. Ihr Magen knurrte schon wieder und sie warf einen sehnsüchtigen Blick hinüber zum *Dorftreff*, denn es würde noch einige Zeit dauern, bis es etwas zum Essen gäbe.

Während Pfarrer Atzwanger auf dem Platz vor der Kirche aus dem Evangelium vorlas, hatte Amalia Zeit, den Aushilfspfarrer genauer zu betrachten. Sie hatte ihn seit dem Abend in der Schnapsbar während des *Kirschtas* nicht mehr gesehen. Es war unglaublich, wie sehr das Messgewand einen Menschen veränderte. War er ihr damals lustig und nahbar vorgekommen, wirkte er nun gewichtig und würdevoll. Immer wieder hob er den Blick und ließ seine etwas tief liegenden blauen Augen über seine Schäfchen gleiten. Er hatte etwas Mystisches an sich, das die Aufmerksamkeit der Leute fesselte. Anschließend schossen die Schützen eine weitere Salve. Dann begann Pfarrer Atzwanger zu beten. Seine Aussprache war präzise und er formulierte seine Sätze so, dass es einem leichtfiel, ihm zuzuhören. Man spürte in jedem seiner Worte tiefe Überzeugung. Als sein intensiver Blick für einen Moment auf ihr ruhte, senkte sie schnell den Blick. Es schien, als spürte der Pfarrer, dass sie die letzten Minuten unaufmerksam gewesen war.

Als er geendet hatte, stellten sich die Schützen auf und der Hauptmann befahl: „Gewehr präsentiert!" Die Musikkapelle, deren Musikanten den Pfundrer Rock trugen, eine hellgraue

Lodenjacke, die mit grünen Stickereien verziert war, stimmte „Auf zum Schwur“ an. Die meisten Prozessionsteilnehmer fielen andächtig in das Gelöbnis ein.

Auf zum Schwur Tiroler Land
heb zum Himmel Herz und Hand!
Was die Väter einst gelobt,
als der Kriegsturm sie umtobt,
das geloben wir aufs Neue
Jesu Herz dir ewige Treue!
Wundermächtig immerfort
warst du deines Volkes Hort,
stets in Not und Kriegsgefahr,
schirmtest du den roten Aar.
Drum geloben wir aufs Neue
Jesu Herz dir ewige Treue!
Fest und stark zu unserem Gott
stehen wir trotz Hohn und Spott,
fest am Glauben halten wir,
unseres Landes schönste Zier.
Drum geloben wir aufs Neue
Jesu Herz dir ewige Treue!

„Hast du auch so einen Hunger?“, fragte Evi, als sie, nachdem die Kirche aus war, gemeinsam den Kirchbichl hinuntergingen.

„Ja, und wie.“

„Bei mir ist es auch jedes Mal dasselbe. Bis ich die Kinder ordentlich angezogen, meine Haare frisiert und die Tracht angelegt habe, bleibt keine Zeit mehr für ein Frühstück“, grummelte Evi.

„Komm, gehen wir schnell auf ein Croissant und einen Cappuccino in den *Dorftreff*. Ich bin zwar heute Mittag bei Hilda und Ludwig zum Essen eingeladen, aber so lange halte ich es nicht aus."

Sie ergatterten einen Platz auf der Terrasse und genossen die warme Morgensonne. Viele der anderen Messbesucher waren ebenfalls eingekehrt, sodass das Café gut gefüllt war. Mit einem *Weißn* in der Hand trat eine Gruppe junger Burschen nach draußen, um eine Zigarette zu rauchen. Dann ging die Tür wieder auf und Amalia sah Erich und den Huiba Hons herauskommen. Hans trug einen Pfundrer Rock, eine Lodenhose und dazu den Pfundrer Hut. Erich trug die Schützentracht. Sie lehnten sich ein wenig abseits an die Steinmauer und waren bald in ein Gespräch vertieft. Was die beiden wohl aushandelten?

„Ich geh schnell aufs Klo. Bestell bitte für mich mit", sagte sie an Evi gewandt. Amalia beschritt den weitmöglichsten Bogen hin zur Tür des Cafés, in der Hoffnung, wenigstens ein paar Worte aufschnappen zu können. Als sie nur noch wenige Meter von Emmas Bruder und dem Huiba entfernt war, kniete sie sich hin und nestelte an der Schleife ihrer Ballerinas herum.

„Denk noch mal darüber nach", sagte der Huiba Hans fast beschwörend. „Das ist ein super Angebot. Ich könnte den Kaufpreis ..." Plötzlich verstummte er abrupt.

Amalia schaute auf. Der Blick beider Männer war auf sie gerichtet. Während Erich sie erstaunt anblickte, wirkte der Huiba Hans zornig. Ihr wurde eiskalt unter seinem bedrohlichen Blick. War das der Mann, der ihr diesen scheußlichen Brief geschrieben hatte? Sie richtete sich auf, strich ihren Dirndlrock glatt und lächelte den beiden Männern betont fröhlich zu.

Dann hastete sie ins Café und hatte das Gefühl, Huibas bohrenden Blick auf ihrem Rücken zu spüren. Erleichtert schloss sie die Tür hinter sich. Evi hatte recht gehabt, der Huiba konnte es gar nicht erwarten, den Erich mürbe zu machen, damit er ihm das Haus verkauft. Erich hatte innerhalb weniger Wochen seinen Bruder und seine Schwester verloren. Wie kalt musste der Huiba sein, wenn man so kurz danach versuchte, den letzten verbliebenen Erben zum Verkauf zu überreden?

Als Amalia von der Toilette zurückkehrte, war der Huiba verschwunden und Erich rauchte, an die Mauer gelehnt, eine Zigarette.

„Der Huiba hat sich ganz schön aufgeregt, dass du uns belauscht hast", sagte er mit einem Schmunzeln.

„Entschuldige, aber der Kerl ist wirklich unverfroren, dich so kurz nach dem Tod von deinen Geschwistern mit dem Verkauf zu belagern."

Erich nickte. „Mitgefühl ist nicht so dem Huiba seine Sache", stimmte er ihr zu.

„Die Emma hat gesagt, du willst nicht verkaufen. Verkaufst du ihm das Haus jetzt doch?"

„Du bist gut informiert. Stimmt. Ich wollte nicht verkaufen, weil die Mara mir kurz vor ihrem Tod erzählt hat, dass bei uns im Garten die Knochen von einigen Babys liegen. Anscheinend hat Rosa dort Kinder, die bei der Geburt gestorben sind, begraben. Dieser Gedanke war für mich unerträglich. Mir war es wichtig, dass die Toten irgendwo ihre Ruhe finden können. Deshalb wollte ich mich um eine Umbettung kümmern, wusste aber nicht, wie ich es angehen sollte, ohne Maras Vertrauen zu missbrauchen. Aber das hat mir der Ludwig mit dem Bau der Schaukel sozusagen abgenommen", erklärte ihr Erich.

„Das heißt, einem Verkauf steht nichts mehr im Wege?", hakte Amalia nach.

Erich grinste. „Du willst es aber genau wissen. Eigentlich nicht, aber so schnell verkaufe ich nicht und schon gar nicht an den Huiba. Außerdem wohnt die Evi doch erst seit Kurzem drin. Das ist schon gut so."

Amalia dachte, dass Erich mit seiner bodenständigen Art sympathisch war. „Magst dich mit zu Evi und mir setzen? Wir haben gerade einen Kaffee bestellt", lud Amalia ihn ein.

„Gerne", antwortete er und kam mit an den Tisch.

Nachdem sie sich gestärkt hatten, beschlossen sie, sitzen zu bleiben, bis Amalia zu Hilda aufbrechen musste. Es war so angenehm, in der Sonne zu sitzen und sich in Ruhe zu unterhalten. Evis Kinder waren mit einem Eis in Richtung Schulhof verschwunden und die drei bestellten sich noch einen *Weißn.* Fast widerwillig verabschiedete sich Amalia um kurz vor zwölf und machte sich zu Fuß auf den Weg zu den Raffeiners.

Hilda erwartete sie schon an der Haustür. Die Trauer um ihren Sohn, der im vergangenen Jahr verstorben war, hatte neue Falten in ihr Gesicht gegraben. Doch als sie Amalia sah, kam ein Strahlen über ihr Gesicht. „Schön, dass du da bist. *Kimm inne, kimm inne, Gitsche*", sagte sie und umarmte ihren Gast herzlich.

In der gemütlichen holzgetäfelten Stube wartete Ludwig bereits. Der große, trotz seiner einundachtzig Jahre immer noch sportlich wirkende Mann schaute ungeduldig auf die Uhr. „Schon nach zwölf", *grantelte* er.

Amalia, die wusste, dass Ludwig auf ein Essen um Punkt zwölf Uhr Wert legte und dass er unausstehlich wurde, wenn er warten musste, entschuldigte sich hastig, obwohl es erst fünf nach war. Er nickte ihr zu und schenkte ihr ein Lächeln, das sein ganzes Gesicht veränderte. Wirkte er normalerweise hart und unnachgiebig, ließ sein Lächeln Schalk und Heiterkeit erkennen.

Der Tisch bog sich unter all den Köstlichkeiten, die Hilda aufgefahren hatte. Zuerst gab es eine Weißweinsuppe und anschließend Gulasch mit Knödeln. Wenngleich sich Amalia ansonsten vegetarisch ernährte, machte sie bei Wild eine Ausnahme, da die Tiere frei lebten und ohne Qual zu Tode kamen. Das zarte Rehfleisch, von einem *Jahrling,* den Ludwig geschossen hatte, zerging buchstäblich auf der Zunge. Obwohl Amalia schon pappsatt war, konnte sie es sich nicht verkneifen, noch einen dritten Knödel zu nehmen. Das war ein Essen, das wie ‚heimkommen' schmeckte. Da sie nach dem Tod ihrer Oma selbst meist schnell und kalorienbewusst kochte, war hausgemachtes Südtiroler Essen wahrer Luxus, dachte Amalia. Sie hatte sich ein wenig gesorgt, dass es nach Hannes' Tod schwierig für sie sein könnte, Zeit in seinem Elternhaus zu verbringen. Doch von Anfang an war ein lebhaftes Gespräch aufgekommen, außerdem half die aufrichtige Freude von Ludwig und Hilda über Amalias Anwesenheit, sodass sie sich richtig wohlfühlte.

Als sie sich mit einem Kaffee auf die Terrasse setzten, fühlte sich Amalia rundum satt und glücklich. Hildas Garten war ein Traum. Überall standen Terrakottatöpfe mit kunstvollen Blumenarrangements. Alle Farben der Natur waren üppig vertreten, leuchtend rote und pinke Geranien am Balkon, Petunien in tiefem Violett, gelbe Husarenköpfchen, weiße Margeriten und unzählige Blumen mehr, die Amalia nicht benennen konnte. „So lässt es sich aushalten", seufzte sie zufrieden.

Für einige Minuten herrschte entspanntes Schweigen.

„Gestern habe ich mit Felix telefoniert“, sagte Ludwig dann unvermittelt mit seiner leicht rauen Stimme.

Damit war die Entspannung dahin, dachte Amalia genervt. „Und?“, fragte sie gleichgültig. Sie wusste, was kommen würde.

„Ein Teufelskerl. Er hat einen Folgeauftrag an Land gezogen, weil unser Auftraggeber so beeindruckt von seiner Zielstrebigkeit war. Übergabe war eine Woche vor dem vereinbarten Termin. Das hat es noch nie gegeben.“ Ludwig schmunzelte. „Nicht einmal, wenn ich mich persönlich darum gekümmert habe. Der Bursche muss Tag und Nacht gearbeitet haben.“

„Das freut mich für dich“, sagte Amalia lustlos.

„Woasch, Gitsche“, Ludwig sah Amalia aus seinen auffallend grünen Augen an, „ich bin auch nicht mehr der Jüngste. Ich verspreche meiner Hilda schon seit Jahren, kürzer zu treten und Verantwortung abzugeben. Ich dachte natürlich immer, Hannes ...“ Er brach ab und Amalia meinte zu sehen, dass seine Augen feucht wurden. Hilda legte ihre Hand liebevoll auf die ihres Mannes und drückte sie.

„Was ich sagen wollte“, fuhr Ludwig nun fort, sein Blick war klar und seine Stimme fest, „ich könnte mir vorstellen, langfristig Verantwortung an Felix abzugeben. Ich brauche schließlich irgendwann einen Nachfolger.“

„*Dai,* Ludwig, ich weiß, dass du den Felix magst, und ich freue mich, wenn eure Zusammenarbeit so gut läuft, aber ...“

„Sei nicht so stur. Du bist der gleiche Dickschädel, wie deine Großmutter, die Zille, es war“, sagte er streng, doch ein warmes Lächeln nahm seinen Worten die Schärfe. „Mach nicht die gleichen Fehler wie sie. Ich weiß, dass dich der Felix mit seiner Liebelei mit dieser deutschen Biologin gekränkt hat, aber mach deswegen nicht alles kaputt. Ich kenn den Felix, seit er laufen kann. Er war all die Jahre Hannes' bester Freund und ist bei uns immer ein und aus gegangen. Er ist ein anständiger Mann geworden, der es weit gebracht hat. So einen wünsche ich dir."

Einerseits rührte es Amalia, dass dieser schroffe, oft harte Mann sich so um ihre Zukunft sorgte, andererseits passte es ihr gar nicht, dass sich jeder in ihr Privatleben einmischte.

„Ludwig hat recht", fing nun auch Hilda an. „Man hat im Leben nicht oft die Möglichkeit, Glück zu finden. Wenn man sie aber hat, sollte man sie mit beiden Händen ergreifen. Verletzter Stolz hat schon so manchen in die Irre geführt."

„Ganz genau!", sagte Ludwig vehement. Amalia sah Ludwig prüfend an. Dachte er an seine eigene Vergangenheit?

„Das mit dem *wallischen Karpf* kann doch nicht dein Ernst sein", fuhr er dann fort. „Der passt nicht nach Pfunders und nicht in dein Leben. Bei der nächsten Beförderung ist der wieder weg. Außerdem kommt der aus keinem guten Stall. Ich hatte mal geschäftlich mit seinem Bruder zu tun. Ganz ein zwielichtiger Typ. Umgibt sich mit Leuten, um die ich einen großen Bogen machen würde. Bestechung ist bei der Auftragsvergabe an die Firma Marchetti das kleinste Vergehen, das ich vermuten würde." Er warf ihr einen bedeutungsschweren Blick zu.

„Ich weiß, ihr beide meint es gut mit mir. Aber momentan weiß ich selber nicht genau, was ich will. Lasst mir ein bisschen Zeit", sagte Amalia, ohne auf Ludwigs Vorwürfe gegen die Marchettis einzugehen.

„Sie hat recht. Diese Entscheidung kann sie nur alleine treffen", half ihr Hilda.

„Aber …“, begann Ludwig, schwieg dann aber doch, als er einen fast drohenden Blick seiner Frau auffing.

Danach wechselte Hilda geschickt das Thema auf die anstehenden Parlamentswahlen. Sie plauderten noch ein Weilchen über unverfänglichere Themen, bis Amalia sich gegen drei Uhr verabschiedete.

Als sie wieder zu Hause war, wechselte sie vom Dirndl in die Jogginghose. Welch eine Erleichterung ein Gummibund nach dem engen Dirndl doch war, dachte sie erleichtert und legte sich auf die Couch. Obwohl sie müde war, blieb sie innerlich angespannt. Die Worte von Ludwig gingen ihr nicht aus dem Kopf. Auch wenn sie es sich vorhin nicht hatte anmerken lassen, hatte sie sein hartes Urteil über Marchetti und dessen Familie sehr getroffen. Besonders, weil sie mehr auf seine Warnungen als auf Nannes Unkereien gab. Seine Worte hatten sie tief beunruhigt. Er schien überzeugt, dass bei den Marchettis nicht alles legal zuging. Sie dachte an die Limousine, die Lorenzo zu seinem Geschäftsessen abgeholt hatte. Das, was sie immer an Lorenzo angezogen hatte, war das Geheimnisvolle gewesen. Sie hatte dies bisher nie als bedrohlich empfunden. Doch sie spürte, dass in ihrem Inneren nun Zweifel aufkeimten.

Amalia holte sich ihren Laptop. Nach einigen Stunden Recherche hatte sie genügend zusammengetragen, um Ludwigs Verdacht als bestätigt anzusehen. Sie hatte einige Artikel von verschiedenen Journalisten gefunden, die ihre Verwunderung darüber zum Ausdruck brachten, dass die Familie fast jede lukrative staatliche Ausschreibung gewann. Dann gab es Berichte über Prozesse, in denen die Marchettis angeklagt wurden, weil es zu Unregelmäßigkeiten gekommen war. Es ging um Bestechung, doch die Familie konnte die Vorwürfe stets widerlegen. Ein weiterer Prozess war letztes Jahr im Herbst geplatzt. Anscheinend wurde bei manchen Baustellen nicht die vorgeschriebene Qualität an Stahl und Beton verwendet, teilweise auch minderwertigere Materialien, was den Marchettis laut Zeitungsbericht Unsummen ersparte. Doch einen Tag bevor der Hauptbelastungszeuge seine Aussage vor Gericht machen sollte, verschwand dieser. Daraufhin wurden die Marchettis aus Mangel an Beweisen in allen Anklagepunkten freigesprochen. Amalia hatte nichts darüber herausgefunden, ob der Zeuge irgendwann wieder aufgetaucht war.

Ob Nannes Vermutungen stimmten und es eine Verbindung zur Mafia gab, konnte sie nicht herausfinden. Sie hatte zwar einige Fotos von Silvio gefunden, wie er die Firma bei offiziellen Anlässen vertrat. Neben ihm standen mächtige Männer aus der kalabrischen Geschäftswelt. Sie hatte die Namen im Internet gesucht und tatsächlich – bei zweien wurde von einem Journalisten Verbindungen zur Mafia vermutet. Doch diese Fotos waren für sich allein genommen nicht aussagekräftig. Wenn die Marchettis aber zur Mafia gehörten, was hatte Lorenzo damit zu tun? Wurde von ihm erwartet, dass er, wie Nanne vermutete, die *famiglia* schützte und half, brisante Sachen unter den Teppich zu kehren? War er nach Vintl strafversetzt worden oder wollte die Familie ihn aus der Schusslinie nehmen? Hatte sie Lorenzo zu schnell vertraut? Eigentlich wusste sie nur sehr wenig über ihn. Gehörten die Marchettis tatsächlich zur italienischen Unterwelt oder sah sie jetzt auch schon Gespenster? Sie blickte aus dem großen Fenster. Es war früher Abend, die *Eggerseite* und die Berge lagen noch in hellem Sonnenlicht. Alles wirkte friedlich und beruhigend. Ihre Gedanken kamen ihr auf einmal dumm und weit hergeholt vor.

„Mafia, dass ich nicht lache“, schimpfte sie sich selbst.

Sie beschloss, eine Runde durch die *Wurzstauden* zu drehen, um ihre dunklen Gedanken zu verscheuchen.

21.

Am späteren Abend war sie bei Evi eingeladen. In Südtirol war es Brauch, in der Herz-Jesu-Nacht auf den Berggipfeln ein Feuer zu entzünden, um an das Herz-Jesu-Gelöbnis zu erinnern. Amalia hatte als junges Mädchen gerne mit Freunden ein Bergfeuer gemacht. Bei Tag hatten sie Holz hinaufgetragen, gewartet, bis es endlich dunkel wurde, und dann die Nacht dort verbracht. Für Amalia waren das immer magische Nächte gewesen. Einem Feuer beim Brennen zuzuschauen und das Spiel der Flammen und der Glut zu beobachten hatte einen archaischen Zauber, dem man sich fast nicht entziehen konnte. Zu wissen, dass die Leute vom Tal heraufschauten und sich über das Licht am Gipfel freuten, die Gespräche mit den Freunden bei Bier und Würstchen sowie die ersten Strahlen der Morgensonne oben am Berg gehörten zu ihren schönsten Jugenderinnerungen. Da Evis Kinder für ein solches Unterfangen noch zu klein waren, wollte Evi auf dem Feld neben dem Hexenhaus ein Feuer machen. Dazu hatte sie Amalia und Freunde mit kleineren Kindern eingeladen.

Als Amalia gegen neun Uhr dort ankam, war schon ein großer Haufen mit Holzscheiten errichtet worden. Fleißig hatten die Kinder Feuerholz, Äste aus dem Wald und *Tschurtschen* aufgeschichtet. Irgendjemand hatte noch zwei Paletten dazugegeben, sodass der Holzhaufen eine ordentliche Höhe erreichte.

Evi drückte ihr ein Bier in die Hand und beobachtete mit fröhlichem Lächeln ihre drei Buben, die mit mehreren anderen Kindern Fangen spielten. „Die Kinder haben einen

Riesenspaß. Sogar Leander hat geholfen, das Holz aufzuschichten."

Amalia nahm einen großen Zug vom Bier und schaute zum Himmel. Es wurde zwar schon dämmrig, aber es würde noch dauern, bis es dunkel genug war, um das Feuer zu entzünden.

„*Ciao,* Amalia", hörte sie Marchettis tiefe Stimme neben sich.

Erleichtert lächelte sie ihn an. Bevor sie zu Evi gefahren war, hatte sie ihm spontan eine Whatsapp-Nachricht geschickt und ihn hierher eingeladen. Nach dem, was sie heute Nachmittag über seine Familie herausgefunden hatte, hatte sie das dringende Bedürfnis verspürt, ihn persönlich zu sehen. Sie hoffte, dass, wenn sie mit ihm reden konnte, sich ihre Befürchtungen in Luft auflösten. Dass er nicht geantwortet hatte, hatte sie verunsichert. Aber nun war er da. „Schön, dass du da bist. Ich hol dir was zu trinken."

Da Marchetti in Zivil – in dunkelblauen Chinos und einem weißen Hemd – gekommen war, durfte er sicher Alkohol trinken und sie beschloss, ihm ein Bier zu holen.

Bei den Bierkästen wurde sie von Gerda abgefangen, die auch gerade etwas holte. „Was tut denn der *wallische Karpf* da?", zischte sie. „Der schafft es nicht, den Mörder von Ruppert und der Emma zu finden, und macht sich stattdessen an die *Weibo* ran."

Amalia schluckte und überhörte geflissentlich, dass Gerda von Frauen in der Mehrzahl gesprochen hatte. Sie setzte ihr freundlichstes Lächeln auf und flötete: „Ich habe ihn eingeladen. Vielleicht ist es ganz gut, wenn er ein bisschen Kontakt zu den Einheimischen hat. Eventuell erfährt er etwas, was ihm weiterhelfen kann."

„*Plentn.* Bei dem ist Hopfen und Malz verloren. In jedem Krimi heißt es, in den ersten vierundzwanzig Stunden nach einem Mord finde man die entscheidenden Hinweise, und der *figo* ist nach einem Monat noch nicht weiter. Das wird nichts mehr. Ich stimme mit der Stoana Nanne überein, dass der gar kein Interesse daran hat, bei uns etwas aufzuklären. Der verfolgt private Interessen für seine *famiglia.*"

„Gerda, red nicht von Dingen, von denen du nichts verstehst", schimpfte Amalia aufbrausend. „Du hast ihm doch nie eine Chance gegeben. Wenn du ihn kennen würdest ..."

„Was dann? Würde ich seinem Charme erliegen wie du? Du denkst doch nicht klar, wenn es um den *Maresciallo* geht."

Amalia atmete tief durch. „Das geht dich gar nichts an", sagte sie – da sie sich ertappt fühlte –, drehte sich um und ging zu Marchetti zurück.

Als sie ihm das Bier in die Hand drückte, hob er fragend eine Augenbraue. „Ich bin wohl nicht willkommen."

Mist. Er hatte anscheinend etwas von ihrem hitzigen Austausch mit Gerda mitbekommen. „Ach was. Ist bloß die Gerda und die hat immer etwas zu meckern. Mach dir nichts draus." Immer noch wütend schaute sie zu Gerda hinüber. Ihr Mann trank gerade gelangweilt einen Schluck aus der Bierflasche, während seine Frau unaufhörlich auf ihn einredete.

Sie trat näher zu Marchetti. „Lass uns den Abend genießen. Nicht mehr lange, und sie entzünden das Feuer."

Er legte seinen Arm um ihre Schultern. Für einen Moment genoss sie seine Wärme und seine Nähe. Sie fühlte sich wohl bei ihm und dachte an ihr Wochenende in Verona. Doch die nagenden Zweifel in ihrem Inneren gaben einfach keine Ruhe. Sie trat einen Schritt zurück, sodass sie ihm direkt in die Augen sehen konnte. „Ich muss dich was fragen." Sie konnte sehen, wie Abwehr und Anspannung in Lorenzos Blick zurückkehrten. „Ich habe heute ein wenig über deine Familie recherchiert", begann Amalia zögerlich. Wie sie das so sagte, kam sie sich schäbig vor. Sollte sie ihm nicht vertrauen, anstatt hinter seinem Rücken Informationen zu sammeln?

„Naturalmente", sagte er resigniert.

„Ich habe über die Prozesse wegen angeblicher Schmiergeldzahlungen gelesen. Und von dem Prozess, in dem euch vorgeworfen wurde, dass ihr minderwertiges Baumaterial verwendet. Kannst du mir nicht erzählen, was bei euch los ist?" Amalia spürte, wie sie rot wurde. Auch wenn sie ihre Frage so vorsichtig wie möglich formuliert und das Wort „Mafia" tunlichst vermieden hatte, steckten darin harte Anschuldigungen. Und mit dem „ihr" hatte sie Lorenzo mit seiner Familie in einen Topf geworfen.

Das Herabsinken seiner Schultern ließ sie seine Antwort erahnen, bevor er zu sprechen begann: „Amalia, ich habe *finito*. Ich kann nicht ständig deine Vorwürfe und deine Misstrauen aushalten. Zuerst gegen meine Bruder, den du hieltest für eine Vergewaltiger, jetzt gegen meine ganze Familie. Es ist genug. Du müsstest mir kennen besser." Er sah sie einen Moment lang zornig an, dann stellte er seine halb volle Flasche mit kontrollierten Bewegungen auf einen Baumstumpf und ging das Feld hinunter zu seinem Auto.

Amalia beobachtete, wie er einstieg und, ohne sich noch einmal umzuwenden, wegfuhr. Das hatte sie gründlich verbockt, dachte sie verärgert über sich selbst. Ihre Neugier hatte mal wieder die Oberhand gewonnen. Hätte sie nicht warten können, bis sie zu zweit waren, um in einem ruhigen

Gespräch auf das Thema zu sprechen zu kommen, anstatt ihn aus heiterem Himmel mit Vorwürfen zu bombardieren? Nein, hätte sie nicht. Getrieben von ihrer Ungeduld hatte sie die Antworten sofort gebraucht und ihn damit verletzt, dachte sie selbstkritisch. Sie sah sich suchend nach Evi um. Die hatte alle Kinder um sich versammelt und verteilte Streichhölzer und *Diavolina*. Dann zündeten sie mehrere trockene Äste und Papier im Inneren des Holzhaufens an. Einige Momente lang knisterte es nur, aber dann begann das Feuer zu brennen. Die Kinder hüpften aufgeregt herum und die Erwachsenen traten näher. Die Wärme des Feuers in der schnell kühler werdenden Nacht erzeugte ein wohliges Gefühl.

„Schaut, da ist ein Feuer", schrie Simon freudig.

Amalia sah hinauf auf die Berge. Auf dem *Tschorn* brannte ein Feuer, ein zweites konnte sie beim *Meusa Albl* erkennen.

„*Dio*, der Tiroler Adler", hörte sie es ehrfürchtig von Andreas. Er deutete aufgeregt Richtung *Gampiel*. Dort brannten viele Feuer, die gemeinsam einen riesigen Adler formten.

„Das müssen hundert Feuer sein", sagte Gerda beeindruckt.

„Das sind die Schützen", wusste jemand. „Wie sie das wohl hinbekommen haben? Man erkennt den Adler ganz deutlich. Auf dem *Pferra* und in der *Sente* brennt auch ein Feuer."

Amalia fühlte sich trotz der vielen Menschen um sie herum alleine. Wo war Evi? Sie brauchte jemanden, dem sie ihr Leid klagen konnte. Evi saß auf einem Baumstamm nahe dem Feuer, neben ihr Thomas Gruber, der Lehrer. Er hatte den Arm um sie gelegt. Im roten Schein des Feuers konnte Amalia sehen, dass Evi ihm gebannt lauschte. Sie schienen von den schreienden Kindern um sich herum nichts mitzubekommen. Da würde ich nur stören, dachte Amalia.

Ihr Gefühl der Einsamkeit verstärkte sich. Ich verabschiede mich schnell und geh ins Bett, dachte sie. Morgen schaut die Welt schon wieder anders aus, versuchte sie sich mit einem Spruch ihrer Oma Zille zu trösten.

Als sie näher ans Feuer trat, sah sie Michl etwas abseits im Schatten stehen. Er wirkte so einsam, wie sie sich fühlte. Er beobachtete Evi und den Lehrer mit einer traurigen Miene. Amalia zögerte einen Moment, dann ging sie weiter, als hätte sie ihn nicht gesehen. Sie verabschiedete sich von Evi, wechselte ein paar Worte mit Thomas und wandte sich zum Gehen. Als sie über das Feld zum Auto ging, musste sie aufpassen, nicht über eine Unebenheit zu stolpern. Nach der Helligkeit des Feuerscheins mussten sich ihre Augen erst wieder an die Dunkelheit gewöhnen.

„Buh“, sagte jemand. Amalia zuckte zusammen und schrie erschrocken auf.

„*Hoila,* Amalia. Seit wann bist du denn so schreckhaft?“, fragte eine vertraute Stimme amüsiert.

„Felix?“ Tatsächlich. Da stand Felix mit einem breiten Grinsen vor ihr.

„Das ist ja typisch“, regte sie sich auf. „Erst hört man wochenlang gar nichts von dir und dann erschreckst du einen zu Tode.“

„Ich finde es auch schön, dich wiederzusehen“, sagte Felix ungerührt.

Amalia musste lachen. Ihr Zorn verrauchte so schnell, wie er gekommen war.

„Willst schon heim?“, fragte Felix.

„Ja. Mir langt’s für heute.“

„Bleib noch ein bisschen. Ein Bier. Dann gehe ich mit dir mit. Schließlich haben wir den gleichen Heimweg.“

Sie zierte sich ein wenig, ließ sich dann aber doch überreden und kehrte mit Felix zusammen zum Feuer zurück. Er wurde mit großem Hallo begrüßt. Besonders Michl schien sich zu freuen, seinen Freund wiederzusehen. Felix plauderte mit ein paar Leuten, bevor er sich zu Amalia ans Feuer stellte. Er erzählte ihr ein wenig von seiner Zeit in Slowenien, aber sie wurden immer wieder unterbrochen, weil jemand hinzukam, der Felix nach seiner langen Abwesenheit begrüßen wollte. Schließlich waren sie eine Gruppe von mehr als zehn Leuten. Amalia war schon beim dritten Bier angelangt, obwohl nur eines geplant war, und die Stimmung war ausgelassen. Während sie den Tanz der Flammen beobachtete und die Wärme des Feuers genoss, sinnierte sie über den Unterschied nach, den es machte, ob Marchetti oder Felix an ihrer Seite war. Mit Felix war sie mitten im Geschehen. Er war in Pfunders überall beliebt und angesehen. Marchetti hingegen würde immer entweder auf offene Ablehnung, wie von Gerda und Nanne, oder auf heimliches Misstrauen, wie von Evi und Ludwig, stoßen. Auch sie selbst fühlte sich anders. Hatte sie sich vorher einsam gefühlt, fühlte sie sich jetzt als Teil einer Gruppe. Sie lachte und scherzte mit alten Bekannten, erfreute sich an den Bergfeuern und hatte plötzlich wieder Spaß.

Es war schließlich Felix, der zum Aufbruch drängte. Zuerst gingen sie schweigend nebeneinanderher. Der Weg vom Hexenhaus zum Dorf war tiefschwarz, es gab keine einzige Straßenlaterne. Dafür konnte man unendlich viele Sterne sehen, da sie kein künstliches Licht überstrahlte.

„Tut richtig gut, ein Stück zu gehen. War heute den ganzen Tag im Auto“, sagte Felix schließlich.

„Ich war heute Mittag bei Ludwig und Hilda zum Essen eingeladen, sie haben gar nicht gesagt, dass du kommst.“

„War eine spontane Entscheidung. Der eine Auftrag ist so gut wie fertig und der nächste beginnt erst in ein paar Tagen. Da hat es mich nach Hause gezogen."

Amalia schwieg. Sie hätte gerne gesagt, dass sie froh war, dass er zurück war. Aber sie fand, dass ihr solche Bemerkungen nicht zustanden. Schließlich war sie heute Abend mit Marchetti verabredet gewesen. Als könnte er ihre Gedanken lesen, fragte Felix: „Wie läuft es denn mit deinem *Maresciallo*. Die *Mamm*e hat kein anderes Thema mehr."

„Es ist momentan schwierig", antwortete Amalia ausweichend.

„Wenn man weiß, was man will, ist es meistens einfach."

„Da redet der Richtige", schoss Amalia zurück.

Felix lachte sein tiefes Lachen, sagte aber nichts.

Schweigend gingen sie weiter. Bevor sie beim *Parth* auf den alten Weg abbogen, begegneten sie einem dunkel gekleideten Mann, der mit gesenktem Kopf und eiligen Schrittes an ihnen vorbeiwollte. Dabei streifte er Amalia am Arm. Der Mann blieb aber nicht stehen, sondern ging wort- und grußlos Richtung Kirche weiter.

„Wer war denn das?", fragte Amalia mehr verwundert als verärgert.

„Ich glaub, der Pfarrer."

Amalia sah der großen hageren Gestalt hinterher.

„Wo will der denn noch so spät hin?"

„Boh."

Amalia fragte Felix ein wenig nach seiner Zeit im Ausland und der antwortete bereitwillig. Er erzählte von der schwierigen Anfangszeit und dass Ludwig ihn ins kalte Wasser geworfen hatte. Amalia konnte den Stolz in Felix Stimme hören, als er erzählte, wie er die Herausforderungen des großen Projektes gemeistert hatte. In Rekordzeit hatten sie ein Chalet-Dorf gebaut und weitere Aufträge an Land gezogen. Wie nebenbei waren sie an Amalias Gartentor angekommen, aber sie unterbrachen ihr Gespräch nicht. Es war, als würden beide den Moment der Verabschiedung hinauszögern wollen. Amalia berichtete von ihren Schwierigkeiten, als Fotografin in Südtirol Fuß zu fassen, und Felix hörte aufmerksam zu. Sie betrachtete ihn – obwohl sie sein Gesicht der Dunkelheit wegen nur ungenau sehen konnte, hätte sie jede Linie, jedes Lächeln, jedes Stirnrunzeln genau beschreiben können. Er war ihr auch deshalb so nah, weil sie ihn so gut kannte, und er fehlte in ihrem Leben.

Sie hörten die Kirchturmglocke zwei Uhr schlagen und Amalia wurde bewusst, dass sie ewig vor dem Gartentor gestanden haben mussten.

„Es ist spät", sagte sie fast gegen ihren Willen.

Felix nickte bedauernd. „Gute Nacht, Amalia."

„War schön, dass wir endlich mal ein *bissl* Zeit zum Reden hatten. Gute Nacht." Sie lächelte ihn an, öffnete die Gartentür und ging Richtung Haus.

„Amalia …", sagte er leise.

Sie wandte sich um.

Er sah sie mit einem so sehnsüchtigen Blick an, dass sie unbewusst wieder einen Schritt auf ihn zumachte.

Ihre Blicke trafen sich und bevor sie es sich überlegen konnte, küsste er sie. Leidenschaftlich und mit einem Verlangen, das ihrem eigenen gleichkam. Köstliche Minuten verstrichen, bis Felix mit einem schiefen Grinsen sagte: „Bring dein Leben in Ordnung, entscheide, was du willst, dann ruf mich an und wir treffen uns. Ohne Gartenzaun zwischen uns." Er zwinkerte ihr zu und verschwand im Nachbarhaus.

22.

Pünktlich um 19 Uhr fand sich Amalia im Hexenhaus ein. Sie hatte ihrer Freundin Evi versprochen, heute Abend auf die Kinder aufzupassen. Thomas hatte Evi eingeladen, mit ihm in Innsbruck essen zu gehen, und sie war schon seit Tagen ganz aus dem Häuschen deswegen. Schließlich war dies ihr erstes richtiges Date seit ihrer Trennung von Michl. Vorgestern hatte Evi ganz aufgeregt angerufen, Amalia solle alles liegen und stehen lassen und zu ihr kommen. Amalia hatte sich bei dem Anruf erschrocken, hatte sie doch zuerst gedacht, dass in diesem vermaledeiten Haus wieder etwas passiert sei. Doch Evi hatte für die heutige Verabredung lediglich Hilfe bei der Kleiderwahl benötigt. Immer wieder hatte ihre Freundin sämtliche Outfits anprobiert, die für einen solchen Anlass infrage kamen, aber nichts aus ihrem Kleiderschrank hatte ihr zugesagt. Deshalb war Evi gestern extra noch nach Bruneck gefahren und hatte dort eine schulterfreie flaschengrüne Bluse mit Dreiviertelärmel erstanden. Dazu hatte sie eine eng anliegende schwarze Jeans getragen, die Evis mädchenhafte Figur perfekt zur Geltung brachte. „Elegant, aber nicht overdressed", hatte Amalia unter das Whatsapp-Bild geschrieben, das Evi ihr geschickt hatte.

„Gut, dass du es nicht vergessen hast", sagte Evi und bat sie herein.

Amalia schmunzelte. Evi hatte sie heute dreimal angerufen, um sie daran zu erinnern.

„Was meinst du, Amalia, ist der Lippenstift zu rot? Zu auffällig?"

„Nein, alles perfekt, Evi", versuchte Amalia ihre Freundin zu beruhigen, die wie ein aufgescheuchtes Huhn durch die Wohnung lief. Evi sah wirklich sehr schön aus. Auch nach drei Kindern hatte sie immer noch eine beneidenswerte schlanke Figur. Ihre glatten strohblonden Haare trug sie seit der Trennung länger, sodass sie ihr jetzt ein Stück über ihre Schultern reichten. Ihr fein geschnittenes Gesicht mit den blauen Augen war dezent geschminkt, nur die Lippen waren betont.

Hektisch gab ihr Evi die letzten Anweisungen.

„Habe verstanden. Alles liegt parat zum Kochen. Leander geht gleich danach zu Bett. Die beiden Großen spätestens um neun Uhr. Keine Sorge, ich komme schon zurecht mit den dreien", fasste Amalia Evis Order zusammen, als es plötzlich klingelte.

Evi warf einen letzten Blick in den Spiegel und öffnete die Tür. Thomas trat ein, gab ihr zwei Wangenküsse zur Begrüßung und kam ins Wohnzimmer. Er überreichte Evi einen extravaganten Strauß aus drei gebundenen weißen Callas.

„Der ist aber schön. Vielen Dank, das hätte es doch nicht gebraucht", strahlte Evi und suchte eine schmale hohe Vase für die edlen Blumen.

Amalia sah, dass Thomas sich freute, weil sein Strauß bei Evi so gut ankam.

„Wenn etwas passiert – ich hab mein Handy dabei", sagte Evi und stellte die Vase mit den Blumen auf die Kommode.

Amalia rollte mit den Augen. „Was soll denn passieren? Jetzt geht schon, ihr beiden, und macht euch einen schönen Abend. Ich schaukle das hier schon", bekräftigte Amalia und kam sich vor wie eine Mutter, die ihre beiden Teenager zu ihrem ersten Date verabschiedete.

Es war schön, Evi wieder so fröhlich und glücklich zu sehen. Auch wenn sie Thomas anfangs etwas skeptisch gegenübergestanden war, musste Amalia inzwischen einräumen, dass der Lehrer mit seiner sportlichen Figur durchaus attraktiv war und eine angenehme Art hatte.

Kaum waren die beiden gegangen, hörte sie aus dem Wohnzimmer ein lautes Klirren. Leander begann erschrocken zu weinen. Er hatte die weißen Blüten anfassen wollen und dabei die Vase hinuntergeworfen. Amalia nahm ihn auf den Arm und beruhigte ihn.

„Mama ... böse mit mir", wimmerte er.

„Nein, ist doch nicht so schlimm, Leander. Wir heben die Blumen auf und stellen sie in eine andere Vase." Nach einiger Zeit beruhigte sich der Kleine und das Schluchzen, das seinen ganzen Körper schüttelte, ließ nach. Sie setzte ihn auf die Couch, holte einen Lappen und trocknete den Boden damit, so gut es ging. Danach holte sie eine andere Vase, die zwar viel zu klein und zu breit für die langstieligen Blumen war, aber besser als nichts, dachte Amalia.

„Wann gibt es denn endlich Essen? Wir haben schon Hunger", beschwerte sich Andreas, sobald sie die letzten Scherben aufgekehrt hatte.

„Gleich mach ich euch was", sagte Amalia und hörte das Handy in ihrer Handtasche klingeln, „ich muss nur noch schnell ans Telefon." „Marchetti", stand auf dem Display. Sie hielt kurz inne. Seit er in der Herz-Jesu Nacht wütend nach Hause gegangen war, hatten sie keinen Kontakt mehr gehabt. Sie hatte schon ein-, zweimal das Telefon in die Hand genommen und überlegt, ob sie den ersten Schritt machen sollte. Schließlich hatte sie ihm einiges an den Kopf geworfen. Doch anstatt ihr zu erzählen, was sie wissen wollte, war er aufgebracht abgezogen und hatte sie einfach stehen lassen.

Doch um ehrlich zu sein – noch etwas anderes hatte sie zögern lassen, sich bei Lorenzo zu melden. Das Zusammentreffen mit Felix in der Herz-Jesu Nacht, dessen Worte und sein leidenschaftlicher Kuss.

„Hallo, Amalia", begann er. Sie versuchte herauszuhören, ob er noch zornig auf sie war, „es tun mir leid, wegen die Nacht an die Feuer. Ich hätten nicht verlieren sollen die Contenance und dich stehen lassen allein. Das waren keine gute Stil von mir."

Amalia stand im Wohnzimmer und beobachtete die drei Kinder, die seelenruhig mit Legosteinen spielten.

„Mir tut es auch leid. Ich hätte dich nicht so angehen dürfen. Doch für mich ist es auch schwierig, Lorenzo. Immer wenn ich dich irgendetwas zu deiner Familie frage, habe ich das Gefühl, dass du zumachst. Was soll ich dann glauben?"

„Ich mache nicht zu. Es ist nicht einfach. Ich wollten abwarten eine ruhige Moment, um dir zu erzählen über meine *famiglia*", konterte er.

„Wann gibt es jetzt Essen", tönte Simon mürrisch aus dem Hintergrund.

„Gleich, gleich", vertröstete sie ihn noch mal.

„Das hast du vorher schon gesagt."

„Sobald ich aufgelegt habe, Simon."

„Mit wem sprichst du?", fragte Lorenzo.

„Ach, mit Evis Kindern. Ich bin zum Babysitten eingeteilt, weil Evi mit Thomas zum Essen gegangen ist."

„Wo bist du? Bei dir zu Hause?"

„Nein, im Hexenhaus bei Evi."

„*No,* das nix gut. Ich mag nicht, dass du bist alleine in diese Haus."

„Das ist schon in Ordnung, Lorenzo. Evi ist sonst auch ..."

Weiter kam sie nicht, weil ihr das Handy aus der Hand glitt. Die drei Kinder hatten sich zusammengeschlossen, umringten sie und tanzten laut brüllend im Kreis um sie herum, sodass sie fast das Gleichgewicht verloren hätte, wobei ihr vor Schreck das Handy aus der Hand geglitten war.

„Hunger, Hunger ... wir haben Hunger", sangen die drei unaufhörlich, als wären sie Indianer auf dem Kriegspfad.

„Still", schrie sie, „jetzt seid endlich still." Am liebsten hätte sie sich die Ohren zugehalten. Die drei Buben konnten einem wirklich den letzten Nerv rauben.

Draußen hörte sie quietschende Reifen. Kurz darauf klingelte es Sturm.

Die drei ließen von Amalia ab, rannten zur Tür und rissen sie auf.

Davor stand Marchetti mit besorgtem Blick.

„Amalia, ist alles okay? Ich bin gekommen so schnell, wie ist gegangen. Du hast abgebrochen die Gespräch. Ich dachte, es ist etwas passiert. Ich haben schon gedacht, die Hüter hat zugeschlagen."

„Nein, es ist alles in Ordnung. Ich habe nur schnell nach den Kindern gesehen und da ist mir das Handy aus der Hand gefallen." Sie wollte Marchetti nicht schildern, dass Evis Kinder sie schon wieder in die Bredouille gebracht hatten.

Obwohl sie sich vorhin schon gegenseitig für ihr Verhalten in der Herz-Jesu-Nacht entschuldigt hatten, wusste Amalia nicht recht, was sie zu Lorenzo sagen sollte. In Verona waren sie sich so nah gewesen. War das wirklich gerade erst ein paar Wochen her? Sie konnte sich des Gefühls nicht erwehren, dass immer noch einiges zwischen ihnen stand. Das Misstrauen ihm und seiner Familie gegenüber war nicht verschwunden. Bevor er in der Tür allerdings noch Wurzeln schlug, bat sie ihn herein.

„Wir müssen reden."

„Keine Chance", sagte sie, und er sah sie fragend an. „Also nicht, weil ich nicht will, aber ich glaube, ich komme nicht dazu. Die drei Buben wollen unbedingt Spaghetti und sind kurz vor dem Verhungern. Die warten keine Sekunde mehr", sagte Amalia.

Marchetti lachte. „Aaah, *capisco bene*."

Die Buben hatten begonnen, Fangen zu spielen, und sausten wild um die beiden herum.

Marchetti schaute streng. Amalia dachte, dass der Italiener gleich explodieren werde, um die Horde zur Ruhe zu bringen. Sie konnte sich vieles vorstellen, aber ein Händchen für Kinder hatte der *Maresciallo* bestimmt nicht. Sie erwartete von ihm eine Ansage mit militärischem Drill. Hauptsache, irgendjemand bändigte diese Bande, dachte Amalia resigniert und gestand sich ein, dass sie auf verlorenem Posten stand.

Es dauerte keine zwei Minuten und Marchetti hatte die Aufmerksamkeit der Rasselbande. Leander saß auf seinen Schultern und Andreas hatte er unter dem Arm. Die vier Männer hatten beschlossen, ein Cowboy-Männermenü zu kochen.

„Ab in die *cucina*. Wir kochen alle zusammen", befahl er und die drei Sheriffs folgten ihm begeistert. Damit es für jeden etwas zu tun gab, wurde kurzerhand noch ein Salat gemacht. Amalia wurde die Aufgabe des Tischdeckens zugewiesen. Dann durfte sie sich als Erste setzen. Simon servierte Wasser, als handele es sich um den besten Whisky im Saloon. Andreas brachte die Teller mit den Nudeln herein und sagte:

„Cowboy-Menü. Heute gibt es Bohnen in Tomatensoße."

„Lecker", sagte Amalia, die das Spiel mitspielte und äußerst froh war, dass auf ihrem Teller nicht wirklich Bohnen lagen.

Zuletzt setzte sich Marchetti dazu. Leander wollte seine Nudeln partout nicht klein geschnitten haben und aß mit den Fingern. Nachdem sie gegessen hatten, brachte sie Leander ins Bett, während im Wohnzimmer ein imaginäres Duell stattfand. Die Buben standen Lorenzo mit gezückten Fingern gegenüber. Lorenzo verlor und ließ sich nach dem Schusswechsel theatralisch zu Boden sinken. Zuletzt brachte Amalia, etwas später als von Evi angeordnet, die beiden müden Sheriffs ins Bett.

„Ich wusste gar nicht, dass du so gut mit Kindern kannst", sagte Amalia, setzte sich zu ihm an den Tisch und lächelte ihn an.

„Ich bin eine Italiener. *Famiglia è molto importante."*

„Famiglia", murmelte Amalia unbewusst.

„Deswegen ich habe angerufen bei dir. Ich wollte dir endlich erzählen über meine *famiglia*. Das ich dir bin schuldig. Ich wollte verschweigen *niente*. Dann kannst du dir machen eine eigene Bild."

Dann begann er: „Meine Vater wollte, wir lernen die Baugeschäft von die Anfang an. Wir immer gearbeitet auf die Baustellen in die Ferien. Nach der Matura bin ich gegangen in die Firma. Meine Vater wollte, dass ich studiere Wirtschaft, Jura oder Ingenieur. Ich hatten keine Interesse daran. Mit Silvio hat er gemacht genauso. Erst war alles gut, aber dann gab Probleme. Er akzeptierte nicht meine Entscheidungen.

Oh *no,* meine Vater ist immer die Boss. Ist eine Patriarch, nur seine Meinung ist gut. Hat mich behandelt wie dumme Teenager. Er wollte, dass seine Söhne arbeiten in die Firma, aber er geben nix aus die Hand. Irgendwann ich haben alles hingeschmissen und mich auf die eigene Füße gestellt und bin zu die Polizei.

Silvio hat es nie geschafft. Er war nie gut genug für meine Vater. Dann vor drei Jahren hatte meine Vater eine Herzinfarkt. Die Ärzte haben gesagt, er muß machen ruhiger, sonst er sterben. Silvio hat die Geschäfte übernommen, während er war krank. Er wollte unbedingt beweisen unsere Vater, dass er ist genauso erfolgreicher Geschäftsmann. Gleich die erste Projekt ist gegangen schief. Er hat sich mit Leuten eingelassen, die nicht sind gut. Meine Vater hat durch die Ermittlungen von die Staatsanwaltschaft davon erfahren. Dann er hat sich gekümmert selbst. Der Prozess gegen die Firma endete in eine Freispruch.

Meine Vater ging es danach wieder schlechter. Er wollte, dass ich zurückkehre in die Firma. Aber ich bin zufriedener *Maresciallo*. Außerdem Silvio soll nehmen die Firma. Er war immer eifersüchtig. Immer war ich sein Konkurrent. Unserem Verhältnis hat es gutgetan, dass ich weg bin aus die Firma und bin *Maresciallo*."

„Laut Zeitung erfolgte der Freispruch nur, weil der Zeuge auf unerklärliche Weise verschwunden ist", bohrte Amalia nach, ohne ihre Vermutung laut zu äußern, dass der Zeuge womöglich im Auftrag von Marchettis Vater beseitigt wurde.

„Ah, *signorina* hat recherchiert. Aber nicht gut genug", sagte Marchetti, „der Zeuge ist einige Tage nach die Termin wieder aufgetaucht. Er war geschmiert von die Konkurrenz, um machen kaputt unsere Ruf. Meine Vater hat das gefunden heraus und hatte Beweise. Der Zeuge wollte dann doch nicht mehr machen eine Meineid vor die Gericht. Er sitzt jetzt in die Gefängnis wegen andere Sache."

„Oh, das wusste ich nicht", sagte Amalia kleinlaut und schämte sich, Marchettis Familie im Netz ausspioniert zu haben.

„Woher auch. Die Zeitungen schreiben am liebsten, wenn es gibt eine Skandal bei die Reichen. Am besten mit eine große Schlagzeile. Alles andere ist nur in eine kleine Artikel, weil nicht so gut verkauft wird."

„Und warum sollst du nach Verona?"

„Silvio hat dort wieder Mist gebaut. Meine Vater möchte, dass ich kommen zurück. Er hat Angst, dass seine Lebenswerk gehen hinunter die Bach mit Silvio. Vater war immer korrekt. Hart, aber korrekt. Aber Silvio kennt nicht die Grenzen. *Il mio problema:* Gehe ich zurück, dann verliert meine Bruder alles und ich machen ihn kaputt. Er war immer in die Firma und konnte nur verlieren gegenüber meine Vater. Ich war weg, bin gegangen meine eigene Weg. Meine Vater findet nix gut, dass ich bin bei die Polizei. Aber er respektiert mich."

Amalia verstand, in welcher Zwickmühle Lorenzo sich befand. Wie würde sie sich an seiner Stelle entscheiden? Sie hatte weder Bruder noch Schwester, kannte also diese geschwisterliche Rivalität nicht. Amalia wusste nicht, was sie ihm raten sollte.

„Schwierig", sagte sie und zuckte mit den Schultern.

„So, jetzt du kennst die ganze Geschichte. Falls dich noch etwas interessiert, frag mich und nicht Google."

„Es tut mir leid, dass ich dich nicht gleich gefragt habe. Obwohl", schränkte sie ein, „gefragt habe ich dich schon, doch geantwortet hast du mir nicht."

„Es waren nicht richtige Zeit. Oh, schon Mitternacht. Wie lange musst du noch aufpassen? Ich haben morgen Dienst ganz in der Früh."

„Lorenzo, du kannst ruhig nach Hause gehen. Ich schätze, Evi kommt spätestens in einer Stunde zurück."

„Du meinst, ich kann dich lassen allein hier in die Hexenhaus?"

„Kein Problem. Die Kinder schlafen und ich sehe noch etwas fern."

Sie brachte Lorenzo zur Tür. Er umarmte sie innig. Gerade in dem Moment, als seine Lippen die ihren beinahe berührten, sah Amalia in ihrem Augenwinkel Leander verschlafen die steile Treppe herunterkommen. Sein Kuscheltuch trug er in der Hand. Amalia löste sich abrupt aus Lorenzos Umarmung und lief zu dem Kleinen. Sie erwischte ihn gerade noch. Beim nächsten Schritt wäre er auf sein Tuch getreten und die Treppe heruntergestolpert. Amalia atmete tief durch. Sie mochte sich gar nicht ausmalen, was alles hätte passieren können.

„Gute Nacht, Lorenzo. Ich bring Leander wieder ins Bett."

Marchetti lächelte. „Gute Nacht, *principessa*", sagte er und verließ das Haus.

Als Leander wieder eingeschlafen war, setzte sie sich ins Wohnzimmer auf die Couch und stellte den Fernseher an. Ein Uhr. Ihr Handy piepte. Sie öffnete die Whatsapp-Nachricht von Evi. Ein Selfie, auf dem Evi mit roten Wangen ausgelassen mit Thomas in einem Club zu sehen war.

„Es war gigantisch, machen uns jetzt auf den Heimweg. Sind gegen halb drei zu Hause", las Amalia den Text der Nachricht vor.

„Halb drei!", fluchte Amalia. Sie zappte durch die TV-Programme, doch nichts interessierte sie.

Sie stand auf und blickte aus dem Fenster in die mondhelle Nacht. Vollmond, dachte sie. In diesen Nächten schlief sie sowieso immer schlecht. Dann konnte sie ebenso gut hier sein. Die rot-weißen Absperrbänder der Polizei waren verschwunden. Nachdem Evi wieder hierher zurückgezogen war, hatten Ludwigs Leute die Schaukel aufgebaut, allerdings im Garten hinter dem Haus. Keiner wollte, dass Evis Kinder dort spielten, wo sie die Knochen der Babys gefunden hatten. Ludwig hatte seine Leute angewiesen, die Löcher mit Erde zu füllen, und neuen Grassamen ausstreuen lassen. Nächstes Jahr würde nichts mehr daran erinnern, dass dort im Garten Gräber gewesen waren. Amalia konnte es nicht vermeiden, dass ihr ein Schauer über den Rücken lief. Sie wandte sich ab.

Sie holte sich noch eine Flasche Wasser aus der Küche. Auf dem Weg zurück ins Wohnzimmer dachte sie daran, dass Evi gesagt hatte, dass sie die Briefe des Hüters ungelesen aufbewahrte. Sie setzte sich wieder auf die Couch und drehte den Verschluss der Wasserflasche auf. Würde sie das Vertrauen ihrer Freundin missbrauchen, wenn sie die anonymen Briefe suchte und las? Oder war es als Freundin sogar ihre Pflicht, darüber Bescheid zu wissen, was der Hüter schrieb? Amalia stand auf und begann nach den Briefen zu suchen. Sie öffnete Schränke und Schubladen. Dann fiel ihr Blick auf die Kommode mit dem Strauß Callas.

Zögerlich öffnete sie die Schubladen. In der zweiten von oben lagen achtlos hineingeworfene, ungeöffnete Briefe des Hüters. Sollte sie sie öffnen? Amalias Augen fixierten die Briefe. Evi wollte das nicht. Aber vielleicht könnte sie sie vorsichtig aufmachen, lesen und wieder verschließen, sodass Evi nichts davon mitbekam? Sie beruhigte ihr Gewissen damit, dass es nur von Vorteil sein konnte, zu wissen, was der Gegner im Schilde führte. Kurz bevor ihre Finger einen Umschlag berührten, flackerte im Flur das Licht. Amalia erschrak, schloss die Schublade und wich einige Schritte von der Kommode zurück. Ihr Herz pochte ihr bis zum Hals. Sie spürte einen kalten Luftzug in ihrem Nacken. Unsicher sah sie sich um. Sie schluckte. Warum hatte sie Marchetti gehen lassen? Jetzt war sie ganz alleine hier. Wollte das Haus ihr Angst machen?

So ein Quatsch! Die Glühbirne im Flur würde sicherlich bald den Geist aufgeben und hatte deswegen geflackert, und in einem so alten Gemäuer zog es nun mal. Forsch ging sie zurück zur Kommode, zog die Schublade erneut auf und nahm die Briefe heraus. Sie wartete kurz, aber nichts geschah. Dann öffnete sie ganz vorsichtig den ersten Umschlag und las.

Warum bist du wieder hier? Verschwinde.
Sonst passiert dir und deinen Kindern Schreckliches
Der Hüter des Hauses

Amalia vermutete, dass dies der Brief war, den Evi an dem Abend gefunden hat, als Thomas bei ihr war, weil das Kuvert bereits geöffnet gewesen war. Die anderen waren verschlossen.

Amalia öffnete den nächsten.

Ich beobachte dich Tag und Nacht.
Du wirst dich nicht mehr wohlfühlen in diesem Haus.
Keine Minute. Verlasse es. Es ist meins.
Der Hüter des Hauses

Im nächsten Brief stand:

Ich werde vor nichts zurückschrecken, um meine mir rechtlich zugesicherten Ansprüche durchzusetzen.

Vor nichts.
Das Haus ist mein. Verlasse es, wenn dir dein Leben lieb ist.
Der Hüter des Hauses.

Dann nahm sie den nächsten.

Warum musstest du hierher zurückkehren?
Warum musst du dir nehmen, was mein ist?
Du bringst dich und die deinen in höchste Gefahr.
Der Hüter des Hauses

Amalias Hände begannen zu zittern. Die Drohungen waren mit jedem Brief heftiger geworden. Eiskalte Angst durchlief sie. Eindeutiger könnte die Warnung an Evi nicht sein. Sie setzte sich auf die Couch und grübelte vor sich hin. Rechtlich zugesichert? Was meinte dieser Wahnsinnige mit „rechtlich zugesichert"? Stimmte es, was der anonyme Anrufer Evi gesagt hatte, und es gab doch noch ein weiteres Testament? Wurde der Hüter darin berücksichtigt? Aber wenn ja, wo war dieses Testament? Der Hüter besaß es mit Sicherheit nicht, weil er ansonsten gerichtlich vorgehen könnte. Räumte der Hüter nun Maras angenommene Kinder eins nach dem anderen aus dem Weg, damit er als Einziger übrig wäre, auch wenn das Testament unauffindbar bliebe?

Wer steckte hinter diesen Briefen? Wer war der Hüter? Jemand, den sie kannten? Wer konnte rechtlichen Anspruch auf dieses Haus haben?

Amalia gähnte und blickte auf die Uhr. Noch eine halbe Stunde. Sie war hundsmüde. Ihr fielen die Augen zu und sie schlief ein.

23.

Als sie aufwachte, lag sie noch immer auf Evis Couch, mit einer karierten Wolldecke zugedeckt. Auf dem Tisch lagen die geöffneten Briefe des Hüters. Sie war wohl eingeschlafen und hatte Evi gar nicht nach Hause kommen hören. Evi war bestimmt nicht erfreut darüber, dass Amalia in ihrer Abwesenheit die Briefe des Hüters gesucht und geöffnet hatte. Amalia ärgerte sich. Warum hatte sie die Nachrichten nicht gleich wieder weggeräumt, nachdem sie sie gelesen hatte? Natürlich hatte sie nicht ahnen können, dass sie einschlafen würde, aber ihr graute nun vor der Aussprache mit Evi. Flucht, war ihr erster Gedanke. Im Haus war noch alles ruhig. Sollte sie sich aus dem Staub machen, bevor ihre Freundin wach würde? Sie zog ihre Schuhe an. Vielleicht hätte Evi sich beruhigt, wenn sie erst heute Nachmittag aufeinanderträfen.

Sie legte die Decke ordentlich zusammen und hängte sie über die Rückenlehne der Couch. Dann schlich sie sich leise in Richtung Haustür. Sie öffnete die Tür, da stand Evi mit einer Tüte frischer Semmeln und duftenden Croissants vor ihr.

„Du willst doch nicht schon gehen, das Frühstück ist gleich fertig“, sagte sie strahlend und putzmunter.

Ihrer Freundin merkte man den wenigen Schlaf nicht an. Frisch geduscht, mit geföhntem Haar und dezentem Make-up stand sie vor ihr. Amalia fühlte sich dagegen wie gerädert. Ihre lockigen braunen Haare hatte sie nur schnell mit einem Haargummi zusammengebunden. Sie brauchte gar keinen Spiegel, um zu wissen, wie fertig sie nach dieser Nacht auf der Couch aussehen musste.

Evi hingegen sah blendend aus. Ihr hatte der Abend mit Thomas sichtlich gutgetan. Nach den Strapazen der Trennung, den Ängsten, die sie in letzter Zeit im Hexenhaus ausgestanden hatte, schien Evi die Aufmerksamkeit des Lehrers zu genießen. Amalia freute sich für ihre Freundin.

Während sie frühstückten, erzählte Evi ausführlich vom gestrigen Abend in Innsbruck, der mit einem gemütlichen Abendessen beim Mexikaner begann und ausgelassen in einem Club endete.

Wo blieb Evis Standpauke? Im Verlauf des Gesprächs wappnete Amalia sich gegen die Moralpredigt, die Evi ihr halten würde, weil sie unerlaubt an die Kommode gegangen war und die Briefe geöffnet hatte. Aber nichts passierte. Hatte Evi in ihrer Euphorie gestern Nacht überhaupt bemerkt, dass die Briefe des Hüters offen dalagen, als sie Amalia zudeckte?

Evi plauderte betont gelassen weiter: „Bevor ich aus seinem Auto ausgestiegen bin, hat er mich leidenschaftlich geküsst. Wir haben im Auto noch rumgeknutscht wie die Teenager. Ach, Amalia, mit Thomas ist alles leicht. Er hat mich dann sogar noch mit herein begleitet, um zu sehen, ob alles in Ordnung ist“, schwärmte Evi.

„Und, war alles okay?“, fragte Amalia nach. Evi mussten die Briefe aufgefallen sein, aber warum erwähnte sie das mit keinem Wort? Hatte sie sie gelesen oder war sie sich treu geblieben und hatte die Nachrichten ignoriert, um nicht wieder in Panik zu geraten? In Evis Augen sah sie, dass sie genau wusste, worauf Amalia mit ihrer Frage abzielte.

„Na ja, bis auf das, dass du die Briefe aus der Kommode genommen und sie unerlaubt geöffnet hast. Auf das willst du doch hinaus? Dann lass uns über diese blöden Briefe reden, die jegliche Stimmung kaputtmachen. Also, wenn es um etwas anderes gegangen wäre, etwas Persönliches von mir, wäre ich wirklich stinksauer. Du solltest nicht heimlich in meinen Sachen stöbern!", sagte Evi vorwurfsvoll, auch wenn sie ihr nicht böse zu sein schien.

„Ich habe nicht gestöbert. Nur die Briefe ... es hat mir auf einmal keine Ruhe mehr gelassen. Es war, als würde das Haus wollen, dass ich sie suche, finde und lese ...", verteidigte Amalia sich halbherzig und wusste selbst, dass diese spirituelle Erklärung seltsam klang.

„Sag doch einfach: ‚Evi, ich war einfach so neugierig', anstatt das Haus dafür verantwortlich zu machen und dich herauszureden."

„Du hast recht, ich entschuldige mich. Es war nicht in Ordnung, an deine Sachen zu gehen", antwortete Amalia geknickt.

„Entschuldigung angenommen. Du hast Glück, dass du gestern so einen großen Fürsprecher hattest. Meine anfängliche Wut ist bereits verraucht. Ich wollte dir vom gestrigen Abend berichten, ohne dir eine Strafpredigt zu halten, aber du hast sie anscheinend erwartet", sagte Evi und grinste schelmisch.

„Fürsprecher?", fragte Amalia nach, überrascht, weil ihre Freundin, die nachtragend sein konnte, ihre Entschuldigung so schnell angenommen hatte.

„In meinem ersten Impuls gestern Nacht wollte ich dich aufwecken und dir deswegen den Kopf waschen, aber Thomas hat dich gleich in Schutz genommen. Er hat mich beruhigt und fand es sogar gut, dass du dich eingemischt und die Umschläge geöffnet und gelesen hast. Er ist der Meinung, dass man wissen sollte, was der Hüter vorhabe. Die Situation zu ignorieren sei keine Lösung. Er hat mich in den Arm genommen und mir den Text vorgelesen. Thomas ist der Ansicht, dass es nur um das Haus gehe, und er denkt, dass der Spuk und die Gefahr für mich und die Kinder vorbei seien, sobald ich hier auszöge. Thomas ist ohne Zweifel besorgt um mich und hat mir geraten, sobald wie möglich von hier wegzugehen. Er hat gesagt, er helfe mir bei der Wohnungssuche und beim Umzug."

„Nicht nur Thomas, auch ich und sogar Marchetti halten es für gefährlich, hier im Haus zu bleiben. Aber die endgültige Entscheidung liegt bei dir."

Evi kniff verbittert den Mund zusammen. „Die Briefe haben den Zauber des Abends mit Thomas verpuffen lassen. Wieder war ich am Zweifeln, ob ich hier ausziehen sollte oder nicht? Warum kann der Typ uns nicht in Ruhe lassen? Ich will nur in Frieden leben und glücklich sein. Es könnte alles so schön sein. Erich hat mir versprochen, dass ich so lange hierbleiben kann, wie ich will. Heute Morgen habe ich trotzdem beschlossen, mir etwas anderes zu suchen, obwohl das Haus für uns ideal wäre. Am Anfang hatte ich das Gefühl, dass das Hexenhaus uns ablehnt. Doch dieses Gefühl ist verschwunden. Entweder habe ich mich geändert und empfinde es nicht mehr als bedrohlich oder die Atmosphäre hat sich tatsächlich ins Positive gewandelt. Ich fühle mich hier wohl. Trotzdem bleibt mir nichts anderes übrig, als es zu verlassen. Bis dahin werde ich meiner Strategie allerdings treu bleiben und nichts mehr von diesem Irren lesen", sagte Evi resigniert.

Amalia hätte nicht gedacht, dass ihre Freundin mittlerweile gerne in diesem alten Haus wohnte. Wenn sie Evi richtig verstand, war ihr das Hexenhaus in der kurzen Zeit zum Zuhause geworden. Sie selbst konnte sich noch immer nicht damit anfreunden. Aber ihr kam gerade eine Idee, die Evi eventuell helfen könnte.

„Nur so ein Gedanke: Was, wenn wir mitspielen?", sagte Amalia und Evi horchte auf. „Wir sind uns einig: Der Hüter muss jemand sein, der alles, was im Ort geschieht, mitbekommt. Jemand, der beobachtet, was passiert. Jemand, dem es wichtig ist, dass du ausziehst. Vielleicht reicht es, ihn wissen zu lassen, dass du ausziehen möchtest, dass du auf der Suche nach etwas anderem bist. Wie ernsthaft es dir ist, ist ja deine Sache. Wenn wir das im Ort erzählen – wahrscheinlich reicht es, Nanne davon in Kenntnis zu setzen –, dann lässt er dich vielleicht für einige Zeit in Ruhe und wir und die *Karpf* können in der Zwischenzeit weiter ermitteln und nach ihm suchen. Eventuell kannst du dann doch bleiben."

Evi nickte zustimmend.

„*Hoila,* Evi", hörten sie es von draußen, begleitet von einem lauten Quietschen einer Fahrradbremse.

„Da ist sie ja schon, die Nanne. Hat die einen siebten Sinn, dass die gerade jetzt auftaucht?", fragte Evi überrascht. Bevor sie die Tür öffnete, flüsterte sie Amalia noch zu: „Wir machen das so, wie du gesagt hast." Nanne drängte sich mit ihrem roten Fahrradhelm auf dem Kopf an Evi vorbei ins Haus, wie eine Flutwelle, die alles überrollte.

„Es trifft sich gut, dass ich euch gleich beide antreffe." Nanne blickte sich aufmerksam um und die weißen Callas stachen ihr sofort ins Auge.

„Ist das ein schöner Strauß. So elegant. Früher hat man von einem Verehrer vielleicht mal eine Rose bekommen, aber viel Geld hat da keiner ausgeben wollen. Allerdings waren die *meinigen* auch nicht studiert und die Zeiten früher waren auch schlechter. Wie man hört, ist der Lehrer ja schwer beeindruckt von dir, *heu?* Der hat schon Stil, der Mann, das sieht man gleich. Solche Blumen kenn ich sonst nur aus den Wohnmagazinen, die ich beim Friseur ..." Sie brach abrupt ab. „Maria und Josef, hast du schon wieder Briefe bekommen?", rief Nanne aus und nahm einen nach dem anderen vom Tisch.

Amalia und Evi bereuten es, die Nachrichten des Hüters nicht eher in die Kommode zurückgelegt zu haben. Sie ahnten beide, was jetzt kam.

„*Gitsche,* mich würden hier keine zehn Pferde halten. Auch ohne den Hüter war das Haus immer schon verflucht. Aber mir glaubt ja keiner", sagte Nanne und las die Texte. Nannes Augen wurden mit jeder Zeile unwillkürlich größer und ihr Blick entsetzter.

„Ich zieh auch aus", sagte Evi, „sobald ich was Neues habe. Lass es mich wissen, wenn du was hörst, Nanne, eine leer stehende Wohnung, nicht zu teuer, für mich und die drei Kinder."

„Das ist richtig, *Gitsche*. Glaub mir. Ich hör mich um. Vielleicht ist im *Widen* was frei. Aber Gott sei Dank, dass du jetzt noch nicht ausgezogen bist. Das wär *schun* blöd."

Amalia und Evi blickten Nanne fragend an.

„Ich habe gerade den Oberhollenzer getroffen und da bin ich mit ihm ins Reden gekommen, über den Mord am Ruppert. Und stellt's euch vor, der hat auch so Briefe von dem Hüter bekommen. Da ist es mir gleich in den Sinn gekommen, dass ich dir das erzählen und dich warnen muss, dass der das ernst meint. Allerdings ging es immer wieder um ein Testament. Der Oberhollenzer, dem musst ja alles aus der Nase ziehen. Erst sagt er immer, er dürfe nichts sagen darüber, Dienstgeheimnis, aber ein bisserl was sagt er dann doch immer. Wenn man eins und eins zusammenzählt, bedeutet das: Es muss noch ein Testament von der Mara geben, in dem der Hüter berücksichtigt worden ist. Hier steht doch auch was von ‚zugesicherten Ansprüchen', das passt. Kombiniere: Sobald wir das Testament haben, haben wir auch den Hüter und seinen Namen", endete sie triumphierend.

„Das hat der anonyme Anrufer im Notariat auch behauptet. Aber es wurde nie ein neueres Testament hinterlegt. Es gibt nur das eine, in dem die Pflegekinder bedacht wurden", sagte Evi.

„Nur, wo ist das andere Testament, wenn es überhaupt existiert? Der Hüter sucht jedenfalls danach. Emmas und Rupperts Wohnungen wurden nach den Morden von den *Carabinieri* gründlich durchsucht. Nichts – sonst wüsste Lorenzo schon, wer darin bedacht ist und sich hinter dem Hüter verbirgt", warf Amalia ein, „und das hätte er mir nicht verschwiegen, beziehungsweise hätte er ihn schon festgenommen."

„Schön, mit jemandem zu reden, der dieselbe Kombinationsgabe besitzt wie man selbst", sagte Nanne auf Hochdeutsch, das aus ihrem Mund seltsam klang, vor allem, weil sie dann gleich im Südtiroler Dialekt fortfuhr. „Deshalb *isch es guit,* dass du noch hier *wohnsch*. Da können wir in Ruhe suchen. Die drei Pflegekinder von der Mara haben vielleicht gar nicht gesucht, also könnte es noch hier sein. Außer, einer hat es gefunden und verschwinden lassen, weil er nicht mit einem Vierten teilen wollt."

Während sie suchten, spielten Evis Kinder im Garten. Nanne und Amalia durchstöberten die Sachen, die im *Fuitahaus* abgestellt waren. Evi nahm sich das Wohnhaus vor. Zunächst begannen sie mit Enthusiasmus und großer Hast,

Kisten zu öffnen, Schachteln aufzureißen und Regale leer zu räumen. Die anfängliche Hochstimmung nahm jedoch mit jeder Minute ab, die sie vergeblich suchten. Sie untersuchten Maras wenige Möbel, die auch im *Fuitahaus* gelandet waren. Nirgends fanden sie etwas. Es gab weder Geheimfächer noch war irgendetwas an oder unter den Schubläden befestigt.

„So viel Zeug", schimpfte Amalia entmutigt, als sie einen weiteren Karton öffnete, in dem sich alte Schulhefte befanden. Das war inzwischen der dritte. Anscheinend hatte Mara über ihre Kräuter und Tränke akribisch Buch geführt. Anfangs hatte Amalia jedes Heft interessiert durchgeblättert, doch inzwischen schüttelte sie sie nur noch aus, um zu sehen, ob vielleicht etwas herausfiel.

„Hier ist auch nichts", sagte Nanne, die gerade wagemutig auf einem wackeligen Hocker balancierte und die Rückwand eines Regales, auf dem mehrere Einmachgläser mit trüben Kräuter-Tinkturen standen, abklopfte. „Keine Hohlräume", sagte sie sichtlich enttäuscht.

Schließlich gaben sie frustriert auf und gingen ins Wohnhaus zurück.

„Nichts, und bei dir?", fragte sie Evi.

„Auch nichts. Nur den großen Schrank oben im Flur habe ich noch nicht weggeschoben."

„Wenn du ihn nicht wegrücken kannst, dann wird es Mara wohl auch nicht geschafft haben, etwas dahinter zu verstecken. Ich glaube, die Arbeit brauchen wir uns nicht anzutun", gab Amalia zu bedenken.

„So schwer ist der aber gar nicht, Michl hat ihn nur mit einem Winkel befestigt, damit das alte Ding nicht umfällt und am Ende einen von den Buben verletzt."

„Wenn das so ist, schauen wir da auch noch nach. Dann sind wir aber durch.“

Nanne löste die Schrauben überraschend geschickt mit einem Akkubohrer, darauf schoben sie den Schrank weg. Nanne begutachtete die Schrankrückseite. Nichts.“

„Mist“, fluchte Amalia und schlug aus Enttäuschung mit der Faust gegen die Holzvertäfelung, die sich an der Wand hinter den Schränken befand.

„Was nun?“, fragte Nanne.

Amalia hob ratlos die Schultern. „Wäre auch zu einfach gewesen – ein Testament mit dem Namen des Täters.“

„Wie könnten wir sonst draufkommen? Vielleicht hat Mara Briefe geschrieben und sich jemandem anvertraut? Habt ihr welche gefunden?“, fragte Evi.

„Nein, bloß Hefte mit Aufzeichnungen über ihre Kräutertinkturen. Dem Schriftbild nach zu urteilen, würde ich sagen, dass sie von Mara sind. Zu Rosas Zeiten verwendete man noch eine andere Schreibschrift. Allerdings ...“

„Allerdings was?“, fragte Evi ungeduldig.

„Ich habe sie nur oberflächlich durchgeschaut. Ich wollte nur sehen, ob das Testament zwischen den Seiten versteckt ist. Vielleicht sollten wir sie uns genauer anschauen.“

„Hilft's nix, schadet's nix“, stimmte Nanne pragmatisch zu.

„Holt ihr die Hefte, ich richte inzwischen eine *Marende*“, schlug Evi vor.

Als Evi wenig später die drei Schachteln mit mindestens sechzig oder siebzig Schulheften sah, verschwand ihr Tatendrang merklich.

„So viele. Um Himmels willen! Da sind wir ja ewig beschäftigt.“

„Sie muss jedes Jahr ein oder zwei Hefte vollgeschrieben haben“, jammerte Amalia.

„Lass uns erst essen, dann *pack ma des schun*“, sagte Nanne unbeeindruckt.

Nach einer deftigen *Marende* mit Speck, *Kaminwurzen,* Käse und frischem Brot machten sie sich an die Arbeit

Die Seiten der meist linierten Hefte waren bereits vergilbt und die schwarze Tinte war verblichen. Jede Seite war mit akkurater Handschrift eng beschrieben. Auf manchen waren auch Zeichnungen von Pflanzen oder Rezepte zu sehen.

Die drei Frauen beschlossen, die Hefte im Wohnzimmer gemeinsam zu lesen.

24.

Nanne schichtete drei gleich hohe Haufen auf. „Auf geht's", sagte sie dann und nahm sich das erste Heft von ihrem Stapel.

Zu dritt saßen sie dicht aneinandergedrängt auf Evis Couch im Wohnzimmer, wobei Nanne mehr Platz beanspruchte als die beiden anderen zusammen. Michl hatte nachmittags die Kinder für eine Übernachtung zu sich geholt, sodass die drei Frauen sich ganz auf Maras Aufzeichnungen konzentrieren konnten.

Amalia schlug die erste Seite auf. Darauf befand sich eine feine Bleistiftzeichnung einer langstieligen Blume, darunter der lateinische Name:

Arnica montana

Verwendung bei Quetschungen, Stürzen, Prellungen, aber auch bei Muskelkater, Nervenschmerzen, Blutergüssen, Krampfadern.

Anschließend folgten einige Rezepturen.

Die anderen fanden ebenfalls heilkundliches Wissen auf den ersten Seiten vor. Sie beschlossen, die Seiten, die Pflanzen beschrieben oder Rezepte enthielten, zu überblättern. Das Geschriebene war engzeilig mit kleiner Handschrift verfasst und dadurch teilweise schwer zu entziffern. Auch ein System war nicht erkennbar. Manchmal waren es private Betrachtungen, die sich mit botanischen Zeichnungen und Rezepten für Tinkturen abwechselten, dann wieder Beschreibungen von besonderen Ereignissen. Das vergilbte Papier und die verblasste Tinte kamen erschwerend hinzu.

„Blöd, dass Mara ihre Einträge nicht datiert hat, sonst müssten wir nur die passenden Jahreszahlen suchen. Aber hier steht nicht ein einziges Datum."

„Jetzt jammer *net,* sondern lies weiter", sagte Nanne ungeduldig.

Die Stunden zogen sich. Immer wieder stieß eine der Frauen auf Seiten, die ausschließlich Text enthielten. Diese Stellen lasen sie sich gegenseitig vor.

Gerade las Evi:

Heute Morgen bin ich schon früh aufgewacht. Ich kann es kaum erwarten, dass die ersten Sonnenstrahlen das Hexenhaus nach dem langen harten Winter erreichen und Licht und Wärme zurückbringen.

Als ich nach unten gegangen bin, war Rosa schon längst auf den Beinen. In ihrem Alter braucht man nicht mehr viel Schlaf. Ich habe durchs Fenster beobachtet, wie sie im Garten die ersten Schneeglöckchen, die im Schutze einer Staude wuchsen, gepflückt und auf die Wiese gelegt hat, die nach den wärmeren Temperaturen der letzten Tage aper geworden ist. Für einen Fremden sind die Grabstellen, die sich hier befinden, nicht zu erkennen, aber ich weiß darüber Bescheid. Nachdem Rosa die Blumen abgelegt hatte, richtete sie sich mühevoll auf, denn in letzter Zeit kann sie sich nur noch schwer bücken. Trotz einer Vielzahl von unterschiedlichen Salben und Tinkturen ist ihr Buckel in den letzten Jahren unaufhaltsam krummer geworden und die Kälte des harten Winters hat ihr Übriges getan.

Rosa wirkt bedrückt, wie sie so an den Gräbern steht. Je älter Rosa wird, desto mehr scheint sie der Anblick der Grabstellen und die Erinnerung zu belasten. Manchmal sagt sie, dass sie die Energie der bedauerlichen kleinen Seelen wahrnehme oder nachts von ihnen träume. Vergessen hat sie keines der Kinder, denen sie geholfen hat, den Tod zu finden. An diesen Tagen, an denen sie die Last ihrer damaligen Entscheidungen zu erdrücken scheint, bringt sie ihnen Blumen. Nicht um ihr Gewissen zu beruhigen, denn auch heute noch ist sie überzeugt, damals richtig gehandelt zu haben, aber sie hadert mit der Tat an sich, den Tod absichtlich herbeigeführt und damit dem Herrgott ins Handwerk gepfuscht zu haben.

Eines Nachts, als sie wieder Albträume plagten, hat Rosa mir erzählt, warum sie manch eines der Kinder, die in ihrem Haus geboren wurden, hat sterben lassen und warum sie in einzelnen Fällen sogar mit einem Kissen nachgeholfen hat. Niemals hätte sie das getan, nur weil die Mutter das Kind nicht haben wollte. Dafür hätte es andere Lösungen gegeben. Wenn sie aber gesehen hat, dass die Kinder durch Inzest beispielsweise schwerstbehindert waren, niemals ohne medizinische Hilfe und ständige Betreuung lebensfähig gewesen wären, dann hat sie die Sterbehilfe vor ihrem Gewissen rechtfertigen können. Aber die Tat selbst fiel ihr niemals leicht. Viermal ist es zu so einer Situation gekommen. Alle vier Leichen hat sie im Garten vor dem Haus vergraben.

Ich bin wirklich froh, dass ich im Laufe meines Lebens niemals so eine Entscheidung habe treffen müssen. Hausgeburten waren schon, als ich eine junge Hebamme gewesen bin, eine absolute Ausnahme, und ledige Mütter hatten es zwar immer noch schwer mit der Akzeptanz in der Gesellschaft, aber sie konnten doch schon im Krankenhaus gebären und bekamen Hilfe. Die Medizin hat auch Fortschritte gemacht und behinderte Menschen werden nicht mehr als Schande für die Familie angesehen, versteckt und ausgegrenzt. Gut, dass sich die Zeiten geändert haben.

Rosas Geständnis mir gegenüber führte nicht dazu, dass der Ballast auf ihrer Seele leichter wurde. Natürlich hat sie mir eingeschärft, niemals jemandem von den geheimen Gräbern zu erzählen. Daran habe ich mich bis jetzt auch gehalten.

Nur die Kinder haben manchmal nachgefragt, warum sie dort immer Blumen ablege. Sie hat ihnen erklärt, dass dort ihr Hund begraben liege, der sie lange Jahre ihres Lebens begleitet habe.

Emma und Ruppert haben sich damit zufriedengegeben. Erich hat das nie geglaubt.

Als sie am Ende der Seite ankam, blätterte Evi ungeduldig um. Doch dort stand die Rezeptur für eine Ringelblumensalbe und wofür sie zu verwenden ist.

„An der Stelle endet der Text", sagte Evi enttäuscht.

„Madonna. Die *Bucklate* hat die Kinder umgebracht und im Garten verscharrt. Was sie auch immer für einen Grund vorgeschoben hat – das war Mord. Dafür wäre sie ins Gefängnis gegangen. Ich bin mir sicher, dass es deshalb in dem Haus hier spukt. Wahrscheinlich haben die armen Seelen bis heute keine Ruhe gefunden."

„Über das mag ich gar nicht nachdenken. Ich bin bloß froh, dass die Polizei die Skelette mitgenommen und sie auf den Friedhof gebracht hat", schaltete Evi sich ein.

Amalia gruselte allein bei der Vorstellung, dass im Haus irgendwelche Babyseelen herumgeisterten. Sie wollte etwas Positives sagen, schon allein, weil sie daran dachte, dass Evi die Nacht wieder im Hexenhaus verbringen würde.

„Mit der Umbettung auf den Friedhof haben die Seelen ganz bestimmt ihre Ruhe gefunden. Und du hast doch auch gesagt, dir komme die Atmosphäre im Haus positiver vor. Vielleicht hängt das ja mit der Umbettung zusammen."

„Ich glaub ja eher, Ludwigs Arbeiter haben die Totenruhe gestört. Wahrscheinlich trifft sie ein Fluch, so wie diejenigen, die in Ägypten damals das Grab von dem Pharao geöffnet haben", gab Nanne ihr geschichtliches Wissen zum Besten, wobei ihr nicht auffiel, wie Evis Gesichtsfarbe sich zu einem Kalkweiß wandelte.

Erst als Amalia ihr bedrohliche Blicke zuwarf, um sie endlich zum Schweigen zu bringen, verstummte sie. Allerdings nur kurz: „Na ja, Pfunders ist natürlich nicht Ägypten. Kein Fluch, keine Heimsuchung der Seelen! Sei beruhigt, Evi“, sagte sie, man hörte aber deutlich heraus, dass sie dies nur Amalia zu Liebe gesagt hatte, in Wirklichkeit zweifelte sie nicht im Geringsten daran, dass all diese Dinge eintreffen würden.

Amalia wechselte das Thema, um die Gemüter zu beruhigen. „Nichts, was auf den Hüter hindeutet. Hört mal her, das ist auch interessant:

Gestern habe ich die Geburt eines jungen Mädchens betreut. Die Gitsche erinnert mich an mich selbst. Das Mädchen hat Angst gehabt und es hat lange gedauert, bis sie sich vorbehaltlos auf meine Ratschläge eingelassen hat. Obwohl es wegen der Lage des Kindes einige Schwierigkeiten gab, haben Mutter und Kind die Geburt gut überstanden und sind wohlauf.

Der Moment, in dem man der Mutter ein gesundes Neugeborenes auf die Brust legt, ist immer besonders. Manche Mütter steht die Liebe, unabhängig davon, wie anstrengend die Geburt verlaufen ist, vom ersten Moment an ins Gesicht geschrieben. Bei anderen dauert es einen Augenblick, bis sie den kleinen Menschen in ihrem Arm annehmen können, und manche – so wie ich oder dieses Mädchen gestern – schaffen es nie. Ich versuchte ihr zu helfen, damit sie ihr Kind lieben kann, aber in meinem Innersten weiß ich, dass es vergeblich ist. Ich weiß nicht, was der jungen Mutter widerfahren ist, was ich aber weiß, ist, dass es auf irgendeine Weise mit dem Kind zusammenhängt und sie mit der Situation überfordert ist. Ich tippe auf Missbrauch oder Vergewaltigung. Ich habe versucht mit ihr zu reden, damit sie sich öffnet und beginnen kann, die Erlebnisse zu verarbeiten. Von Rosa habe ich gelernt, dass manche Dinge Zeit brauchen, und die Zeit muss man den Menschen zugestehen. Aber solange sie sich nicht helfen lässt, kann ich nichts für sie tun.

Meine Rettung war damals Rosa. So seltsam sie im Umgang mit Menschen ist, so gut tat mir damals ihre schweigsame Art. Meine äußeren Wunden hat sie sofort versorgt und keinen Widerspruch geduldet. Heute weiß ich, wie nah ich dem Tod gewesen bin durch die schwärende Wunde in meinem Gesicht. Kraftlos, halb verhungert und hochschwanger. Meine seelischen Verletzungen waren aber noch weit schlimmer als die körperlichen. Instinktiv gab Rosa mir die Zeit, bis ich darüber sprechen konnte. Bis es mir gelang, das Unfassbare in Worte zu fassen.

Im Nachhinein gesehen waren nicht die Vergewaltigung, die Schmerzen und die daraus resultierende Scham am schwersten zu ertragen. Am schlimmsten hat mich damals das Verhalten meiner Eltern getroffen. Diejenigen, die einem Kind Liebe und Fürsorge zuteilwerden lassen sollten, haben mich in der Zeit, als ich sie am meisten gebraucht habe, verraten und vom Hof gejagt. Nie werde ich ihnen verzeihen, dass sie mir die Schuld an der Vergewaltigung gegeben und mir unterstellt haben, dass ich dem Buim schöne Augen gemacht hätte. Niemals haben sie in Betracht gezogen, dass ich das Opfer sein könnte. Die Krönung allerdings war, dass mein Vater auch noch darauf bestand, dass ich meinen Peiniger heiratete, was bedeutet hätte, dass ich ihm als seine Ehefrau tagtäglich zu willen hätte sein müssen, und das alles nur, um den Ruf der Familie wiederherzustellen. Diesen Verrat an mir werde ich niemals überwinden. Zuweilen denke ich daran, wie die Mutter mir heimlich Essen gebracht hat. Ob sie mich verstanden hat? Dem Vater und den anderen Dorfbewohnern wollte sie sich meinetwegen aber auch nicht entgegenstellen.

Für mich ist meine Familie an diesem Tag gestorben. Und nicht nur meine Familie, sondern auch das Urvertrauen, das Kindern zu eigen ist und sie mit ihren Eltern von Geburt an verbindet.

Rosa hat mich aufgefangen. Ohne sie hätte ich nicht überlebt. Nicht die eiternde Wunde im Gesicht, nicht die langwierige Geburt, nicht die seelischen Grausamkeiten, die mir angetan wurden. Rosa war es, die mir den Glauben an mich zurückgab. Die mir erklärt hat, dass es vielen jungen Gitschen so ergehe, wie es mir ergangen ist, sie aber die Opfer seien und nicht die Täter. Dass den Mädchen Unrecht angetan werde. Sie hat mich bestärkt, sodass ich die Schuldgefühle, die meine Eltern mir eingeredet haben, mit der Zeit loslassen konnte. Rosa ist ein außergewöhnlicher Mensch, der Frauen in Not geholfen hat, ohne irgendwelche Fragen zu stellen. Ich wollte werden wie sie. Jemand, der hilft und nicht verurteilt. Ich blieb im Hexenhaus und lernte von ihr. Sie gab mir eine Zukunft, sodass es mir gelang, irgendwann nur noch nach vorne zu schauen.

Damit endete die Textstelle. Die drei Frauen waren sichtlich berührt von Maras Lebensbericht. Es war fast Mitternacht und Evi machte Kaffee, weil sie unbedingt weiterlesen wollten.

„Die Mara hat in ihrem Leben einiges mitgemacht. Wenn man das so liest, dann versteht man erst, warum sie bei der Rosa geblieben und nie mehr zurück zu ihrer Familie ist. Fest steht, dass sie in ihrem Dorf vergewaltigt worden ist und ein leibliches Kind hatte. Aber bisher wissen wir noch nicht mal, ob es ein *Bui* oder eine *Gitsche* war beziehungsweise was mit dem Kind passiert ist. Einfacher wäre gewesen, wir hätten stattdessen das Testament mit dem Namen drauf gefunden", fasste Nanne zusammen und zuckte zugleich mit den Schultern, „andrerseits – die Spannung ist so natürlich größer."

„Weißt du, was mich entsetzt – dass es heute noch Leute gibt, die so denken wie Maras Eltern. Als sie die Emma gefunden haben und eine Vergewaltigung im Raum stand, haben manche gesagt, dass sie selbst schuld war, weil ihr

Dirndl zu kurz war und sie die Männer verrückt gemacht hat. Es ist schlimm, dass in manchen Köpfen die Frauen immer selber schuld sind und sich die Männer alles erlauben können", stellte Evi verärgert fest und knallte die Kaffeetasse dabei auf den Tisch.

Wenig später fand Nanne die nächste Textstelle und begann aufgeregt zu lesen:

Mit dem Einzug von Erich ist mein Glück endgültig zu mir zurückgekehrt. Ich habe ihn zur Pflege aufgenommen. Rosa ist dem ganzen skeptisch gegenübergestanden, aber als ich ihr erklärte, dass dieser dreijährige Bui unbedingt aus seinem Zuhause wegmüsse, weil sein Vater ein Säufer sei und die Mutter regelmäßig im Suff schlage, hat sie eingewilligt. Die Mutter vom Erich hat Angst, dass ihr Mann dem Kleinen etwas antun könne. Ich war ihre Hebamme und sie hat mich gebeten, mich um Erich zu kümmern, damit er nicht ins Heim müsse. So könne er in der Nähe bleiben und sie könne ihn bei mir besuchen. Ich hab der Frau immer wieder meine Hilfe angeboten, aber sie kommt nicht von ihrem gewalttätigen Mann los. Immer wieder findet sie Entschuldigungen für ihn und verzeiht ihm, wenn er am nächsten Tag mit einem Strauß Blumen vor ihr kniet und ihr die ewige Liebe schwört.

Lange hatte ich gedacht, dass ich nicht dazu fähig bin, jemanden zu lieben. Doch Erich hat mir das Gegenteil bewiesen. Bereits nach einigen Stunden sind bei mir Muttergefühle für Erich aufgekommen und er hat sich in mein Herz geschlichen. Ich habe immer geglaubt, dass ich keine Liebe für Kinder empfinden kann. Aber dem ist nicht so. Ich konnte nur mein eigenes Kind nicht lieben. Das Kind meines Vergewaltigers. Gott weiß, ich habe es versucht. Aber der Bub war ihm wie aus dem Gesicht geschnitten und immer, wenn ich in seine Augen blickte, sah ich die seines Vaters. Jedes Mal, wenn ich ihn wickelte, sah ich das sternförmige dunkelrote Feuermal an seinem Oberschenkel. Dasselbe, das ich bei seinem Vater sah, als er mich vergewaltigt und mein Leben in wenigen Minuten aus der Bahn geworfen hat. Ich wusste, wenn ich ihn behalte, könnte ich niemals mit jener Nacht, in der mir sein Vater das angetan hat, abschließen. Mein Unglück hätte ich in Kauf genommen, aber was wäre aus dem Buben geworden, dem ich nur emotionale Kälte hätte entgegenbringen können? Der Bub konnte nichts für die Situation, in die er hineingeboren wurde. Deshalb entschied ich mich dafür, ihn wegzugeben. Ohne dass er jemals nachvollziehen könne, woher er stamme. Deshalb haben Rosa und ich ihn nach Brixen gebracht und ihn dort auf den Stufen vor dem Dom abgelegt. In den Zeitungen haben sie noch wochenlang nach der Mutter des Findelkindes gesucht. Aber ich habe geschwiegen. So hatte er die Chance auf ein neues Leben in einem liebevollen Zuhause, ohne das Wissen, dass er ein ungewolltes Kind aus einer Vergewaltigung war. Deshalb wollte ich auch, dass er nie erfahren solle, woher er komme.

Aber ich denke jeden Tag an ihn. Bete für ihn, dass der Herrgott dafür sorgt, dass es ihm gut geht und er ein zufriedenes Leben führt. Ich verachte mich immer noch dafür, dass ich es nicht geschafft habe, ihn als mein Kind anzunehmen.

Versöhnlich stimmt mich nur, dass ich in der Lage bin, einem anderen Kind zu geben, was ich meinem eigenen nicht geben konnte – immer in der Hoffnung, dass eine andere Mutter dasselbe für mein Kind tut.

Als Amalia umblätterte, entdeckte sie auf der nächsten Seite ein eingeklebtes Schwarz-Weiß-Foto, das ein Baby in Windeln zeigte. Auf dem Oberschenkel befand sich ein ungewöhnliches, auffälliges Feuermal.

„Das ist ein Foto von ihm. Schau, das Feuermal – wie im Text beschrieben“, sagte Evi und betrachtete das Foto eingehend.

„Ein *Bui* also. Sie hat einen leiblichen *Buim* gehabt. Der hat ‚rechtliche Ansprüche' auf das Hexenhaus. Es ist von Anfang an immer um das Haus gegangen. Das leibliche Kind will sein Erbe", sagte Nanne.

„Aber woher soll der wissen, wer seine Mutter war? Sie hat ja geschrieben, dass sie nicht den offiziellen Weg gegangen sind. Ob er von irgendjemand im *Pustertal* adoptiert worden ist? Möglich ist, dass er in die Gegend zurückgekehrt ist. Gefunden wurde er in Brixen. Da hat er sicherlich auch die erste Zeit verbracht. Wahrscheinlich haben sie gehofft, die Mutter doch noch zu finden", spekulierte Amalia.

„Wie alt ist der wohl jetzt?", fragte Evi.

„Auf dem Foto, das Mara mit ihm zeigt, steht: 1976. Da war er ein Baby. Also ist er vierundvierzig. Ich fahre morgen nach Brixen, da gibt es sicherlich ein Archiv mit Zeitungsberichten, in denen vom Findelkind berichtet wurde. Vielleicht finden wir da noch weitere Informationen", sagte Amalia.

„Das ist eine gute Idee", pflichtete Nanne ihr bei.

„Wie Mara das ausgehalten hat? So als Mutter? Vielleicht hat er immer ganz in Maras Nähe gelebt, ohne dass die beiden voneinander wussten. Mich hätte das verrückt gemacht – wenn ich wüsste, dass Leander bei einer anderen Familie lebt. Ich könnte gar nicht anders, als in jedem Kindergesicht nach Ähnlichkeiten zu suchen. Meinst du, Mara hat ihn irgendwann doch gesucht und ihren Buben gefunden?"

„Madonna", rief Nanne auf einmal aus, sodass Amalia und Evi erschrocken zusammenzuckten. „Bei dem passt *olls zsamm.*"

„Bei wem?", fragten Evi und Amalia gleichzeitig.

„Er ist erst seit einiger Zeit in Pfunders, er hat das passende Alter und er ist mir gleich so bekannt vorgekommen.

Jetzt weiß ich auch, warum. Er schaut seiner Mutter ähnlich", sagte Nanne.

„Von wem redest du denn?", fragte Amalia ungeduldig nach, der Nannes dramatische Ich-weiß-mehr-als-du-Pause wieder einmal zu lange dauerte.

„Pfarrer Atzwanger", sagte Nanne bestimmt und ihre Worte hüllten den Raum einige Sekunden lang in Stille.

Amalia dachte nach und fasste sich als Erste wieder. „Vielleicht hast du recht. Der Dienstantritt des Pfarrers in Pfunders fällt zeitlich mit dem ersten Brief des Hüters an die Contis zusammen und vom Alter her kommt er auch infrage. Vielleicht ist er als Findelkind nicht zu einer Familie gekommen, sondern in einem katholischen Waisenhaus aufgewachsen und dann Pfarrer geworden. Das könnte passen. Aber, sieht er Mara wirklich ähnlich?"

„Die dunklen Haare und die hagere Gestalt", warf Evi ein.

„Aber der Pfarrer hat doch blaue Augen und Mara hatte braune", sagte Amalia zweifelnd.

„Mara hat ja geschrieben, dass das Baby die Augen vom Vater hat", entkräftete Evi ihren Einwand.

„Und er wollte unbedingt nach Pfunders. Das hat mir die Gerda erzählt. Eigentlich war jemand anderes als Ersatz vorgesehen. Doch Atzwanger wollte nach Pfunders, angeblich, weil er die Natur und die Ruhe liebe.

„Wahrscheinlich hat er die Gelegenheit genutzt. So konnte er unauffällig nach Pfunders kommen und das Hexenhaus ‚hüten'", schluckte Evi.

„In der Herz-Jesu-Nacht ist er Felix und mir entgegengekommen. Mitten in der Nacht. Wir haben uns beide gewundert, was der Pfarrer so spät noch macht", erinnerte sich Amalia.

„Ich habe ihn auch schon mal gesehen, so gegen Mitternacht auf der Lärchstraße. Das kam mir auch seltsam vor. Unseren Pfarrer Auer hat man nie nachts auf der Straße getroffen“, sagte Evi.

Jetzt schaltete sich Nanne wieder ins Gespräch ein: „Es wäre ganz einfach herauszufinden, ob wir richtig liegen. Wir müssen schauen, ob er ein sternförmiges Feuermal am Oberschenkel hat.“

Amalia und Evi schauten Nanne entgeistert an. „Kannst du uns mal verraten, wie wir es anstellen sollten, den Pfarrer in Unterhosen zu sehen?“

Nanne zuckte mit den Schultern.

„Gut, da hab ich jetzt auch noch keine Lösung. Aber das besprech ich mal mit der Gerda.“

Evi und Amalia schauten einander verblüfft an.

Was die beiden aushecken würden, um den Pfarrer in Unterhosen zu sehen, wollte Amalia nicht wirklich wissen.

Heute Nacht würde es dafür keine Lösung mehr geben und Amalia und Nanne machten sich auf den Heimweg.

25.

Amalia litt allmählich an chronischem Schlafmangel. Zuerst die Nacht bei Evi auf der Couch und tags darauf die lange Nacht, in der sie gemeinsam Maras Aufzeichnungen lasen. Obwohl sie in den letzten Tagen früher zu Bett gegangen war, hatte sie sich noch nicht ganz erholt. Auch ein Zeichen des Alters, dachte sie. Heute würde es wieder spät werden. Evi hatte sie angerufen und gefragt, ob sie noch mal *kindsen* konnte, weil Thomas sie gefragt hatte, ob sie sich treffen könnten. Amalia war nicht begeistert, wollte ihre Freundin aber auch nicht hängen lassen und sagte zu. Nach ihrer Erfahrung mit Evis letztem Date stellte sie sich wieder auf eine lange Nacht im Hexenhaus mit den drei kleinen Rackern ein.

Als Amalia ankam, hatten die Kinder schon gegessen. Simon und Andreas waren bereits im Schlafanzug und schauten eine Kindersendung. Leander krabbelte zu ihr auf den Schoß und Amalia spielte „Hoppe, hoppe, Reiter" mit ihm. Bei „... macht der Reiter plumps" ließ sie ihn vom Schoß Richtung Boden fallen und zog ihn dann an den Händen wieder nach oben. Leander kreischte vor Freude. Sobald er wieder oben saß, musste Amalia von Neuem mit dem Kinderreim beginnen. Nach gefühlt hundert Wiederholungen ging sie mit den Kindern nach oben, um sie ins Bett zu bringen. Sie putzte Leander die Zähne, las ihm noch eine kurze Geschichte von einem Hasen vor und wartete an seinem Bett, bis er eingeschlafen war. Die beiden Großen waren allein zu Bett gegangen. Sie öffnete leise die Schlafzimmertür und schaute hinein. Beide schliefen tief und fest.

Geschafft ging sie hinunter ins Wohnzimmer. Sie wollte die Zeit nutzen, um noch mal in Maras Heften zu blättern. Amalia suchte das Heft heraus, in dem sie das Babyfoto gefunden hatten. Vielleicht hatten sie doch etwas übersehen. In den Archiven in Brixen hatte sie alte Zeitungsberichte über das Findelkind gefunden, und später gab es noch einmal einen Bericht darüber, dass das Kind von einem Ehepaar im *Pustertal* adoptiert worden war. Aber ansonsten gab es keine Anhaltspunkte. Keine Namen, keine weiteren Ortsangaben, womit Amalia hätte weiterrecherchieren können. Nach dem Datum des Zeitungsartikels schloss sie, dass der „Hüter" Jahrgang 1976 war, wahrscheinlich im Januar geboren. Noch von Brixen aus hatte sie Nanne angerufen und sie damit beauftragt, das Geburtsdatum von Pfarrer Atzwanger herauszufinden – und zwar unauffällig, damit er keinen Verdacht schöpfte, dass sie ihm auf den Fersen waren, hatte sie Nanne ausdrücklich instruiert. Erst wenn sie sich sicher waren, wollten sie Marchetti Bescheid geben, und vorher sollte Atzwanger keine Möglichkeit zur Flucht haben.

Amalia überflog einige Seiten. Arzneipflanzen, Kräuter, Salben, Tinkturen und eine längere Textstelle, die eine schwere Geburt beschrieb. Oh Gott, dachte Amalia und bereute es, die Stelle gelesen zu haben. Ich glaube, ich lasse auch mal einen geplanten Kaiserschnitt machen wie die Promis und verzichte auf das Erlebnis einer Spontangeburt. Aber da sie nicht schwanger war und dies in naher Zukunft auch nicht geplant hatte, schob sie den Gedanken beiseite.

Es war schon kurz vor Mitternacht, als sie eine Whatsapp-Nachricht von Evi erhielt, dass sie noch mit zu Thomas ging. Ansonsten hatte sie keine weiteren Nachrichten. Sie hörte Leander oben weinen und spurtete zu ihm hinauf. Sie hob den Kleinen aus dem Bett. Da er nach seiner *Mamme* weinte und nicht wieder einschlafen wollte, beschloss sie, ihn mit nach unten zu nehmen. Vielleicht schlief er auf der Couch ein. In seiner Bettdecke eingewickelt, setzte sie ihn auf die Couch und ging in die Küche, um seinen Trinkbecher mit Wasser zu füllen.

Als sie zurückkam, sah sie, dass Leander sich beruhigt hatte. Er saß seelenruhig da und schaute konzentriert auf Maras Schulheft auf seinem Schoß. Mit seinen kleinen Fingern zog er gerade einen dünnen Streifen Papier nach dem anderen vom rückseitigen Einband ab.

„Was machst du da, spinnst du", schrie sie den Kleinen an und riss ihm das Buch aus der Hand, „warum musst du immer alles kaputt machen?"

Leander schien sich keiner Schuld bewusst zu sein. Doch ihr lautes Schreien schien ihn erschreckt zu haben und er begann erneut zu weinen.

Amalia wollte ihn auf den Arm nehmen. Was konnte der kleine Knopf dafür, versuchte sie sich zu beruhigen. Doch Leander wehrte sich und wollte sich von ihr nicht in den Arm nehmen lassen. Er schlug mit seinen kleinen Fäusten wütend auf sie ein und schrie immer lauter.

„Pst, du weckst die anderen ja auf", sprach ihm Amalia gut zu, doch Leander wollte sich nicht beruhigen lassen. Am liebsten hätte Amalia den Buben geschüttelt. Aber stattdessen atmete sie tief durch. Als sie aufschaute, stand Simon in der Tür. „Was ist denn hier los?", fragte er schlaftrunken, dann setzte er sich auf die Couch zu seinem Bruder. Der Kleine kuschelte sich zu ihm und beruhigte sich.

Amalia tat es leid, dass sie so ausgerastet war. Warum schaffte es dieses kleine Wesen, sie so aus der Fassung zu bringen? Sie wusste keine Antwort darauf. Vielleicht war sie für Kinder nicht geschaffen, dachte sie.

Simon hatte Leander das Heft aus der Hand genommen und betrachtete interessiert das Foto. „Ist das das Kind von unserem Lehrer?“, fragte Simon und riss Amalia aus ihren Gedanken.

„Wie kommst du darauf?“

„Deswegen.“ Der Bub deutete auf das Feuermal. „Der Herr Gruber hat genau so einen roten Stern am Oberschenkel.“

„Wie? Thomas Gruber? Bist du dir absolut sicher?“

„Wir hatten letztens mit unserer Klasse Schwimmunterricht und da ist es mir aufgefallen. So ein blutroter Fleck, der aussieht wie ein Stern, so was hab ich noch nie gesehen.“

Amalia schluckte. Thomas – ein Wahnsinniger? Der nette attraktive Lehrer? Doch was wussten sie wirklich über ihn? Nichts, außer dass er seit letztem Schuljahr an der Grundschule unterrichtete und bei Eltern und Schülern beliebt war. Wenn es stimmte, was Simon sagte, lagen sie mit Pfarrer Atzwanger komplett daneben und Evi war gerade mit dem Hüter allein unterwegs. Sie war bei ihm zu Hause und ahnte nicht, dass sie in höchster Gefahr schwebte.

26.

Evi wunderte sich über sich selbst. Sie hatte Spaß am Leben, alles war neu und aufregend. Wie hieß es in alten Schlagern? *Eine neue Liebe ist wie ein neues Leben* ... und genauso fühlte es sich an. Sie war in den letzten zwei Wochen öfters ausgegangen als in den letzten beiden Jahren zusammen. Sie merkte, wie sie aufblühte. Zunächst zaghaft und dann immer mehr erinnerte sie sich an die Frau, die sie früher einmal gewesen war. Sie hatte ihre Jugendliebe geheiratet, früh Kinder bekommen und war durch die Arbeit auf dem Hof, im Haushalt für Mann und Kinder in ein enges Korsett gezwängt worden. Nicht, dass alles schlecht gewesen wäre. Nein, sie und Michl hatten viele gute Jahre zusammen gehabt, aber der Alltag hatte sie oft aufgefressen. Für Fragen wie „Wer bin ich?" oder „Was erwarte ich mir vom Leben?" hatte es schlicht und einfach keine Zeit gegeben. Sie hatte viel Zufriedenheit aus ihrer glücklichen Familie gezogen, hatte aber ihre eigenen Wünsche und Träume zurückgestellt. Als junges Mädchen wollte sie, so wie Amalia, reisen, etwas von der Welt sehen und gleichzeitig beruflich erfolgreich sein. Sie hatte hart mit ihren Eltern darum gekämpft, die Matura machen zu dürfen. Doch danach war aus ihren Plänen nichts geworden, da sie mit Anfang zwanzig schwanger wurde. Sie war froh, Mutter zu sein, um nichts in der Welt hätte sie ihre drei Kinder gegen Amalias freies, oft chaotisches Singleleben eingetauscht, aber ... während der Zeit mit Thomas war ihr wieder bewusst geworden, dass es auf der Welt noch mehr gab. Es war herrlich gewesen, nach Innsbruck zu fahren, in ein schönes Restaurant zu gehen und ein Gegenüber zu haben, das aufmerksam zuhörte. Auch der Ausflug in das Archäologiemuseum hatte ihr vor Augen geführt, wie schön es war, in den Kindern vielseitige Interessen zu wecken und dabei auch das eigene Wissen zu erweitern. Thomas' ehrliches Interesse an ihr hatte sie selbstbewusster werden lassen. Seine bewundernden Blicke gaben ihr ganz nebenbei das Gefühl, schön und begehrenswert zu sein.

Auch der heutige Abend war großartig. Zuerst gingen sie auf eine Pizza zum *Lodenwirt,* anschließend saßen sie noch lange bei einem guten Glas Wein zusammen und unterhielten sich. Sein aufrichtiges Interesse an dem, was sie erzählte, seine Fürsorge, wenn es um das Hexenhaus ging, sein Humor, mit dem er vom Schulalltag berichtete, hatten die Zeit wie im Flug vergehen lassen. Irgendwann legte er seine Hand auf ihre. Seine unaufdringliche Art gefiel ihr. Obwohl sie beide über dreißig und ungebunden waren, übte er keinerlei Druck auf sie aus, um sie ins Bett zu kriegen. Er zeigte ihr deutlich, dass sie ihm gefiel und dass er sie wollte, machte jedoch klar, dass das „Wann" ihre Entscheidung sei. So hatte sich zwischen ihnen eine erotische Spannung aufgebaut, die jede einzelne Berührung umso prickelnder werden ließ. Beiden war klar, wohin ihr Weg führte. Als er sie heute fragte, ob sie noch mit zu ihm kommen wollte, stimmte sie ohne Zögern zu. Schnell hatte sie eine Whatsapp-Nachricht an Amalia geschrieben. Die Fahrt zurück nach Pfunders war eine süße Qual. Einerseits konnte Evi es kaum erwarten, mit Thomas alleine zu sein, andererseits hatte sie doch ein wenig Angst vor der eigenen Courage. Schließlich wäre es das erste Mal seit über zehn Jahren, dass sie mit jemand anderem als Michl schlafen würde. Sie verkniff sich ein nervöses Kichern.

In seiner modern eingerichteten Wohnung setzte sie sich ein wenig unsicher auf seine helle Couch und trank einen großen Schluck von dem dunklen Rotwein, den er ihr gereicht hatte.

Er setzte sich neben sie und beobachtete sie für einen Moment. Als Evi ihr Weinglas abstellte merkte sie, dass ihre Hände zitterten. Thomas schien es auch zu bemerken. Er nahm ihr beiden Hände in seine und zog sie entschlossen an sich.

„Endlich“, sagte er zärtlich und küsste sie. Wie sie schon vom Herz-Jesu-Feuer wusste, war er ein ausgezeichneter Küsser. All ihre Zweifel und Unsicherheiten zerschmolzen wie Schnee in der Frühlingssonne. Sie gab sich ihren Gefühlen hin. Es war so aufregend, einen Körper zu berühren, der einem nicht vertraut war, Lippen zu schmecken, die fremd waren, Küsse zu spüren, die anders waren. Als er begann, ihre Bluse aufzuknöpfen, und ihren Busen berührte, stöhnte sie auf. Hastig entledigten sie sich gegenseitig ihrer Kleidung. Als sie nur noch Unterwäsche anhatten, hob er sie hoch und trug sie ins Schlafzimmer. Liebevoll legte er sie auf das breite Doppelbett und sah sie an. „Du bist wunderschön.“

Ihre Haut begann unter seinem Blick zu kribbeln. In knappen Boxershorts wirkte er viel muskulöser als in seinen losen Klamotten. Er war ein attraktiver Mann, dachte sie glücklich. Sie streckte die Arme nach ihm aus. Obwohl es erst Juni war, war er schon gebräunt, allerdings nur die Arme und Beine. Man sah deutlich die Ränder von T-Shirt und Laufshorts. Auf seinem Oberschenkel erkannte sie plötzlich ein Feuermal – und zwar ein sternförmiges. Konnte das sein? Ihre Gedanken fuhren Karussell. Aber das würde ja bedeuten ... Reflexartig zog sie die Decke zu sich und setzte sich erschrocken auf. Im nächsten Moment dachte sie schon panisch: Nur nichts anmerken lassen, nur nichts anmerken lassen. Ich muss mich ganz normal verhalten. Sie ließ die Decke sinken und setzte ein – wie sie hoffte – verführerisches Lächeln auf.

„Komm her zu mir“, sagte sie, konnte aber nicht verhindern, dass ihre Stimme kippte.

Thomas sah sie an. Ihm schien die Veränderung aufgefallen zu sein. Sein Blick wurde durchdringend.

„Was ist los, Evi?“

Sie fühlte sich auf einmal nackt und ausgeliefert. Wie unter Zwang zog sie die Decke wieder hoch und bedeckte ihre Blöße.

„Es ging alles so schnell, vielleicht brauche ich noch Zeit. Die Kinder, ich sollte …“, fabulierte sie wirr.

Sein Blick wurde hart.

„Du meinst also auch, du kannst mich für dumm verkaufen?“

„Nein, Thomas. Wie kommst du darauf? Ich …“

Oh Gott, was sollte sie tun? Sie musste aus dieser Wohnung raus. Sie brauchte Hilfe. Wo war ihr Handy? Drüben im Wohnzimmer! Ihre Gedanken schossen wild hin und her. Er durfte nicht merken, dass sie wusste, dass er Maras leiblicher Sohn war. Eher sollte er sie für eine neurotische Hausfrau halten, die nicht wusste, was sie wollte. Was bedeutete das Feuermal überhaupt? Bedeutete es, dass er der „Hüter“ war? Oder der Mörder? Oder beides? Sie musste hier weg.

„Thomas, es tut mir leid. Ich dachte, ich wäre schon so weit, aber es ist noch zu früh. Die Trennung von Michl ist noch so frisch. Ich weiß, das ist jetzt eine blöde Situation, aber ich muss nach Hause.“

„Ich dachte, du wärst anders.“

Seine Gesichtszüge wurden streng. Harte Linien gruben sich in seine Mundwinkel. Er kam ihr plötzlich fremd vor.

„Du bist genau wie alle anderen", brüllte er und packte sie am Arm.

Evi schrie vor Schreck und Schmerz auf.

Er schleuderte sie zurück aufs Bett. „Ich hielt dich für anständig und ehrlich. Aber du unterscheidest dich nicht von den anderen. In meinem Leben wurde ich ständig für dumm verkauft, belogen oder im Stich gelassen."

„Aber ich ..."

„Wie du in das Hexenhaus eingezogen bist, wollte ich dich unbedingt loswerden. Weil es meins ist. Aber dann ...", er zögerte und sah sie traurig an, sein Zorn schien in sich zusammenzufallen, „habe ich dich näher kennengelernt und gedacht, dass du vielleicht dort sein solltest. Zusammen mit deinen Buben. Nach unserem Date in Innsbruck habe ich mir allmählich vorstellen können, dass wir dort alle zusammenleben – wie eine Familie. Mit dir hätte ich das Hexenhaus geteilt", sagte er wieder ruhiger.

Wenn er schon so offen sprach, hatte es wahrscheinlich keinen Sinn, länger die Unwissende zu spielen, dachte sich Evi. Angelogen zu werden, machte ihn augenscheinlich zornig. Sie musste irgendwie versuchen, ihn zu beruhigen und dann aus der Wohnung zu laufen ... oder wenigstens ins Wohnzimmer zu ihrem Handy zu kommen oder in die Küche – vielleicht gab es da ein Messer, mit dem sie sich verteidigen konnte. Tausend Gedanken gingen ihr gleichzeitig durch den Kopf. Die Angst lähmte sie. Sie wollte nichts Falsches sagen. Dieser Mann hatte schon Emma und Ruppert umgebracht, was sollte ihn davon abhalten, ihr etwas anzutun?

„Das Hexenhaus ist also dein Haus?“, fragte sie und hoffte inständig, seinen Zorn nicht erneut auszulösen.

Er setzte sich auf die Bettkante. „Mara hat es mir versprochen. Ich wusste immer, dass ich adoptiert war. Meine Adoptiveltern hatten schon ein Mädchen, wollten aber unbedingt einen Sohn, der ihre Schmiede übernehmen sollte. Meine Adoptivmutter hatte nach Komplikationen bei der ersten Geburt keine Kinder mehr bekommen können. So adoptierten sie mich. Ich habe aber immer gespürt, dass ich in dieser Familie falsch war. Ich habe nie hineingepasst. Sie wollten einen harten Burschen, einen ordentlichen Handwerker. Ich hatte zwei linke Hände, habe lieber gelesen, wollte Lehrer werden. Sie haben ihre leibliche Tochter immer bevorzugt. In ihren Augen konnte dieses Biest nichts falsch machen. Ich hingegen machte nie etwas richtig. Oft habe ich gehört: „Kein Wunder, dass deine Mutter dich nicht wollte. Was soll man mit einem Buben wie dir anfangen?“

Sobald ich volljährig war, habe ich mich auf die Suche nach meinen leiblichen Eltern gemacht. Leider bin ich nicht weit gekommen. Man hat mich auf den Stufen des Brixner Doms gefunden. Keiner konnte mir mehr sagen, Sackgasse. Ich habe mich in eine Datenbank eintragen lassen, über die leibliche Eltern und zur Adoption freigegebene Kinder miteinander Kontakt aufnehmen können, wenn beide Parteien dies wünschen. Jahrelang ist nichts passiert. Erst als Mara an Krebs erkrankte und wusste, dass sie nicht mehr lange leben würde, hat sie begonnen, nach mir zu suchen. Sie war im Hospiz, als ich sie das erste Mal gesehen habe. Das war im letzten Frühling vor einem Jahr. Wir haben stundenlang miteinander geredet. Sie hat mir ihre Geschichte erzählt. Es war hart, zu hören, dass ich bei einer Vergewaltigung gezeugt wurde und sie mich daher nicht annehmen und lieben konnte. Ihre Schilderungen waren teilweise schwer auszuhalten. Aber es war auch heilend. Sie konnte sich ihren Schmerz und ihre Schuldgefühle von der Seele reden und ich konnte verstehen, warum sie mich nicht behalten hatte. Am Schluss war ich ihr ganz nah. Endlich hatte ich den Menschen gefunden, zu dem ich gehörte. Sie hat versprochen, mich in ihrem Testament zu bedenken. Vor der ganzen Welt wollte sie am Schluss zu mir stehen. Das hat mir sehr viel bedeutet." Er schlug mit der Faust gegen die Wand hinter dem Bett.

Evi konnte sehen, dass seine Knöchel zu bluten begannen, was ihn nicht im Geringsten zu stören schien. Sie kauerte sich klein zusammen. Sollte sie einfach losrennen? Das Wissen, dass er stärker und schneller war als sie, ließ sie zögern. „Und dieses Testament ist verschwunden?", fragte sie stattdessen.

„Sie haben zusammengehalten. Gegen mich. Wieder einmal war ich der Dumme", sagte er bitter. „Sie haben mir schon meine Mutter genommen. Ihnen hat Mara die Liebe geschenkt, die sie mir vorenthalten hat. Aber das war ihnen nicht genug. Sie wollten auch noch mein Haus. Seit Generationen gehen die Höfe auf die Kinder und Kindeskinder über. Mit dem Haus, verstehst du, wollte Mara mich als ihren leiblichen Erben legitimieren. Aber das haben sie mir nicht vergönnt."

„Wen meinst du?", fragte Evi.

„Nachdem Mara gestorben war, wartete ich geduldig auf die Testamentseröffnung. Zufällig wurde an der Grundschule in Pfunders eine Stelle frei und ich bin letztes Jahr hierhergezogen. Die Wochen und Monate vergingen. Aber niemand hat zu mir Kontakt aufgenommen wegen meines

Erbes. Irgendwann sind Italiener in mein Haus eingezogen. Das konnte ich nicht zulassen. Die waren zum Glück vernünftig und sind bald wieder gegangen. Dann habe ich beim *Kirschta* Emma gesehen. Sie ist mit diesem schmierigen Italiener im Wald verschwunden. Ich habe auf sie gewartet. Ich dachte, sie müsste etwas wissen, weil sie sich am Ende um Mara gekümmert hat. Mir ist es nie um das Geld gegangen. Ich wollte das Haus nie verkaufen, ich wollte nur, dass ich endlich offiziell als Maras Sohn anerkannt würde. Als Emma verstanden hat, wer ich bin, ist sie ausgerastet. Sie hat mich als Feigling beschimpft, weil ich anonyme Briefe schreibe, anstatt mit offenem Visier zu kämpfen. Ich habe sie bedrängt und schließlich hat sie zugegeben, das Testament gefunden zu haben. Sie habe es Ruppert gegeben, weil sie nicht wusste, was sie machen sollte. Da habe ich rotgesehen. Mara wollte zum Schluss etwas an mir gutmachen und diese Frau hat eigenmächtig eingegriffen und mir mein Haus genommen. Ich hatte keine Liebe als Kind, habe nirgendwo hingehört und diese Frau entscheidet ohne Befugnis, das Testament, das alles in Ordnung bringen sollte, ihrem Bruder zu geben. Nur weil Ruppert Geldprobleme hatte. Sie verteidigte ihr Verhalten und bezeichnete mich als abartig. Mich!“ Er fuhr sich mit der Hand über die schweißnasse Stirn. In seinen Augen lag ein fiebriger Glanz. „Ich konnte mir das nicht mehr anhören. Ich musste sie zum Schweigen bringen.“

Wie um Verständnis heischend, sah er sie an.

Evi schlug die Hände vors Gesicht. Thomas hatte so gut wie zugegeben, dass er Emma umgebracht hatte. Er konnte sie nicht gehen lassen. Sie musste hier weg. Ganz langsam rutschte sie Richtung Bettrand.

„Hatte Ruppert das Testament?“, fragte sie mit zittriger Stimme.

„Ich bin zu ihm gefahren, in sein protziges Haus.“ Wieder schlug er mit der Faust gegen die Wand. Verzweiflung verzerrte sein Gesicht zu einer Fratze. „Er hat mir ins Gesicht gesagt, dass es kein Testament mehr gebe. Er habe es ins Kaminfeuer geworfen. Er hat gesagt, ich sei in Maras Leben nie vorgekommen. Ich sei ein Fremder. Warum solle ich von ihrem Tod profitieren? Er hat mit mir geredet, als wäre ich ein Erbschleicher, dabei bin ich der einzige rechtmäßige Erbe. Für ihn war mein Haus nur eine Möglichkeit, seine Schulden zu begleichen. Mit der Vernichtung des Testaments hat er mir jede Möglichkeit genommen, als Maras Sohn anerkannt zu werden. Endlich irgendwo dazuzugehören.“

Evi meinte zu verstehen, dass Thomas’ Hauptmotiv die verwehrte Zugehörigkeit zu einem Menschen war. Vielleicht zu einer Mutter, die er ein ganzes Leben vermisst hatte. Späte Mutterliebe, symbolisiert durch das Haus.

„Womöglich könntest du einen DNA-Test machen?“, fragte sie zaghaft und rutschte noch weiter zur Bettkannte. Vielleicht könnte sie die Tür erreichen, sie ihm vor der Nase zuschlagen und dann aus der Wohnung laufen. Wenn sie im Flur schrie, musste sie jemand hören.

„Mit wem hätte ich meine DNA vergleichen sollen?“, fragte er beißend. „Emma, Erich und Ruppert waren Pflegekinder, also keine echte Verwandtschaft. Mara war eingeäschert worden. Ruppert hat mir die einzige Möglichkeit genommen, an mein Haus zu kommen.“

„Das ist wirklich schlimm“, sagte Evi. Er betrachtete sie einen Augenblick nachdenklich, als überlegte er, wie sie darauf gekommen waren. Dann verengten sich seine Augen zu Schlitzen.

Evi wich noch weiter zurück.

„Und du bist genau wie sie", zischte er dann. „Du hast dich in meinem Haus eingenistet, meine Gutmütigkeit ausgenutzt und mich dann doch zurückgewiesen."

Evi versuchte den Abstand zu ihm zu vergrößern. Er packte sie an beiden Oberarmen und drückte sie aufs Bett. Sie schrie auf und wehrte sich. Es gelang ihr, einen Arm zu befreien und ihn quer über die Wange zu kratzen. Sie schlug gegen seine Brust. Er bekam ihr Handgelenk zu fassen und drückte sie ins Bett. Unter seinem Körpergewicht fühlte Evi sich wie einbetoniert. Sie konnte sich nicht mehr bewegen. Sie stieß einen lang gezogenen Schrei aus, verstummte aber, als sie seine Hände um ihren Hals spürte.

„Bitte nicht, bitte nicht", wimmerte sie. „Denk an meine Buben." Tränen stiegen ihr in die Augen, als sich der Druck auf ihren Hals verstärkte. Sie bekam Atemnot. Wild ruderte sie mit ihren Armen, konnte ihn aber nicht wegschieben. Meine Kinder! Leander! Simon! Andreas! Bitte nicht. Sie versuchte zu atmen, bekam aber keine Luft. Ihre Gedanken verlangsamten sich. Simon. Andreas. Leander. Ihr Sichtfeld engte sich ein. Die Ränder wurden schwarz. Mehr Schwarz. Andreas. Leander. Simon. Nur noch ein weißer Punkt in der Mitte. Keine Luft mehr. Leander. Simon. Andreas. Der weiße Punkt verlosch.

27.

Was sollte sie tun? Konnte sie die Kinder alleine lassen, um ins Dorf zu Thomas' Wohnung zu fahren, oder sollte sie sie ins Auto packen? Das würde zu lange dauern, dachte Amalia. Hektisch ging sie in die Küche und zückte ihr Telefon. Sie versuchte Marchetti zu erreichen, um ihm die Situation zu schildern. Er ging nicht ans Telefon. Panisch wählte sie die Nummer der *Carabinieri*-Station. Oberhollenzer meldete sich verschlafen. Sie schilderte ihm kurz die Sachlage und bat ihn, Marchetti zu informieren und sich auf den Weg zu Thomas Gruber zu machen.

„Simon, meinst du, du und Andreas könnt hier kurz alleine bleiben. Ich muss kurz zu mir nach Hause fahren, weil ich dringend etwas holen muss." Sie wollte ihm verständlicherweise nicht sagen, dass sie Angst um das Leben seiner Mutter hatte. „Leander nehm ich mit."

Simon nickte und ging widerspruchslos nach oben, als spürte er, dass viel davon abhing, dass sie sofort losfuhr. Leander waren die Augen zugefallen und er lag schlafend auf der Couch. Doch hierlassen konnte sie ihn auf keinen Fall. Sie wickelte ihn in seine Bettdecke ein und legte ihn auf die Rückbank ihres Wagens. Dann fuhr sie los. Panisch schoss Amalia mit ihrem Mini die Straße entlang und hielt mit quietschenden Reifen vor dem Haus des Lehrers. Ihr Blick fiel auf den Rücksitz. Leander schlief. Kurze Zeit später traf Oberhollenzer zusammen mit Marchetti ein, der in Zivil war. Wahrscheinlich hatte er heute freigehabt, dachte Amalia.

„Lass uns gehen hinein. Du bleibst hier", sagte er kurz.

Die Polizisten begaben sich mit gezogenen Pistolen vor Grubers Haustür in Position. Dann ging alles ganz schnell.

Auf ein gemeinsames Kommando hin trat Marchetti die Tür mit einem wuchtigen Tritt ein. Die beiden Polizisten hatten das Überraschungsmoment auf ihrer Seite. Amalia schlich unerlaubterweise hinter ihnen her und sah, wie Thomas, überrascht von den beiden *Carabinieri,* mit ungläubigem Blick die Hände von Evis Hals nahm. Evi lag leblos da. Marchetti überwältigte den Lehrer und drückte ihn zu Boden. Während Oberhollenzer ihm Handschellen anlegte, eilte Marchetti zu Evi und rief die Rettung. Ihr Hals war an den Stellen, an denen Thomas sie gewürgt hatte, feuerrot und ihre Gesichtsfarbe war erschreckend weiß.

Amalia befürchtete das Schlimmste. Ängstlich kniete sie sich neben Evi hin. Erleichtert stellte sie fest, dass sich Evis Brust hob und senkte, wenn auch nur schwach. Sie brachte sie in die stabile Seitenlage. Aber Evi kam nicht zu sich. Waren sie zu spät gekommen? Marchetti nahm in der Zwischenzeit eine Decke von der Couch und reichte sie Amalia, damit sie ihre Freundin, die lediglich mit Slip und BH bekleidet war, zudecken konnte. Oberhollenzer erhielt von Marchetti den Befehl, Thomas in die *Carabinieri*-Station zu bringen.

Als Oberhollenzer ihn abführte, blieb er kurz vor Amalia stehen: „Warum musstest du dich einmischen? Nach unserem ersten Date in Innsbruck habe ich mir gedacht, dass aus mir und Evi was werden könnte. Aber du hast mir nachspioniert und alles kaputtgemacht … Ich bin der Hüter … das Haus ist mein."

Seine Worte ließen Amalia schaudern. Thomas' Blick wirkte fiebrig und verwirrt, als stünde eine andere Person vor ihnen.

Marchetti, dem ihre Betroffenheit nicht entgangen war, sagte streng: „Abführen, Oberhollenzer, bringen Sie ihn weg schnell."

Der Notarzt traf ein und kümmerte sich um Evi, die endlich wieder zu Bewusstsein kam.

Amalia zog ihr Handy heraus und wählte Nannes Nummer. Obwohl es mitten in der Nacht war, klingelte es keine dreimal und Nanne nahm ab.

„Hallo", hörte Amalia die verschlafene Stimme ihrer Nachbarin.

„Nanne, da ist Amalia. Der Fall ist gelöst und der Hüter ist gefasst. Der Lehrer war's. Aber das erklär ich dir alles später. Ich will Evi ins Krankenhaus begleiten. Kannst du auf die Kinder im Hexenhaus aufpassen? Ich hole dich in fünf Minuten ab und bring dich hin", fasste sich Amalia kurz.

„Steh parat", antwortete Nanne, ohne zu zögern, und legte auf. Amalia blickte verwundert auf ihr Telefon. Wenn man ihre Nachbarin brauchte, dann war sie da, Tag und Nacht. Auf die Stoana Nanne war Verlass, das wusste jeder im Dorf. Was sie aber verwunderte, war, dass sie auflegte, ohne auch nur eine klitzekleine Information zu erfragen.

Die Sanitäter trugen Evi auf der Trage hinaus zum Krankenwagen. Der Notarzt erklärte Marchetti, dass sie sie nach Brixen ins Krankenhaus brächten. Auf Amalias ängstliche Fragen versicherte er, dass Evi wieder gesund werden würde. Darauf lief sie zu ihrem Auto und schaute sofort auf die Rücksitzbank. Leander schlief tief und fest. Gott sei Dank, dachte Amalia. Den Kleinen hatte sie bei der ganzen Aktion ganz vergessen. Dann holte sie Nanne ab und setzte sie während der Fahrt zum Hexenhaus ins Bilde.

Als sie dort ankamen, trug Amalia den schlafenden Leander ins Bett. Als sie wieder herunterkam, sah sie, wie Nanne vor dem Blumenstrauß stand.

„Mir hat der Strauß so gut gefallen, dass ich der Hoferin zur Geschäftseröffnung von ihrer Friseurladen-Filiale in Bruneck genau so einen schenken wollte. Bin ja schon so lange ihre Stammkundin. Also bin ich zur Blumenhändlerin. Die hat mich dann angeschaut und gemeint, das solle ich mir noch mal überlegen. Da gebe es einen Blumen-Knigge, hat sie mir erklärt, was man zu welchem Anlass für Blumen schenke. Da stehen die Callas für Bewunderung und Schönheit über den Tod hinaus. Also eine sogenannte Todesblume, wie die Chrysantheme auch. Ich hab mich dann doch für einen schönen bunten Frühlingsstrauß entschieden. Hab mich aber gefragt, ob der Lehrer das gewusst hat, als er die Blumen für die Evi ausgesucht hat. Jetzt bin ich mir sicher, der hat es gewusst."

Amalia nickte und verstand. „Nanne, schmeiß das Zeug raus in die Tonne. Ich glaube nicht, dass die Evi die noch sehen will, wenn sie nach Hause kommt."

„Das glaube ich allerdings auch nicht", stimmte ihr Nanne zu und schüttelte betrübt den Kopf. „Die arme *Gitsche,* ich mag mir die Angst, die sie hatte, gar nicht vorstellen. Um ein Haar wäre es zu spät gewesen. Aber den Lehrer hatte ich überhaupt nie in Verdacht, weil der schon vor über einem Jahr nach Pfunders gekommen ist, lange bevor der erste Brief geschrieben wurde. Ich war so sicher, dass es der Pfarrer war. Gerda hat gestern herausgefunden, dass er unter Schlafproblemen leidet. Deswegen hat er die Ruhe und Abgeschiedenheit von Pfunders gesucht. Deswegen geht er auch mitten in der Nacht spazieren." Wieder schüttelte Nanne bedauernd den Kopf. Es nagte an ihr, dass sie – weil sie den Falschen verdächtigt hatte – Evi in eine so gefährliche Situation hatte geraten lassen.

Amalia legte ihrer Nachbarin tröstend den Arm um die Schulter und sagte: „Wenn Evi nicht wieder ganz gesund wird, könnte ich es mir auch nie verzeihen."

Dann packte sie eilig einige von Evis Sachen in eine Tasche, um sie ihr ins Krankenhaus mitzunehmen. Kurz entschlossen nahm sie die Schachteln mit Maras Schulheften. Sie wollte sie Marchetti geben, damit er einen zusätzlichen Beweis hätte, dass es sich bei Thomas Gruber um Maras leibliches Kind handelte.

Als sie die Autos der Carabinieri noch vor der Wohnung des Lehrers stehen sah, hielt sie an. Sie winkte Oberhollenzer zu, der gerade Absperrbänder befestigte. Dieser beeilte sich, Marchetti zu holen. Es dauerte nur wenige Minuten und er war bei ihr.

„Also, ich wollte dir das noch geben", sagte sie ohne einleitende Worte. „Wir haben das im Hexenhaus gefunden. Es sind Aufzeichnungen von Mara und ein Foto von ihrem Sohn. Simon, Evis Sohn, hat das sternförmige Feuermal erkannt. Er hat den Lehrer beim Schwimmunterricht in Badehosen gesehen."

Marchettis Gesichtsausdruck wurde ungewöhnlich streng. „Warum habt ihr nicht gleich gemeldet, als ihr gefunden habt die Buch und die Foto? Das sind eine Beweismittel. Was meinen Sie, Oberhollenzer? Unterschlagung von Beweismitteln, sehen Sie das auch so?"

Amalia sah, dass Oberhollenzer mit sich rang. Das konnte doch nicht Lorenzos Ernst sein. Unterschlagung von Beweismitteln? Sie hatte doch nicht gewusst, wer auf dem Foto war. Gut, die Hefte hatten sie schon einige Tage ... Aber Unterschlagung?

„Ja, schon, Chef. Aber sie hat es doch gleich jetzt gebracht", versuchte der junge *Carabiniere* ihr zu helfen.

„Was meinen Sie, Oberhollenzer? Schließlich wird mir immer wieder vorgeworfen, dass ich gegen Bekannte oder Familie nicht ermittle korrekt, Gefängnis für Frau Engl wegen Unterschlagung ..."

Amalia schaute ihn entsetzt an.

Dann begann Lorenzo zu lächeln: „... oder eine Spende an die *Bauernjugend?*"

Oberhollenzer grinste.

„Gut, ich habe verstanden. Ich spende was und zeig dir dann die Überweisung. Aber jetzt fahr ich zu Evi ins Krankenhaus."

„Mach das. Gute Besserung."

Amalia nickte.

Während der Fahrt dachte sie unaufhörlich an Evi. Was für ein Schock musste das für ihre Freundin gewesen sein? Nach einer langjährigen Beziehung denkt man wieder jemanden gefunden zu haben, der sympathisch ist, der einen unterstützt und dem man vertraut. Jemanden, der sich mit den Kindern gut versteht. Man verliebt sich allmählich, hat ein Date und stellt dann, kurz bevor man miteinander im Bett landet, fest, dass man sich in einen Psychopathen verliebt hat, der zwei Menschen auf dem Gewissen hat und einem noch selbst nach dem Leben trachtet.

Amalia hoffte, dass es Evi irgendwann wieder gelänge, sich trotz dieser traumatischen Erfahrung wieder jemandem zu öffnen und zu vertrauen. Amalia war bewusst, dass dies ein steiniger Weg werden würde, und schwor sich, Evi zu unterstützen, wo sie nur konnte. Auch wenn dies bedeutete, dass sie in nächster Zeit öfters auf Evis kleine Teufel aufpassen müsste. Evi sollte wieder glücklich werden. Sie hatten schon so viele schwierige Situationen während ihrer langjährigen Freundschaft gemeistert, da würden sie auch das schaffen.

28.

Zwei Tage später saß Amalia in ihrem Mini und legte gerade den Rückwärtsgang ein. Sie war schon viel zu spät dran, obwohl sie Evi versprochen hatte, sie pünktlich aus dem Krankenhaus abzuholen. Nanne passte inzwischen auf die Kinder im Hexenhaus auf. Schwungvoll fuhr sie rückwärts. Sie erschrak beim gellenden Ton einer Hupe und trat kräftig auf die Bremse. Vor lauter schnell, schnell hätte sie fast Marchettis Polizeiauto gerammt. Wo kam denn der so plötzlich her?

„Willst du mich umbringen?“, sagte Lorenzo, als er ausstieg und zu ihrem Wagen ging.

Amalia ließ das Fenster herunter. „Sorry, ich habe dich gar nicht gesehen, Lorenzo. Ich muss Evi aus dem Krankenhaus abholen und bin spät dran“, brachte sie hervor und lächelte dabei entschuldigend.

Der *Maresciallo* schaute sie durchdringend an, was Amalia verunsicherte, doch dann lächelte er: „Ich wollte dir was geben.“

Er reichte ihr einen Umschlag aus rotem Lackpapier mit einer cremefarbenen Schleife durchs Fenster. Amalia nahm den Umschlag und war froh, dass dieser nicht denen des Hüters ähnelte. Ob sie zukünftig bei jedem Briefkuvert an dessen Furcht einflößende Nachrichten dachte?

„Was ist das?“, fragte sie Marchetti.

„Schau rein, wenn du haben Zeit, und gib mir Bescheid.“

Dann drehte er sich um. Als er ins Auto stieg, rief er ihr noch zu:

„Fahr vorsichtig, *la mia principessa*.“

Amalia warf den Umschlag in ihre Handtasche, die auf dem Beifahrersitz lag, und fuhr zum Krankenhaus, wo Evi schon ungeduldig wartete. Während der Rückfahrt starrte Evi teilnahmslos aus dem Fenster. Jeglichen Gesprächsversuch von Amalia beantwortete sie einsilbig oder ignorierte ihn gänzlich. Amalia fuhr ihre Freundin zum Hexenhaus. Dort wurden sie von Nanne und den Kindern bereits sehnsüchtig erwartet und aufgeregt begrüßt. Als die Kinder ihre Mutter umarmten, fand Evi aus ihrer Apathie und sie lächelte zum ersten Mal. Nanne hatte Kaffee und Kuchen vorbereitet und den Küchentisch gedeckt.

Amalias Handy klingelte, eine Berliner Nummer. Sie deutete den anderen gegenüber an, dass sie rangehen musste. Sie schnappte ihre Handtasche und zog sich für das Gespräch ins Wohnzimmer zurück. Einer der Kunden, die sie letztens angeschrieben hatte, hatte sie für ein Shooting in Berlin gebucht. Sie notierte sich den Termin und versicherte dem Kunden, dies später per E-Mail zu bestätigen. Als sie auflegte und das Handy zurück in ihre Tasche legte, sah sie Marchettis Brief. Neugierig nahm sie ihn heraus. Was da wohl drinstand? Nanne und Evi waren in der Küche. Eine gute Gelegenheit, ungestört das Kuvert zu öffnen. Darin lagen zwei Karten für eine Oper in der Arena von Verona – Nabucco.

Ein kleines Post-it klebte auf den Karten: „Lass uns da anfangen, wo wir aufgehört haben. Lorenzo."

Gerührt blickte Amalia auf die Karten. Dann fiel ihr das Datum ins Auge. Ausgerechnet Felix' Geburtstag. Wollte sie an diesem Tag mit Lorenzo in Verona sein?

Sie hatte gar nicht bemerkt, dass Evi auf einmal hinter ihr stand. „Karten für die Arena von Verona?", fragte sie. „Von wem?"

„Eine Einladung von Marchetti."

„Madonna, die wirst du doch nicht annehmen", schaltete sich jetzt Nanne vehement ein, die die letzten Worte mitbekommen hatte.

„Ich finde das auch nicht gut", bekräftigte Evi Nannes Bedenken. „Bist du dir ganz sicher, dass er der Richtige ist?"

Amalia grinste: „Nein, absolut nicht. Aber man muss vielleicht auch ein paar Fehler machen, bis man weiß, wer der Richtige ist."

„*Ma dai!* Du weißt nie, was du willst", sagte Evi tadelnd, konnte dabei aber nicht verhindern, dass ein Lächeln um ihre Mundwinkel spielte.

„Doch, das weiß sie", grummelte Nanne, „am liebsten hätte sie doch beide *Mando*. Meinen *Buim* zum Heiraten und den anderen als Affäre. Ich werde es nie verstehen, warum du es dir und dem Felix so schwermachst."

Amalia schüttelte lachend den Kopf und konterte: „Wer weiß, was die Zukunft bringt. Haben wir in den letzten Tagen nicht alle gesehen, wie schnell es vorbei sein kann? Ich will im Hier und Jetzt mit allen Möglichkeiten leben, die sich mir bieten", sagte sie und blickte versonnen hinüber zur Pfundrer Kirche, die friedlich im Sonnenlicht lag. Sie nahm sich vor, Evi zu bitten, Tondl in den nächsten Tagen im Hexenhaus auf einen Kaffee einzuladen.

Das Hexenhaus hatte für Amalia alles Furchteinflößende verloren.

Ende

Glossar

a	ein
AC/DC	australische Hard-Rock-Band
an	einen
Another Brick in the Wall	Lied von Pink Floyd
appartamento	Wohnung (ital.)
arrivederci	auf Wiedersehen (ital.)
ausgeschuilt	mit der Schule fertig sein
Baia della Sirene	Strand/Bucht am Gardasee
Bamaufstelln	das Aufstellen eines Baumes
Bauernjugend	bäuerliche Jugendorganisation in Südtirol
Bei ins isch olls ausgezeichnet.	Bei uns ist alles ausgezeichnet.
bella	schön, Schöne (ital.)
bellissima	sehr schön (ital.)
bene	gut
Bierbudel	Bierausschank, Biertheke
Bildomocharin	Bildermacherin/Fotografin
bissl/bisserl	ein bisschen
blede	blöde
boh	Südtiroler Laut, bedeutet: „ist mir egal", „keine Ahnung"
Breaking News	Lied von Expulze & Narfos
Brimi	Firma, Milchhof Brixen
Brugger	Gasthof Brugger an der Lärchstraße

Brunello di Montalcino	italienischer Rotwein
Bschteller	derjenige, der die Bestellung aufnimmt
Bucklate	die Bucklige
Budel, die	die Theke
Bue	Bub, Junge
Bui/m	Bub, Junge
Buim	Buben, Jungen
buongiorno	Guten Tag (ital.)
Bürgerheim	Altersheim in Brixen
Calabria – famiglia – capisci?	Kalabrien – Familie – verstehst du? (ital.)
capisco	ich verstehe (ital.)
Carabiniere/i	Polizist/Polizei
casino	Chaos (ital.)
ciao	Hallo/Tschüss (ital.)
come si dice?	Wie sagt man? (ital.)
cucina	Küche (ital.)
da heroben	hier oben
dahoame	daheim, zu Hause bleiben
dai	ach, komm
dat	das (dt. Dialekt)
des ette	das nicht
Des isch mei Hoamat.	Das ist mein Zuhause.
Diavolina	Ofenanzünder
dio	Gott (ital.)
Dolce & Gabbana	ital. Modeunternehmen

Dorftreff	Café im Zentrum von Pfunders
Eggerseite	Ortsbezeichnung in Pfunders
Eine neue Liebe ist wie ein neues Leben	deutscher Schlager
Ensemble Franc Mihelic	Musikgruppe aus Slowenien
famiglia	Familie (ital.)
Famiglia è molto importante.	Die Familie ist sehr wichtig. (ital.)
fantastico	fantastisch (ital.)
Felder	Haus in Pfunders
festa	Fest (ital.)
figo	Typ, der sich für cool hält (ital.)
finito	Schluss! Aus! (ital.)
Firschta	blaue Südtiroler Arbeitsschürze
Fliaga	Wodka-Red-Bull-Getränk
Flietsche	Schlampe
Follmetz	Berg in Pfunders
Frankfurter Würstl	Frankfurter Würstchen
Fuitahaus	Futterhaus/Heuschober
Galway Girl	Lied von Ed Sheeran
Gampiel	Alm bei Pfunders
Gardesana Orientale	Uferstraße an der Ostseite des Gardasees
Gasthaus Brugger	Gasthof Brugger an der Lärchstraße
gfaalter	schlitzohrig, durchtrieben
Gigga/Giggo	Brathähnchen
Gitschen	Mädchen

Grace Kelly	Schauspielerin, Fürstin von Monaco
grantelte	nörgelte
Greane und Krautane	Schmalzgebäck mit Spinat oder Kraut
greisligen	hässlich, schlecht
guit schaugst aus	gut schaust aus
Gugga	Fernglas
Hegedex	Eidechsspitze (Dialekt)
heint	heute
heu	oder
Hex	Hexe
Hiater	Hüter
Hilft's nix, schadet's nix.	Hilft es nicht, schadet es nicht.
hinterfotzig	hinterhältig
Hoamat	Heimat
hoi	Hallo
hoila	Hallo
holla	Oha!
Hoo ruck. Hoo ruck. Olle zam.	Hauruck. Hauruck. Alle zusammen.
idea perfetta	eine sehr gute Idee (ital.)
Il conto per favore.	Die Rechnung bitte. (ital.)
Il mio problema	Mein Problem (ital.)
Is schun guid.	Ist schon gut.
isch es guit	ist es gut
Jahrling	einjähriges Wild
Jo	Ja

Kaminwurzen	geräucherte Wurst
Kammer	Zimmer
Karpf	Polizei (umgangssprachlich)
Kimm inne.	Komm herein.
Kindogarschtla	Kindergartenkinder
kindsen	babysitten
Kirschta	Kirchweih
Kirschta-Michl	Kirchweih-Michl
Kirschta-Bam	Kirchweih-Baum
Kirschta-Napfe	Kirchweih-Baum-Aufsteller
… kommst runter?	Kommst du runter?
Konnopke	Imbiss-Stand in Berlin
la mia principessa	meine Prinzessin (ital.)
Ladnerin	die Verkäuferin (im Laden)
Lahne	Lawine
Letze	der/die Kleine
leutscheue	menschenscheue
Lissn	Hör zu
Lodenwirt	Hotel und Restaurant in Vintl
Ma dai!	Ach nö!
Mamme	Mami
Mando	Männer
Marende	Brotzeit/Jause
Maresciallo	Dienstgrad bei den Carabinieri
mei Mamme, Gott hab sie selig	meine Mami, Gott hab sie selig

meinigen	(die) meinen
Meusa Albl	Ortsname in Pfunders
Meusafelder	Ortsname in Pfunders
mi	mir, mich
mia bellissima principessa	meine wunderschöne Prinzessin (ital.)
Michel aus Lönneberga	Charakter aus einem Astrid-Lindgren-Buch
Michl-Schreier	Befehlsgeber beim Aufstellen des Baumes
Milch und Bröcke	Milch mit hartem Brot
molto importante	sehr wichtig (ital.)
Monte-Baldo-Massiv	Bergmassiv am Gardasee
Moserwald	Ortsbezeichnung in Pfunders
Muito	Mutter
naturalmente	natürlich (ital.)
net	nicht
niente	nichts (ital.)
nix	nichts
no	nein (ital.)
no ette	noch nicht
Nussila	Nusschnaps
Olls do, wo's hinkearscht.	Alles da, wo es hingehört.
olls zsamm	alles zusammen
Orderman	Mini-Computer für Bestellungen
Os	Ortsbezeichnung in Pfunders
Ötzi	Gletschermumie aus der späten Jungsteinzeit

pack ma des schun	das schaffen wir schon
Palais Pock	Bauwerk in Bozen
Parth	Hof in Pfunders
Passo Tratto Spino	Bergsattel am Gardasee
Pferra	Ortsbezeichnung in Pfunders
Pfitscha	aus Pfitsch (Gemeinde in Südtirol)
Pfundrer Bluit isch koa Nudlsuppe.	Pfundrer Blut ist keine Nudelsuppe.
Pfundrer Huit	Pfunderer Hut
Pfundrer Kirschta	Pfunderer Kirchweih
Plentn	Polenta aus Maisgrieß, hier: Unsinn, Unfug
Ponte delle Navi	Brücke in Verona
posso	ich kann (ital.)
prenotazione alle otto	Reservierung um 8 Uhr (ital.)
pronto	Begrüßungsformel am Telefon
Punta San Vigilio	Landzunge am Gardasee
Pustertal	ein in Ost-West-Richtung verlaufendes Tal in Südtirol
questo	dieser (ital.)
Radler	Bier gemischt mit Zitronenlimonade
Retn	Rotwein
rupfane Pfoate	grobes Leinenhemd
Salve	Hallo (ital.)
schamst	schämst
Schantane	Hässliche
Schattseite	Ortsbezeichnung in Pfunders

schaun	schauen
schione	schön
Schmorre	Schmarrn, Unsinn
Schnapsbudel	Schnapsbar, an der Schnapstheke
schneidig	hübsch
Schuilobankln	Schülerbänke
schun	schon
scusi	Entschuldigen Sie
Sei et aseu.	Sei nicht so.
Selchkeller	Keller, in dem Fleisch geräuchert wird
Sente	Berg und Flurname in Pfunders
sì	ja (ital.)
signorina	Fräulein (ital.)
Sonnseite	Ortsbezeichnung in Pfunders
Sporthotel Acherer	Hotel in Pfunders (erfunden)
Sprengen	mit Weihwasser besprengen
squisita	exquisit (ital.)
Sweet but Psycho	Lied von Ava Max
Tatta/Tatte	Papa
Tauftete	Taufpate
Tete	Pate
Tirschtlan	Schmalzgebäck, mit Spinat oder Kraut gefüllt
Topfn	Quark
Trappeln	Dreiradler (kleine dreirädrige Autos mit Ladefläche)
Tschorn	Berg bei Pfunders

Tschurtschen	Tannenzapfen
Tui longsam	Mach langsam
Tutto bene?	Alles in Ordnung? (ital.)
un attimo	ein Moment (ital.)
un caffè	ein Kaffee (ital.)
un problema	ein Problem (ital.)
Vergelt's Gott im Himmel auch jedem Einzelnen van enk.	Ein himmelhohes Dankeschön an jeden Einzelnen von euch.
Viecher	Tiere
Vormass	Frühstück
Waldile	kleiner Wald
wallisch	italienisch
Watsche	Ohrfeige
Weibo/Weiboleit	Weiber/Frauen
Weißn	Weißwein
Weitenberg	Alm in Pfunders
Widen	Pfarrhaus
woasch	weißt du
wohnsch	wohnst du
Wossatroga	Wasserträger
Wurzstauden	Ortsbezeichnung in Pfunders
Zirbela	Zirbenschnaps